我非科班出身，亦未拜过师门，自认埃格里先生这本《编剧的艺术》门下弟子。一九八七年，此书在国内初版，读之如灯塔指明，醍醐灌顶，开卷有益，掩书解惑，是我书桌案头上必备的武功宝典。

——芦 苇

后浪
电影学院 038

# 编剧的艺术

［美］拉约什·埃格里（Lajos Egri）著
高远 译　芦苇 推荐

THE ART OF
DRAMATIC WRITING

北京联合出版公司
Beijing United Publishing Co.,Ltd.

# 目 录
## Contents

推荐序 ·················································· 吉尔伯特·米勒　4

自序　引人注目的重要性 ································ 6

前言 ················································································ 8

## 第 1 章　前　提　1

## 第 2 章　人　物　27

2.1　基本结构 ································································ 27

2.2　环境 ·········································································· 35

2.3　辩证的方法 ····························································· 40

2.4　人物的发展 ····························································· 48

2.5　人物的意志力 ························································ 62

2.6　情节还是人物？ ···················································· 69

2.7　人物生发剧情 ························································ 79

1

2.8  主使人物 …………………………………… 83
   2.9  对立人物 …………………………………… 88
   2.10 编排 ……………………………………… 88
   2.11 对立统一 ………………………………… 92

## 第3章 冲 突  99

   3.1  行动的起源 ……………………………… 99
   3.2  原因与结果 …………………………… 100
   3.3  静态冲突 ……………………………… 108
   3.4  跳跃冲突 ……………………………… 117
   3.5  升级冲突 ……………………………… 131
   3.6  运动 …………………………………… 139
   3.7  预示冲突 ……………………………… 145
   3.8  切入点 ………………………………… 148
   3.9  过渡 …………………………………… 155
   3.10 危机、高潮和结局 …………………… 179

## 第4章 总 论  191

   4.1  必备场景 ……………………………… 191
   4.2  展示 …………………………………… 194
   4.3  对话 …………………………………… 197
   4.4  试验 …………………………………… 203
   4.5  戏剧的时效性 ………………………… 205
   4.6  上场和下场 …………………………… 207
   4.7  为什么糟糕的戏也能成功 …………… 208
   4.8  情节剧 ………………………………… 210
   4.9  论天才 ………………………………… 211
   4.10 关于"什么是艺术"的对话 ………… 213
   4.11 当你写戏时 …………………………… 215

4.12 怎样获得想法 ·················· 218
4.13 为电视写作 ··················· 222
4.14 结论 ······················ 226

附录 剧本分析 ······················ 227
译名对照表 ························ 238
出版后记 ························· 243

# 推荐序

首先，我必须说，《编剧的艺术》远不仅是一本剧本写作手册而已，这样对埃格里先生和他在书中所摧毁的那些规则或许都不失公允。

把这本书简单地归为某类是件难事。这是因为，有些书在刚刚付梓之时，是不易用三言两语来概括的。例如韦勃伦①的社会学著作《有闲阶级论》（*The Theory of the Leisure Class*）和帕灵顿②的文学史著作《美国思想史》（*Main Currents in American Thought*）。这些书不仅探照到过往各自学科里的黑暗角落，而且启发了许多相关的研究，犹如打开了一扇通向生活各个领域的窗户。因此，对它们价值的估量尚有待时日。而我相信，《编剧的艺术》终将得到时间的厚待。

作为一个职业戏剧制作人，我自然对埃格里先生以专业人士身份对我的一席直言颇感兴趣——"戏剧被规则束缚了，就如同火腿必得用丁香熏制一般。没有别的东西比它更因循守旧、僵化刻板了。常言道，上演之前，没人知道一出好戏什么样。不过显然，这是一个代价高昂的过程。它至少得留给人们情感的满足，而最终结果却往往相当糟糕。"对于我，《编剧的艺术》中的一切都非同小可。它让我第一次明白了什么是坏戏，从而避免了在懵懂中签下高昂的演员合同以及耗资搭建布景，最后损失堪比在长岛造一所豪宅的巨资。

埃格里先生的文风既旁征博引，又平实易懂，在我看来，唯有对各行各业都有了解方能如此。其透彻明晰的笔触，无不来自他在沧桑人世中的阅历。

---

① Thorstein Veblen（1857—1929），美国社会学家、经济学家。——译者注
② Vernon L. Parrington（1871—1929），美国历史学家。——译者注

读其文，恰如面对一位见多识广、博学通达的智者。

对于《编剧的艺术》，我所能作的最好的评价便是，从今以后，即便对于我这样的普通人，也不再会词不达意了。一旦你读了埃格里先生的书，你便会理解一部小说、一部电影、一部戏剧为何那样无聊，或者更为重要的，为何那样激动人心。

同时，我认为，本书也将对美国戏剧和公众产生深远的影响。

**吉尔伯特·米勒**（Gilbert Miller）
**美国戏剧家、电影导演、托尼奖得主**

# 自序　引人注目的重要性

在希腊的古典时期①，一座神庙里发生了一件可怕的事：宙斯的雕像在一天夜里被人打碎并亵渎了。

居民们因为害怕遭到神的报复而极为恐慌。

城市的传令官们上街号令罪犯立刻现身面见长老，以接受应得的惩罚。

犯罪者当然不愿自首。一周之后，又一座雕像被毁掉了。

人们怀疑是疯子所为，便派出卫兵值哨。终于，警惕换来了报偿，罪犯落网了。

"你可知道自己会有什么下场？"人们问他。

"知道，"他几乎是兴奋地答道，"死亡。"

"你难道不怕死吗？"

"我当然怕。"

"那明知会被处死，为何还犯下如此罪孽？"

那人踌躇良久，答道："我是个无名之辈，一生庸庸碌碌，从未有出众之举。我想做些什么让人们注意我，记得我。"

沉默片刻后，他又道："只有被忘却的人才会消逝。我觉得死亡不过是成为不朽的微小代价。"

不朽！

是的，谁都需要关切。谁都想引人注目，乃至永垂不朽。我们都想做些什么，让人们惊叹："他太棒了！"

假如我们不能创造出有益或者美好的东西，我们就一定会创造出别的什

---

① 指公元前 480 年至公元前 323 年的历史时期。——译者注

么来，比如麻烦。

想想你家的长舌妇海伦姨妈好了，她总会造成不快、猜忌和争吵。其实谁家都有那么一位。可她为什么要这样做呢？只是想引人注目罢了，如果只凭搬弄是非、造谣生事就能达此目的，她将毫不犹豫地这么做下去。

对出众的渴求是人生的基本需要。我们随时随地都在试图唤起旁人的关注。而自我焦虑，甚至是离群遁世，也都源于这种引人注目的渴望。如果没能唤起人们的同情和怜悯，它便会自我终结。

再比方说你的内兄乔。这样一个爱妻怜子的顾家男人竟然嗜好追求异性，岂不是咄咄怪事？这是因为他感到自己对于家庭、对于世界实在是微不足道。于是，风流韵事便成了他生活的焦点，每次征服都让他感到志得意满。如果乔认识到，渴求女人不过是自己对建功立业的替代品的话，他定会惊诧不已。

母性亦是一种创造行为，而它正是不朽的开端。也许这恰是女人不像男人那么轻浮的原因之一吧。

而对于母亲最不公道的便是，当她抚养儿女长大后，他们既不与她分享关爱，也不与她诉说烦恼，这定让她倍感失落。

每个人都毫无例外地天生具有创造力，而他必须找到机会表达自我。假如巴尔扎克、莫泊桑、欧·亨利没有学会写作，他们一定会变成说谎成癖的人，而非伟大的作家。

每个人都需要一条释放其天生创造力的途径。如果你想写作，那就写吧。如果你担心教育的缺乏会阻碍你成功，别担心，许多伟大的作家如莎士比亚、易卜生、萧伯纳，这里随便举几个，他们连大学是什么样子也不知道呢。

即使不是天才，你对人生的体验依然能很丰富。如果写作不能吸引你，你可以学习歌唱、舞蹈或者演奏乐器以娱乐你的客人，这些也是艺术王国的成员。

是的，我们需要被人关切，需要被人记得，我们需要引人注目！我们也能够用一种符合自己才能的媒介来表达自我，并取得某种成就。你不会知道你的爱好最终会把你引向何方。

即使在商业上失败了，你仍然可能由于所学所历而成为某一方面的权威。你将获得丰富的经验，如果这么说不伤人的话，这本身就是一种成功。

至少，在没有伤害他人的情况下，你那引人注目的恼人渴求得到了满足。

# 前　言

　　本书面向的读者不仅是作家和编剧，也有普通大众。如果读者理解了写作的机制，如果公众明白了其中的辛劳以及凝结在一切文学作品中的艰巨努力，那么他们便会对其发出更加由衷的赞美。

　　读者在本书的结尾部分将会看到对戏剧的总结和辩证分析。我们希望这会提高读者对长短篇小说，特别是对戏剧和电影的总体理解。

　　在本书中我们将讨论到一些剧目，但并不对它们作整体评判。当我们引用某些段落以阐述观点时，也不意味着对它们的赞赏。

　　经典剧目和当代剧目我们都将涉及，但会对经典剧目有所侧重。这是因为，多数当代剧目很快就会被人遗忘。况且经典剧目更为有学识的读者所熟悉，也易于被查阅以供研究。

　　我们的理论基于永恒变化的"人物"（character）。他们总是对变化着的内在和外在刺激做出通常很激烈的反应。

　　什么是人类最基本的天性，所有人，也包括你——此刻正在阅读这行文字的读者最基本的天性呢？在我们讨论所谓"切入点"（point of attack）、"编排"（orchestration）等等之前，这一问题必须得到回答。对这个我们将逐步了解的学科，我们必须多掌握一点其中的"生物学"。

　　我们将以对"前提"（premise）、"人物"、"冲突"（conflict）的剖析开始，以便使读者对驱使人物发展或者毁灭的力量获得认知。

　　不了解材料的建筑工必定造成祸端。对于我们而言，材料便是"前提"、"人物"和"冲突"。若非对它们透彻了解至细枝末节，那么讨论如何写戏便只是空谈。在本书中，我们提出了一种适于各种文体特别是戏剧的新的写作方式。这种方式基于辩证的自然法则，我们希望它会对读者有所助益。

伟大的戏剧由不朽的作家写就，穿越漫长的岁月来到我们面前。而许多天才却往往写出颇为糟糕的戏来。

这又是为何？因为他们往往凭借本能而非严谨的知识写作。本能可以指引一个人一次，甚至几次创造杰作，但更为经常的是，本能会引导他创造出失败之作。

权威们早已列举了支配着剧作学的法则。对戏剧影响最早也是最重要的亚里士多德在两千五百年前说道："事件的组合中最为重要的，不是人，而是行动和生活。"①

亚里士多德否定了人物的重要性，其影响持续至今。而另一些人则宣称人物是一切体裁的写作中最重要的因素。十六世纪西班牙剧作家洛佩·德·维加（Lope de Vega）这样概括道："在第一幕建立事实，在第二幕中运用高明的手法将事件编织在一起，乃至到第三幕中段，也令观众难以猜出结局。总是出人意料，如此便可传递出与设想中应有的理解大相径庭的东西。"

德国批评家、剧作家莱辛写道："最严格地遵循规则也无法弥补人物上最微小的失误。"②

法国剧作家高乃依写道："鉴于戏剧是一门艺术，其中自然存在着法则，但这些法则是什么却并无定论。"

凡此种种，彼此矛盾。有人甚至提出在戏剧中根本没有任何规则可言。这是一切观点中最为奇怪的。我们知道饮食呼吸有其规则，绘画、音乐、舞蹈乃至航空和建桥亦有其规则，一切生命和自然现象更有其规则。难道唯独写作成为了例外吗？显然不是。

有些试图列举规则的作家告诉我们，一出戏是由多种成分组成的：主题（theme）、线索（plot）、纠葛（complication）、冲突、必备场景（obligatory scene）、气氛（atmosphere）、对话（dialogue）和高潮（climax）。有些书也是据此向学生们分析和阐释的。

---

① 参见《诗学》第六章。——译者注
② 参见《汉堡剧评》第四十六篇。——译者注

这些作者的确认真对待了这一学科。他们研究过同行的作品，也自己写过戏并从中获得了经验。但是读者们从来都不满意，总觉得少了些什么。学生依然无法理解纠葛、张力（tension）、冲突和情调（mood）之间的关系以及这些剧作中的相关课题对于写作一出令人满意的好戏的作用。他虽然知道"主题"意味着什么，但是当他试图运用这一知识时却迷失了方向。毕竟，威廉·阿契尔①说主题并非必要。而珀西瓦尔·王尔德②则说主题在开场是必要的，但必须深藏到无人能够发觉的程度。哪一个是对的呢？

再来看所谓的必备场景。有些作者说它必不可少，另一些却说没这回事。如果说必不可少，是因为什么？如果没这回事，又是因为什么？每一个作者都在阐释他钟爱的理论，却都没有将其同整体联系，从而给予学生帮助。整合的力量缺失了。

我们相信，必备场景、张力、气氛和其余种种都是多余之物，它们不过是某些更为重要的东西的效果而已。告诉一个作家他的戏需要必备场景，抑或他的戏里缺乏张力和纠葛，都是徒劳之举，除非你能告诉他如何达到这些，因为单纯的解释并不能解决问题。

必定有什么能生成张力，也必定有什么会创造纠葛，编剧总在无意识中试图完成这些成分。必定存在某种能够整合这一切的力量，某种一切成分从中生出，犹如肢体从躯干生出一样自然的力量。我们觉得自己知道这种力量是什么：就其千变万化和辩证的矛盾性而言，人类的性格就是这种力量。

不止一次，我们以为本书已经道尽了关于剧作的一切。但恰恰相反，每当开拓一条新路，人难免就会犯下谬误，有时更会词不达意。毕竟，后继者将会更深地开掘，并赋予这种辩证的写作方式以更明晰的形式，甚至远胜我们的期望。以辩证方法写作的本书，本身就服从于辩证的法则。本书的理论为正题，反之则成反题。二者形成整合正反的合题，而这正是通往真理之路。

---

① William Archer（1856—1924），英国戏剧批评家，著有《剧作法：一门匠艺的手册》（*Playmaking: a Manual of Craftsmanship*）。——译者注

② Percival Wilde（1897—1953），美国剧作家。——译者注

# Chapter 1
# 前 提
Premise

某人坐在他的作坊里,摆弄着齿轮和弹簧。你问他这是什么装置,功能如何?他却恳切地看着你,小声道:"说实在的,我也不知道。"

另一个人上气不接下气地冲过街道。你拦住他,问他去哪里。他却气喘吁吁地回答:"我怎么知道?我还在路上呢。"

你、我乃至全世界恐怕都会认为这两位有点疯傻。任何发明都有其目的,任何规划都指向其终点。

然而,尽管看似荒唐,即使是如此简单的必要性,在剧场里却根本无迹可寻。戏文连篇累牍,却尽是无的放矢。到处充斥着焦躁的行为,满眼是慌慌张张,却没人知道自己要去向何处。

万事万物皆有其目的,或曰前提。无论当时是否意识得到,我们生命的每时每刻也有其前提。前提可以像呼吸一样简单,也可以像最重要的情感抉择一样复杂,但它无时不在。

我们虽无法证明每个前提,但总有一个必须证明,这是无可改变的事实。我们穿过房间时或许会被凳子绊倒,然而前提毕竟存在过。

每一秒的前提汇集成每一分的前提,而每一分的又汇集成每一时的,每一时又汇集成每一日,最终成为我们一生的前提。

《韦氏词典》(Webster's International Dictionary)中"前提"的词条如下:

预先得到猜想或证明的命题，讨论的基础，并会被陈述或演绎而成结论。

而其他人，特别是戏剧界人士，则用各种词汇指称同一东西：主题、论题（thesis）、基本思想（root idea）、中心思想（central idea）、目标（goal）、对象（aim）、驱动力（driving force）、话题（subject）、目的（purpose）、计划（plan）、线索、基本情感（basic emotion）。

我们使用"前提"一词，是因为它包含了以上种种词汇所欲表达的所有因素，并且不易被误解。

费迪南·布伦退尔①要求一部戏必须以一个"目标"开始，这就是说前提。

约翰·霍华德·劳逊②说："基本思想是进程的开始。"他指的是前提。

布兰德·马修斯教授③说："一出戏需要一个主题。"这肯定也是指前提。

乔治·皮尔斯·贝克教授④引用小仲马的话说："如果你不知道要去哪里，你怎么知道要走哪条道路呢？"而前提就会指引你的道路。

他们说的都是一回事：你的戏必须有一个前提。我们来考察几出戏，看看它们是否有前提。

### 《罗密欧与朱丽叶》（*Romeo and Juliet*）

该剧以凯普莱特和蒙太古两个家族之间不共戴天的宿怨开始。蒙太古家有一子罗密欧，凯普莱特家则有一女朱丽叶。这对青年男女深爱彼此，以至于把家族间的世仇也抛之脑后。由于不愿听从父命嫁给帕里斯伯爵，朱丽叶向她的密友——一位修士求助。他献计要她在新婚之夜服下烈药，假死两天。

---

① Ferdinand Brunetiere（1827—1906），法国戏剧理论家，著有《戏剧的规律》。——译者注
② John Howard Lawson（1894—1977），美国剧作家、理论家，著有《剧作理论与技巧》。——译者注
③ Brander Matthews（1852—1929），美国小说家、戏剧理论家、批评家。——译者注
④ George Pierce Baker（1866—1935），美国戏剧教育家，著有《戏剧技巧》。——译者注

朱丽叶依计而行，骗过了所有人。可是天有不测风云，罗密欧误以为真，便在她身边服毒而亡。朱丽叶醒来后发现罗密欧已死，也毫不犹豫地为其殉情。

这出戏显然与爱情有关。爱情固有千种万种，但这一对恋人不仅超越家族世仇，而且为了彼此相守，甚至不惜抛弃生命，无疑当可用"伟大"论之。而戏的前提，正如我们所见，即是"伟大的爱情战胜一切，甚至是死亡"。

## 《李尔王》（King Lear）

国王对其两个女儿的信任是个可悲的错误。轻信长女们的花言巧语注定了他的灭亡。由于对她们的盲从，李尔遭到夺权和贬斥。最终，这个疯癫的老人死于屈辱和困苦之中。

愚人时常相信奉承话和阿谀小人，殊不知大祸即将临头。而此戏的前提似乎也就是"盲信导致毁灭"。

## 《麦克白》（Macbeth）

为了实现其冷酷的野心，麦克白夫妇决定谋害邓肯王。而为巩固自己的地位，麦克白又雇佣了刺客刺杀他所畏惧的班柯。然后，为了让自己通过谋杀得来的地位更加稳固，他又不断犯下新的罪行，最终引起了贵族和属下的反抗。弄剑者麦克白自己成了剑下亡魂，麦克白夫人惶惶不可终日，恐惧而死。

什么才是这出戏的前提呢？或者说什么才是这出戏的驱动力呢？无疑是野心。什么样的野心？是冷酷的野心，被鲜血浸透了的野心。由于其实现野心的特定方式，麦克白的覆灭从一开始就预兆了出来。所以，这出戏的前提，正如我们所见的，即是"冷酷的野心导致自身的毁灭"。

## 《奥赛罗》（Othello）

奥赛罗在凯西奥的住所发现了苔丝狄蒙娜的手帕。而这正是伊阿古为了引起他的嫉妒，故意放置于此的。于是奥赛罗扼死了苔丝狄蒙娜，后以匕首刺心自戕。

在这里，主要的动机是嫉妒。不论是什么使那绿眼的妖魔①抬起它那丑陋的头颅，重要的是只有嫉妒才是此戏的诱发力量。由于奥赛罗不仅杀死了苔丝狄蒙娜，也杀死了自己，那么此戏的前提如我们所见，即是"嫉妒毁灭所爱的对象，也毁灭自身"。

《群鬼》（*Ghosts*，易卜生著）

其基本思想是遗传，而全剧由一个取自《圣经》的前提"父辈的罪孽，会殃及子孙"②衍生而成。剧中每句话、每个行动、每个冲突都来源于这个前提。

《死路》（*Dead End*，西德尼·金斯利著）

作者试图表达并证明"贫穷助长犯罪"，并且做到了。

《可爱的青春小鸟》（*Sweet Bird of Youth*，田纳西·威廉斯著）

一个渴望成为名演员的无情青年与一个富家姑娘同床共枕后，使她得上了花柳病。后来，他又以肉体为代价，换来了一个上年纪的女演员的支持。不过，当姑娘的父亲愤怒地将他阉割后，他垮台了。这出戏的前提同样也是"冷酷的野心导致自身的毁灭"。

《朱诺与皮科克》（*Juno and the Paycock*，肖恩·奥凯西著）

懒惰自负的酒鬼波义耳船长听说一个富有的亲戚去世后留给他一大笔遗产。想到钱即将到手，波义耳和妻子朱诺便迫不及待地过起了安逸日子。他们向邻居借钱买了华丽的家具，又花了一大笔开怀畅饮。出乎意料的是，由于遗嘱含糊不清，遗产并不会落入他的囊中。愤怒的债主找上门来，把房子洗劫一空。福无双至，祸不单行，波义耳的女儿被人引诱而怀孕，儿子被杀。妻女都离他而去，波义耳最后只剩空空的酒瓶做伴。

前提："懒惰使人没落。"

---

① 比喻嫉妒，参见《奥赛罗》第三幕第三场。——译者注
② 参见《圣经·出埃及记》。——译者注

**《影子与实体》**（*Shadow and Substance*，保罗·文森特·卡罗尔著）

　　爱尔兰某小镇上，教堂司铎托马斯·斯科里特的女佣布里吉特声称自己看到了圣布里吉特（她的守护圣徒）的幻象。但托马斯不肯相信，认为她精神错乱，把她送去度假，而且拒绝让她执行圣布里吉特所要求的神迹。后来，为了从愤怒的人群中救出一位学校校长，布里吉特不幸身亡。在这位为纯洁信仰献身的姑娘面前，司铎深感无地自容。

　　前提："信念战胜虚荣。"

　　我们并不确定，《朱诺与皮科克》的作者是否清楚他的前提就是"懒惰使人没落"。举例而言，剧中儿子的死和戏剧的主旨并无联系。奥凯西对于人物的研究颇为出色，但是在开始写戏时却只有一个模糊的想法，这就是他未能把它写成一部真正伟大的戏剧的原因。

　　与之相反，《影子与实体》却有两个前提。从前两幕直到最后一幕的四分之三处，前提一直是"知识战胜迷信"。而最终出乎人们的意料，"知识"突然变成了"虚荣"，"迷信"突然变成了"信仰"。核心人物司铎像变色龙一样，几分钟之内就换了个人。戏在连贯性上也就变得混乱不堪。

　　每一部好戏都必须有一个精心构思的前提。表述前提的方式虽不止一种，但不论如何表述，其中的思想必须一贯到底。

　　剧作家时常会得到一个想法，或受到某种不寻常情境的激发，想要写作一部与之有关的戏。

　　但问题在于，一个想法和一种情境能够为一部戏提供足够的基础吗？答案是否定的，尽管我们知道一千部戏里，恐怕有九百九十九部是以这样的方式开始写作。缺少了形态清晰的前提，任何想法和情境都不足以将你带向一个逻辑上的结论。

　　如果没有这样的前提，你也许会修改、延伸或转换你最初的想法和情境，直到大相径庭的地步，但始终不知目的如何；你也许会束手无策，绞尽脑汁地创造新的情境以使剧本完满；你也许会发现新的情境，但是整部戏还是写不成。

你必须有一个前提，它将指引你准确无误地走向你的剧本所希望达到的目标。

摩西·L·梅尔文斯基（Moses L. Malevinsky）在《剧作的科学》（*The Science of Playwrighting*）一书中说道："情感，或情感中包含或具有的各种成分，是生活中最基本的东西。情感即是生活，生活即是情感。同样，情感即是戏剧，戏剧即是情感。"

如果我们不知道是什么驱动着情感的话，那么情感永不会创造出好戏。而情感之于戏剧无疑就像吠叫之于狗一样必要。

梅尔文斯基先生认为，只要你接受了他的基本原则——"情感"，那么你的问题也就解决了。他为此开列了一系列的基本情感，诸如欲望、恐惧、怜悯、爱、恨等等。按照他的说法，其中任何一种都可以构成你剧本的牢固基础。这或许可能，却无助于你写出一部好戏，因为它并未设定目标。爱、恨，任何一种情感，只是一种情感，它只能围绕自身旋转，或摧毁或建设，却不能到达任何地方。

也许，一种情感的确找到了自身的目标，这甚至让作者本人也颇为惊奇。但对年轻的剧作家而言，这往往只是凑巧，而非一种切实可行的方法。而我们的目标则是清除一切投机取巧，指出一条明确的道路，使所有写作者能够取道其中，并最终抵达戏剧。因此，最为首要的事便是设定一个前提。它必须以所有人都能理解的语言表述出来，并且符合作者的本意。一个含混的前提和没有前提一样糟糕。

使用措词和构建不当的前提或者错误前提的作者将会发现，他只是在用毫无意义的对话和行动来填满空间和时间，而并不能实现对其前提的证明。原因何在？因为他没有方向。

假设我们要写一部关于一个生性节俭的人物的戏。我们应该取笑他吗？我们应该把他写得荒唐还是可悲？我们还不知道，因为我们只是有一个描写节俭人物的想法。

不妨深究一下这个想法。节俭是否明智？某种程度上说是的。但我们不想描写一个温和、谨慎、未雨绸缪的人，我们要寻找一个节俭到连自身的基本需求都不肯满足的人，他那疯狂的节俭最终反而使他失去了一切曾经拥有的东西。于是我们便得到了我们这部戏的前提："节俭导致浪费"。

上述的前提表明，每一好的前提都由三部分构成，每一部分都是一部好戏的要素之一。我们来看看"节俭导致浪费"，前提的第一部分提供了一个人物，一个节俭的人物；第二部分"导致"提供了一个冲突；第三部分"浪费"提供了戏的结局。

我们来看看是否如此。"节俭导致浪费"这个前提提供了一个节俭的人物，热衷于省钱，却不肯缴税。这一行动必然引起政府的反应，于是产生冲突：这个节俭的人被迫缴纳三倍于原始金额的税款。

"节俭"提供人物，"导致"提供冲突，"浪费"提供戏的结局。

好的前提是对你的戏的简明概括。以下是其他一些前提：

> 痛苦导致虚假的欢乐。
> 愚蠢的慷慨导致贫穷。
> 诚实战胜奸诈。
> 粗心摧毁友谊。
> 坏脾气导致孤立。
> 唯物主义战胜神秘主义。
> 因循守旧导致失败。
> 炫耀导致屈辱。
> 犹豫不决导致失败。
> 玩弄诡计会自掘坟墓。
> 说谎必会露馅。
> 放荡导致自我毁灭。
> 自负导致寡助。
> 挥霍无度导致一贫如洗。
> 反复无常导致丧失自重。

虽然它们已经包括了一个构建完善的前提的所有内容：人物、冲突和结论，但却都只是枯燥的陈述。问题出在哪？其中又缺少了什么呢？

缺少了作者的判断。他不选择立场，便没有戏剧。只有当他拥护论题中的一方时，前提才会被注入生命。自负会导致寡助吗？你的立场如何？我们作为你的戏的读者或观众，可并不一定同意你的判断。因此，你必须通过你的戏证明你的论点站得住脚。

## 课堂讨论

问：我有点糊涂了。你是要告诉我，没有一个形态清晰的前提，我就不能开始写戏吗？

答：你当然可以开始写。有许多方式可以找到你的前提，以下就是一种：

例如，如果你在你的克拉拉姨妈或者约书亚舅舅身上发现了足够的特征，你可能会感到他们已经具备了写作一部戏的绝佳素材，但你不会马上想出一个前提。他们的确是令人兴奋的人物，于是你便研究他们的行为，观察他们的每个举动。在你看来，克拉拉姨妈虽然笃信宗教，但却爱管闲事、爱传闲话，谁家的事她都插上一脚，你甚至还认识好几对在她的恶意挑拨下分手的夫妇。不过你还是没有前提。

为什么克拉拉姨妈能够在给无辜的人们制造麻烦中享受到如此恶毒的乐趣呢？这个人物是如此吸引你，于是你决定写一部有关她的戏。你试图尽可能地发掘她的过去和现在。而当你开始这寻觅真相之旅时，不管你是否意识到，你已经迈出了通向前提的第一步，而前提就是我们做一切事情时背后的驱动力。于是你便向父母和亲戚询问那驱使着克拉拉姨妈的往事。你可能会震惊于她年轻时并非如此道貌岸然，反倒是水性杨花。一个女人因其丈夫对克拉拉姨妈移情别恋并与之结婚而自杀身亡，这个女人的死亡给他们投下了可怕的阴影，以至于那个男人后来不辞而别。克拉拉姨妈如此痴迷于这个男人，竟认为这种遗弃是上帝的旨意，从此成为狂热的宗教信徒。于是她决定将余生用来赎罪。她试图改造所有见过面的人，她干预人们的生活，她窥视着那些正躲在暗处甜言蜜语的情侣，警告他们放弃"罪恶"的想法和举动。简而言之，她成了社会的威胁。

写作这部戏的作者还是没有前提，但毕竟克拉拉姨妈的故事已经初现端倪了。在找到前提之前，戏可能有多种尚不周密的结局以供作者取舍。现在要问的是，这个女人的结局会是如何，她能够以余生来继续干预和毁坏人们的生活吗？虽然现实中克拉拉姨妈仍将活下去并不懈于她那自以为是的斗争，但作者必须决定她的结局，在戏剧里的结局。

事实上，克拉拉姨妈可能活上一百岁，最后死于意外甚或安详地终老于床榻之上，但这对于戏本身有什么助益呢？显然没有。意外是外在而非戏本身内在的因素，疾病或者安详的终老也是一样。她的死，如果必须让她死去的话，必须发端于她自身的行动。比如说，一对曾经被她毁掉了生活的男女朋友可能会向她报复，把她送还给造物主；或者由于过分的狂热，她可能做出了过火甚至有悖教义的举动，以至于被开除教籍；或者她发现自己最终身败名裂，只有自杀方可解脱。

无论选择了这三种可能结局中的哪一个，前提便被表达了出来："走极端（无论是什么样的）导致毁灭"。现在你便对你的戏有了彻底的了解：以她的放荡开场；放荡导致自杀，使她失去真爱；这场悲剧使她缓慢但是坚定地变成了宗教狂；她的狂热毁坏了别人的生活，最终也让自己赔上了性命。

不，你不必从前提来开始写戏，你可以从一个人物、一个事件甚至是一个简单的想法开始。想法和事件将会生长，故事将会慢慢浮现。你有的是时间从大量的素材里寻找前提，但重要的是必须要找到它。

问：我能否使用一个前提，比如说"伟大的爱情战胜一切，即使是死亡"，而不被指责为剽窃吗？

答：你可以放心地使用它。即使种子同《罗密欧与朱丽叶》的一样，戏也会是不一样的。你可曾见过两片完全一样的橡树叶子？一棵树长得多高多大，是由种子播撒和发芽的地点和环境所决定的。两个戏剧家不会完全一样地思考和写作。一万个作者都可以使用莎士比亚用过的前提，但除了前提，没有两部戏会彼此相像。你的知识、你对人性的理解、你的想象力会发挥作用的。

问：有无可能写出一部具有两个前提的戏呢？

答：有可能，但那不会成为一部好戏。你一次能去两个地方吗？为了证明一个前提，戏剧家要做的工作已经够多了，更别说两个了。一个具有两个前提的戏一定是混乱的。

《费城故事》（*The Philadelphia*，菲利浦·巴里著）就是一例。本剧的第一前提是"互谅互让才能成就好姻缘"，而第二前提是"人的性格并非由其是否富有决定"。

《云雀》（*Skylark*，萨姆森·拉斐尔森著）也属于这样的戏，其前提为"女人需要生活支柱才能富足"和"如果男人真爱他的妻子，会愿意为她牺牲"。

这些戏不仅有两个前提，而且前提本身也无效且陈述不当。

精彩的表演、考究的布景、机智的台词有时能够取得成功，但仅凭它们并不能造就一部好戏。尽管每出戏后面都曾有一个想法存在，但不要认为所有上演的戏都有形态清晰的前提。在《夜曲》（*Night Music*，克利福德·奥德茨著）中，前提是"年轻人必须勇敢地面对世界"。这的确算是个想法，但却不是个有效的前提。

另一些戏连想法都很混乱，例如威廉·萨洛扬的《你这一辈子》（*The Time of Your Life*），其前提为"生活是美好的"，真是蔓延无当、含混不清，和毫无前提一样。

问：似乎很难判断一部戏的基本情感。例如《罗密欧与朱丽叶》，如果两个家族间没有仇恨，那么这对情侣可能会过着幸福的生活。由此看来，恨而不是爱，才是这部戏的基本情感。

答：仇恨可曾遏制了这对青年彼此的爱情？非但没有，反而激发出更强的效果。每个困境都让他们的爱情更深一层，他们放弃了名分，敢于挑战家族间的世仇，以至于最后为爱情而放弃生命。最终湮灭在剧中的是仇恨，而非他们的爱情。在与恨的较量中，爱取得了光辉的胜利。爱并非因恨而产生，并且不论恨如何阻挠，依然旺盛地成长。由此可见，《罗密欧与朱丽叶》的基本情感还是爱。

问：但我还是不知如何判断一部戏的基本的情感倾向。

答：我们再举一个例子，易卜生的《群鬼》。其前提为"父辈的罪孽，会殃及子孙"。我们来看看是否如此。阿尔文上尉四处风流，婚后也不曾收敛，他不仅死于因此染上的梅毒，而且将这一恶疾遗传给儿子。其子奥斯华天生低能，后虽好意帮助母亲，却最终难逃劫数。剧中的所有问题，包括其子与女佣的情事，都来自这一前提。戏的前提显然与遗传有关。

丽莲·海尔曼（Lillian Hellman）以一个想法开始她的工作，这个想法来自威廉·劳海德（William Roughead）对曾经发生在苏格兰的一次审判的报道：1830 年前后，一个印度女孩扰乱了英国一所学校的秩序。海尔曼第一部取得成功的戏剧《童年时光》（*The Children's Hour*）就是根据这一事件而作。罗伯特·范·盖德（Robert van Gelder）对她的访谈发表于 1941 年 4 月 21 日的《纽约时报》，其文如下：

"写作《守望莱茵河》（*Watch on the Rhine*）耗费了我很大的精力，"海尔曼女士称，"我几乎担心自己提不起兴趣写作了。早先在写作《小狐狸》（*The Little Foxes*）时，我突然冒出来一个想法：欧洲，以一对名门夫妇的象征形式，闯入了一个寻常（或许比寻常的更加与世隔绝一些）的美国中西部小镇上。他们要前往西海岸。我对这个想法感到十分兴奋，甚至考虑暂时放下《小狐狸》的写作。但是，动笔以后却无法继续下去。开始很顺利，后来就卡住了。

不久我又有了新的想法。如果一群敏感易怒，在欧洲时常挨饿的人突然发现自己成了富裕美国人的座上宾会怎样？如果他们总是忙忙碌碌，吃了安眠药却没时间睡觉，点了丰盛的晚餐却老是吃不成又会怎样？诸如此类，等等等等，但是戏还是写不成。我颇为忧虑，原先的人物——那对望族夫妇不断回来扰乱我的思绪。我花了无数个下午还有许多个早晨，追寻其中的脉络。于是，这两部戏变成了一部《守望莱茵河》。名门夫妇还在戏里，次要角色——那些美国人则变得非常友善。一切都变了样，一部新戏从两部戏中诞生了。"

剧作家可以花上数周的时间处理一个故事，寻找他真正需要的前提，从而指引他通向剧本的目的地。我们不妨看看如何慢慢地追寻一个想法，并得到前提。

假设我们要写一部有关爱情的戏。首先，这是什么样的爱情呢？你觉得，一定得是伟大的爱情，一种能够克服偏见、仇恨、逆境的爱情，一种任何人无法凭金钱买到，并且毫无条件的爱情。观众们看到爱情的胜利，看到情侣为彼此牺牲，定会感动得热泪涟涟。这算是个想法，一个不错的想法，但是你没有前提。只有选择了前提，你才能写出精彩的戏来。

你的想法其实包含着一个非常明显的前提："爱情战胜一切"。但这是个含混的陈述。它已被无数次重复，所以言之无物。什么叫做"一切"？你也许会说是某种障碍，我们仍然会问："什么障碍？"假使你回答"爱情可以移山"，我们显然还会再问："这样做有何益处？"

你在戏里必须设定，爱情究竟有多么伟大，它的目的，以及它所能达到的程度。

如果我们都赞同并想要展现"爱情如此伟大，甚至可以战胜死亡"，那么前提就将是形式清晰的："爱情能否战胜一切，甚至死亡？"我们的回答在这里是肯定的。于是这便设定了情侣们所要经历的道路："他们将为爱而死。"这就是一个有效的前提了。而且，你要问"爱情能够战胜什么"，我们回答也将是确切的："死亡"。于是，你不仅知道了你笔下的情侣愿意为爱情付出的程度，而且对这些人物，这些必将承载着前提到达逻辑上结论的人物有了一个粗略的认识。

这个姑娘可以愚蠢、无情或者狡诈吗？不行；这个青年或者男子可以浅薄或者轻浮吗？也不行。唯一可能的是，他们在相遇之前才如此浅薄。于是，斗争开始了。他们首先要与平庸琐碎的生活斗争，然后与各自的家庭、宗教以及所有阻碍他们的因素斗争。由于彼此相伴，他们便逐渐拥有了共同的姿态、共同的力量、共同的决心，乃至敢于蔑视死亡。而在死亡中，他们最终团聚在一起。

如果你有了形式清晰的前提，梗概便能自行呈现出来。你可以增加微小的细节和个人的感触，使它得以详细阐述。

假设你选择了上述的前提"爱情战胜一切，甚至死亡"，假设你相信它。事实上，因为你将要证明它，你必须相信它。你必须有力地展示，没有爱情，生命便是毫无价值的。如果你并非真诚地相信这一点，即使绞尽脑汁，你也很难创造出诸如《玩偶之家》中的娜拉或者《罗密欧与朱丽叶》中的朱丽叶所拥有的那样的情感强度。

莎士比亚、莫里哀和易卜生是否相信他们自己的前提呢？大概如此。如果不是这样，那么只能认为他们的才能太伟大，能够令观众对其描写感同身受，与其笔下的人物情意相通，乃至相信了他们的诚挚。

而你却不能去写任何自己所不相信的东西。你必须令自己信服你的前提，并且全心全意地证明它。或许于我它荒谬绝伦，但于你却不相同。

虽然你永远不应在你剧中的对话里提到你的前提，但你必须让观众心领神会。不管它是什么，你必须证明它。

我们已经明白，一个想法，通常是一部戏发端的想法，随时会造访你。我们也明白，为何它必须被转化为前提。将想法转变为前提的过程并非难事。你可以用任何一种方式，甚至是毫无头绪的方式开始写戏，而最终各个部分则必须尽归其位。

也许在你的脑海里，虽然尚无前提，但一个故事已经形成。这样的话，你可以动笔写戏了吗？最好不要，尽管对你来说它看似已经完成。如果嫉妒导致了悲惨的结局，那么显然你写作的是一部有关嫉妒的戏。可是你考虑过是什么引起了嫉妒吗？是卖弄风情的女人？还是品质恶劣的男人？是他结交了损友，还是她厌倦了丈夫？丈夫有所不轨，还是她不惜卖身以挽救生病的丈夫？这一切是否只是误会？依此类推。

这些可能性中的每一种都需要不同的前提，例如"婚姻中的淫乱导致嫉妒和谋杀"。如果你把这个作为前提，你便知道了在这一特例下，是什么导致嫉妒、导致淫乱者杀人或被杀。前提指出了你必须要走的唯一道路。有很多前提与嫉妒有关，但对于你，只能有唯一的驱动力驱使你的戏走向其必然的结论。一个淫乱者的行为必定不同于常人，更不同于卖身救夫的女人。尽管你也许已在头脑中，甚至纸上定下了你的故事，但你并不一定得到了形式清晰的前提。

但是着手搜寻一个前提却是愚蠢的行为，因为正如我们指出的，它必须是一个你自己的信念。你了解自己的信念，并反复地审视它们。如果你对某人及其习性有兴趣，那么只要选取其种种特点中的一个，就足以为你的多个前提提供素材了。

请牢记那个"难寻的青鸟"的寓言：某人为了寻找幸福的青鸟而走遍天下，回家后才发现它一直就在家中。没有必要为了寻找一个前提而让自己绞尽脑汁、筋疲力尽，因为它们俯拾即是。任何人都有一些强烈的信念，这就是前提的矿藏。

假设你不经意间找到了一个前提，它对你来说是陌生的，既非由你而生，亦非归你所属。而好的前提能够展现作者的意愿。

如果你想写出一部精彩的戏，那么理所当然，你就必须忍受一些事。有趣的是，所有的戏，包括闹剧在内，当作者感到有些重要的东西让他不吐不快时，都会写得更好一点。

那么对于犯罪剧这样的形式，是否同样如此呢？我们不妨看看。你有一个绝妙的想法可以用在一部表现"完美犯罪"的戏里，你把它策划得滴水不漏，并且确信它惊心动魄，足以让所有观众如醉如痴。你把它讲给朋友听，而他却感到乏味，这让你颇为吃惊，问题出在哪里？你觉得最好再问问别人，结果得到的是客套的鼓励，但你骨子里觉得他们并不喜欢它。于是你重新构思，这里修修，那里改改，然后又去找你的朋友们。他们已经听过一遍这该死的玩意儿，这次是真的感到索然无味了，这让你沮丧不已。你还是不知道问题出在哪里，只知道这部戏不好，于是开始讨厌并试图忘掉它。

不用看你的戏我们也知道问题出在哪里：没有形式清晰的前提。如果没有形式清晰并且有效的前提，那么所有的人物都不会是生动的。他们怎么会生动呢？他们甚至不知道为什么要执行一次完美的犯罪，其唯一的理由只是你的命令罢了。结果，他们的表演和对话都匠气十足，以致没有人会相信他们的言行。

你可能不相信，但一部戏里的所有人物都应当成为真实的人。他们应当为了自己的理由去做事。如果一个人要执行一次完美的犯罪，那么一定有其根深蒂固的动机。

罪行并非其自身的终点，犯罪的人即便疯狂也有其理由。他们为何疯狂？什么令他们暴虐无道、欲壑难填、怒火中烧？其中的理由恰恰是我们感兴趣的。报章上充斥着谋杀、纵火、强奸的报道，这已经令我们作呕。如果不能发现其中的缘由，我们为什么还要去剧院再看一遍呢？

一个少女谋杀了她的母亲。令人震惊,但是为何?通向谋杀的过程又是什么?剧作家对其揭示得越深,戏就会越好。你对凶手的生存环境、生理、心理及其个人前提揭示得越多,你就越能成功。

世间存在的事物都与其他事物密切相关。无论处理何种对象,你都不能将它与生活中其他的东西隔绝开来。

如果读者接受我们的解释,他就会放弃写作一部关于"如何"执行一次完美犯罪的戏,转而探寻"为何"会有人这样去做。

我们来追溯一下构思一部犯罪戏的过程,看看各种要素是如何组织在一起的。

首先是何种罪行?贪污?敲诈?盗窃?谋杀?我们选谋杀吧。再来看罪犯,他为何杀人?为情欲?为钱财?为复仇?为野心?还是为纠正不义?有太多种谋杀,所以我们必须立刻回答这一问题。我们不妨选择野心作为动机,看看它会指引我们到达何处。

凶手必然试图达到某种目的,然而却有人阻挠他。为对碍事者施加影响,他将不择手段;为赢得其好感,他将不计代价。也许他们成了朋友,从而避免了谋杀?不行。预想的凶手必须坚定不移,否则就没有谋杀,也就没有戏剧了。但是,他为何必须是坚定不移的呢?我们还不知道,因为我们不知道前提。

我们可以先停下片刻,看看如果没有前提而继续写戏的话,戏会发展成什么样子。但这没有必要,只要看一眼我们着手的作品,便明白其结构是多么不坚实:某人将要杀害对其野心构成阻挠的人。数以百计的戏剧都包含这个想法,它脆弱到甚至不能以其为基础写出一个梗概。我们来深入地考察手头的各种要素,寻找一个有效的前提。

凶手将会通过杀人达到其目标。他当然不是那种容易满足的人,而谋杀则是为实现野心所需付出的高昂代价。野心将使一个冷酷的人(对了,我们的凶手是冷酷的)对除了其自私的目的以外的一切都视而不见。

他是一个危险的人,对社会毫无益处。假设他逃脱了对其罪行的惩罚呢?假设他谋得了一个责任重大的职位呢?那会带来多大的危害!他能够只顾自己的成功,无限制地冷酷下去吗?一个有着冷酷野心的人可能获得完全的胜利吗？不可能。冷酷，就像仇恨，携带着将导致它自身毁灭的种子。好极了！我们有前提了："冷酷的野心导致自身的毁灭。"

于是我们现在便知道，我们的凶手有可能把一次谋杀做得天衣无缝，但他终会被自己的野心所终结，这便开启了无限的可能。

于是我们也了解了这个冷酷的凶手——当然，还有更多需要了解。对于人物的理解并非如此简单，在后面有关人物的章节里，我们将会详细陈述。但是，主要人物最出众的特征正是前提所给予我们的。

"冷酷的野心导致自身的毁灭"就是莎士比亚的《麦克白》的前提，正如我们前面所指出的。

有多少剧作家，就有多少抵达前提的方式。而且大多数剧作家使用的不只是一种方式。

我们再举一例。

假设一个戏剧家在晚上回家的路上，看到了一群青年在袭击路人。他感到十分愤怒：十六七岁，十七八岁，最多二十岁的孩子怎么就成了死硬的罪犯！这事令他颇为难忘，于是他便决定写一部关于青少年犯罪的戏。但是他意识到，这个题材是无尽的。那么他要处理的那一部分究竟是什么呢？他认定为抢劫。这抢劫给他的印象如此深刻，他相信也会给予观众同样的感触。

剧作家认为，这些孩子很愚蠢：如果被捉住，他们的人生就全完了。他们将因为抢劫被判刑，在牢狱里度过二十年。多傻呀！"我敢说，"他接着想道，"受害者恐怕也是穷得叮当响。他们这是拿自己的人生无谓冒险！"

是啊，是啊，这是个写戏的好想法。他据此着手工作，但是故事却不肯生长。毕竟，你不能三幕戏都写抢劫。这么好的想法却写不出戏来，剧作家开始为自己的无能感到烦躁、困惑。

一起抢劫只是一起抢劫，没什么新鲜。不寻常的角度在于它是关于青少年的犯罪的。但是为什么这些青少年要取财于不义呢？也许父母没有考虑过他们。也许父亲是个酒鬼，自顾不暇，但父亲又怎么变成这样，贪恋杯中物而忘了膝下子呢？犯罪的少年固然很多，但其父亲并非都是嗜酒成癖，对子女毫无爱心。那么，他们可能是在子女面前失去了威信，可能是穷困潦倒，无力抚养子女。他们为什么不去找工作？也许适逢经济萧条，没有工作可找，孩子们只好上街自谋生路。贫穷、忽视、肮脏就是他们所见识的一切，而这些东西正是犯罪最有力的推动。

并非只是一个贫民区的少年如此，遍及全国、数以千计的少年都身处赤贫，把犯罪当做出路。贫穷推动他们，激发他们成为罪犯。对了！"贫穷助长犯罪"！我们有前提了，而那个剧作家也有他的前提了。

他开始寻找一个地点来设定他的戏。他想起自己的童年，想起曾经目睹或者载于报章的事件。他想到了各种可能会助长犯罪的地点，研究了人物、家庭以及贫穷滋生的原因和影响，调查了城里对这些状况采取的举措。

然后，他转向那些少年。他们是真傻吗？他们是否是因为遭到忽视、身染疾病或者濒于饥饿而变成这样？他决定把注意力集中于一个人物，一个能帮助他完成故事的人物。他找到了一个可爱的男孩约翰尼，十六岁大，有一个姐姐。父亲早就抛下生病的妻子和两个孩子，杳无音信——因为找不到工作，又厌倦了生活，他一走了之。妻子不久就死去了。十八岁的女儿坚持照料弟弟，她疼爱他，无法想象没有他的生活，但她得工作。一家孤儿院也许可以收留约翰尼，但是这样"贫穷助长犯罪"的前提就没有意义了。所以，约翰尼在他姐姐上班的时候就在街上转悠。

约翰尼对凡事都有自己的哲学。别的孩子都听从老师、父母的教导，以服从、诚实为信条。而约翰尼却根据自己的经历认为，那完全是瞎话，他要是守法的话，就得饿上一整天。所以，他有自己的前提"如果你够精明，总能跑得掉"，而且一次次看到它应验。他偷过东西，并且成功逃脱。但是约翰尼的面前还有法律，而它的前提则是"法网恢恢，疏而不漏"或者"犯罪是划不来的"。

约翰尼也有自己的榜样，那些逍遥法外的家伙。他觉得他们比所有的警察都精明得多。有个叫杰克·科利的本地青年就是这样，他和约翰尼同生在一个街区，现在被全国的警察围捕，却总能将他们玩弄于股掌之间，堪称此中高手。

你应当了解约翰尼，应当发掘他的背景、他所受的教育、他的志向、他崇拜的人物、他的动机、他的朋友等等。这样，这个前提才会完全地适用于他，也适用于无数其他的孩子。

如果你只看到了约翰尼是个粗人,却不明白为何,那么你就需要找到另外一个前提,比如说"缺乏警力会助长犯罪"。当然,不管这前提对不对,问题又出现了。粗心的人可能会同意你的观点,但你必须解释为何百万富翁的儿子不会像约翰尼一样出去偷面包。如果警察多了,那么贫穷和苦难就会相应地减少吗?事实证明不会。那么"贫穷助长犯罪"就是一个更为真实,更为可行的前提。

这也就是西德尼·金斯利的《死路》的前提。

你必须决定如何恰当地处理你的前提。你是否要批判社会?你是否要展现贫穷并指出脱离贫穷的出路?金斯利决定只是展现贫穷,而让观众自己得出结论。如果你想对金斯利所说的东西提出自己的见解,那就创造一个能够拓展原来前提的次前提(subpremise)。必要的话,再拓展一次,这样它对于你才会恰如其分。如果在这一过程中,你发现由于自己对本来要说的东西改变了观点,前提已经站不住脚了,那么就抛弃旧的,构思一个新的。

"社会应当对贫穷负责吗?"不论你支持哪一方,你都必须证明它。当然,你这部戏和金斯利的是不同的。你可以构思的前提要多少有多少,"贫穷"、"爱情"、"仇恨",但只能选一个自己最满意的。

有许多方式抵达前提,你可以采用其中任何一种。你可以把一个想法立刻变成前提,也可以先发展一个情境,看看其潜力如何,进而找到一个正确的前提赋予其意义,并提供一个结局。

情感可以决定很多前提,但你必须阐述它,使之能够表达你的想法。我们且以"嫉妒"这种情感来验证。发端于自卑的情感会滋生嫉妒,而它一样不能成为前提,因为它没有设定任何目标。如果我们表述为"嫉妒毁灭……"是否会更好些?不会,尽管我们现在知道了它会如何作用。我们再进一步:"嫉妒毁灭其自身",这样就有目标了。我们和剧作家便知道,戏将会不断进展,直到嫉妒毁灭了自身。作者当然也可以在此基础上继续构建,比方说"嫉妒不仅毁灭自身,而且毁灭其所爱的对象"。

我们希望读者们能够分辨出上述这两种前提之间的区别。前提的变化是无穷的,而每一种新的变化都会给戏带来不同。但不论你何时改变了前提,都得回到开头重新写一遍梗概来论述这新的一项。如果你以一个前提开始,半路又更换的话，戏就会变糟。没人能够以两个前提来写戏，就像没人能够在两个地基上造房子一样。

莫里哀的《伪君子》为展示一个前提如何生长成为一部戏提供了很好的范例（参见附一的梗概和分析）。

答尔丢夫的前提是"害人者必害己"。

全剧一开始，柏奈尔老太太正在训斥儿子的新媳妇欧米尔以及孙子、孙女，理由是他们没有对答尔丢夫表现出足够的敬意。这个被一家之主奥尔贡领进门的答尔丢夫显然是个披着圣人伪装的无赖，他的真正图谋是欧米尔的美色和奥尔贡的财产。而奥尔贡对答尔丢夫的假道学竟大为倾倒，甚至把他当成救主再世。

我们先看开头，作者的目的在于尽快地在第一部分建立起前提：

**柏奈尔** （对孙子达米斯）如果答尔丢夫说什么有罪，那便一定有罪。他为你指出通向天国的道路，你跟着他便是了。

**达米斯** 我才不要他做伴，不管去哪儿。

**柏奈尔** 你这么说何止是愚蠢，简直是邪恶。你父亲喜欢他、信任他，你当然也得这样。

**达米斯** 喜欢他、信任他是办不到的。父亲也好，旁人也罢，谁也说不动我！我恨透了这个家伙，恨透了他那套玩意儿。说我不恨那是假话。他再敢在我面前嚣张，我便敲碎他的脑袋。

**桃丽娜（女佣）** 没错，太太。谁能想到，这么一个生人，来的时候衣衫破烂、两手空空，竟会发号施令，搅得一家子凡事不得安生。

**柏奈尔** 我又没问你。（对其他人）如果他真能管得了这一家子，那倒更好。

［这是第一个征兆，后来奥尔贡真的把财产委托给了他。］①

**桃丽娜** 您也许觉得他是圣人，太太。可在我眼里，他就是个彻头彻尾的伪君子。

---

① 本书所引剧本里中括号部分内容，皆为作者埃格里的分析、评论，非剧本原文。——编者注

**达米斯** 我发誓他一定是。

**柏奈尔** 不许造谣中伤!你们都不许!我知道你们不喜欢他。为什么?因为他看到了你们的缺点,而且敢于告诉你们。

**桃丽娜** 他干的可不只这些,他根本不想让太太和朋友们会面游玩。他凭什么冲太太大发雷霆?我真不知那又有何妨?好像他自己从不和凡人来往似的。依我看,他就是嫉妒她!

[对了,他就是嫉妒,我们后来会发现的。莫里哀正在非常仔细地推动着他预设的一切。]

**欧米尔** 桃丽娜,你这是瞎说!

**柏奈尔** 比瞎说还不如。想想看你在暗指什么吧,姑娘,你自己都会害臊的。(对其他人)亲爱的答尔丢夫不只是反对你们风流,他也反对街坊邻居这样。在我儿子做过的事里,没有比把尊敬的答尔丢夫领进家门更明智的了。如果有人能让迷途的羔羊知返,那一定是他。你们聪明的话,就应当听从他的告诫——那些拜访啊、郊游啊、舞会啊,都是魔鬼为了毁灭你们灵魂而耍的花招。

**欧米尔** 为什么,母亲?我们参加聚会只是为了去玩,这是很正当的啊。

如果重读一下前提,你就会注意到,剧中的某人(这里是答尔丢夫)将会(以假装圣洁的方式)使那些单纯、轻信的人(奥尔贡和他母亲)陷入他的圈套。如果成功的话,他就可以把奥尔贡的财产据为己有,并让可爱的欧米尔成为他的情妇。

在全剧的最开始,我们就能感到这个幸福的家庭面临着可怕的威胁。我们和奥尔贡还没照过面,只有他母亲在支持那个假道学。那么身为一个退役军官,他不仅对生人深信不疑,还使其给自己的家庭造成祸端,他是不是疯了?如果他确实相信答尔丢夫,那么可以说,作者已经在第一幕中开门见山地建立了他的前提。

我们亲眼见到,答尔丢夫如何用狡猾的伎俩让猎物奥尔贡自己挖好了陷阱。但我们对奥尔贡是否会就此沦落尚不得而知,于是便兴致大增。且让我们看看奥尔贡的信念是否真如他母亲希望的那样坚定不移。

奥尔贡刚刚结束为期三天的旅行回来，遇见了他的内兄克莱昂特。

**克莱昂特**　我听说你马上就要回来，便在这里等你。

**奥尔贡**　你真好心。不过请原谅，我有两件事得先问问桃丽娜，回头再和你聊。（对桃丽娜）我不在的时候，家里都还好吧？

**桃丽娜**　不怎么好，老爷。太太前天发烧了，头疼得很。

**奥尔贡**　是吗？答尔丢夫好吗？

**桃丽娜**　哦，他倒好得很，健康得要命。

**奥尔贡**　这可怜的家伙！

**桃丽娜**　那天晚餐的时候，太太病得厉害，一丁点都没吃。

**奥尔贡**　啊，那答尔丢夫呢？

**桃丽娜**　他倒吃了一对山鹑、半条碎羊腿，撑得不轻。

**奥尔贡**　这可怜的家伙！

**桃丽娜**　太太整夜睡不着，我们得陪着她到天亮。

**奥尔贡**　真是。那答尔丢夫呢？

**桃丽娜**　哦，他下了餐桌就上床。从声响上听，他应该睡得很香，一觉到天亮。

**奥尔贡**　这可怜的家伙！

**桃丽娜**　后来我们总算说动太太放了点血，她马上就好了。

**奥尔贡**　好啊！那答尔丢夫呢？

**桃丽娜**　他倒满不在乎，第二天早餐时喝了四杯酒，算是替太太喝的。

**奥尔贡**　这可怜的家伙！

**桃丽娜**　现在他们都好了，您要是允许，我现在就去告诉太太您回来了。

**奥尔贡**　就这么办，桃丽娜。

**桃丽娜**　（走到后面拱廊时）我一定告诉太太您多么关心她的病情。（下）

**奥尔贡**　（对克莱昂特）我觉得她简直不守规矩了。

**克莱昂特**　如果真是这样，亲爱的奥尔贡，难道不是事出有因吗？老天有眼，老兄，你怎么对这个答尔丢夫这么热心？你不觉得自己因为他，对其他人都不管不问了吗？

显然，奥尔贡看不到答尔丢夫给他挖好的陷阱。莫里哀准确无误地在戏的前三分之一就建立了他的前提。那么奥尔贡会跳进陷阱吗？戏不收场，我们就不得而知。

无疑，同样的原则也支配着长短篇小说、电影和广播剧。我们以莫泊桑的短篇小说《项链》为例，找出其中的前提。

玛蒂尔达，一个年轻爱幻想的穷姑娘，为了参加舞会便向富有的同学借了一串钻石项链，却不慎将其遗失。由于害怕因此丢脸，玛蒂尔达和丈夫抵押了财产，借钱买了项链归还原主。两人经过多年艰辛的工作，终于还清了债务。他们为此而积劳成疾，变得丑陋苍老、粗鄙不堪，却最终发现那串丢失的项链竟是玻璃做的。

这个不朽故事的前提是什么呢？我们认为，一切都发端于她的白日梦。当然，做白日梦的人不一定是坏人。但是，白日梦通常是对现实的逃避：人没有勇气面对现实，便把白日梦当做替代物。伟人们也都是梦想家，但他们把梦变成了现实。尼古拉·特斯拉①就是个例子，这个最杰出的电学天才不仅是伟大的梦想家，也是伟大的行动家。

而玛蒂尔达虽天性善良，但是耽于幻想。除了厄运，幻想什么也没有带给她。

我们来考察一下她的性格。在想象的城堡里，她过着皇后一样的奢华生活。自然，她还很骄傲，不肯在朋友面前承认自己无力偿还丢失的项链，以免为此受辱。对她来说，屈辱比死亡更可怕。所以，即使自己和丈夫的余生都要为还债而工作，她也要买一条还上。由于贪慕虚荣、死要面子的固有品质（发端于爱幻想），她把自己变成了苦工。而出于对她的爱，丈夫也跟她一

---

① Nikola Tesla（1856—1943），美国物理学家、发明家，变压器的发明者。——译者注

起吃苦。前提："逃避现实终遭报应。"

我们来看看艾德里·洛克·兰利（Adria Locke Langley）的小说《狮子上街》（*A Lion is in the Street*）的前提是什么。

汉克·马丁年纪轻轻就立志成为大人物。为了利用他人，他阿谀奉承，投机钻营。以这种手段，他当上了州长。但他的横征暴敛遭到了民众的反抗，最终惨死。

显然，小说的前提是"冷酷的野心导致自身的毁灭"。

再看根据阿尔伯特·马尔茨（Albert Maltz）的小说改编的电影《海军的骄傲》（*Pride of the Marines*，1945）。

故事的主角是一位在战争中失明的伤兵艾尔·施密德。因为自感是个废人，他待在康复医院里不肯回家去见未婚妻，直到后来人们想法把他骗回家。未婚妻说她仍然爱他，并且告诉他，尽管失明，他仍然保有那份工作。于是他恢复了工作并准备结婚。尽管医生都对他恢复视力不抱希望，他却开始能看见东西了。

前提："爱的牺牲会战胜绝望。"

然而对这样一部颇具前景的电影来说，有点可惜的是，艾尔·施密德和其他的人物直到影片结束，都不知道自己在为什么而斗争，观众也不清楚他是怎么失明的。而这些信息可以在很大程度上深化这部电影。

格维萨林·格雷厄姆（Gwethalynn Graham）的小说《天上人间》（*Earth and High Heaven*）讲述了一个富有的加拿大姑娘和一个犹太律师的爱情故事。由于宗教信仰不同，姑娘的父亲不肯接受这个年轻人，而且要竭力拆散他们。虽然父女俩感情深厚，但姑娘不得不在父亲和恋人之间做出抉择。最终她脱离了家庭关系，与心上人结了婚。

前提："褊狭导致孤立。"

这些例子并非都具有很高的文学价值，但它们都具有阐述清晰的前提，而这对于一切良好的写作都必不可少。没有它，人们就不可能了解你的人物。一个前提应当包含人物、冲突和结论。在形式不够清晰的前提里，你是看不到这些的。

还有一件事需要牢记：没有任何前提是普遍的真理。贫穷不一定就导致犯罪。但是如果你选择了这个前提,对你来说它便成为了真理。这一原则支配着所有的前提。

前提是一个概念,是一部戏的开端。前提是一粒种子,种瓜得瓜,种豆得豆。但前提在戏里不能太显眼,否则它就会把人物变成木偶,把冲突变成机器。在一个构建得当的戏剧或故事里,你是无法区分前提与故事、人物之间的界限的。

伟大的法国雕塑家罗丹刚刚完成了一座巴尔扎克的纪念雕像。雕像穿着长袖的大袍子,双臂交叠于胸前。

罗丹筋疲力尽,却得意非凡。他退后几步,满意地打量着他的作品:真是一件杰作!就像所有的艺术家一样,他需要有人分享自己的喜悦。虽然已经凌晨四点,他还是迫不及待地把学生叫醒了。

老师兴冲冲地走上前,看着学生的反应。

学生的目光慢慢地集中在那双手上。

"美极了!"他大叫道,"多么美的手啊,老师。我从没见过雕得这么奇妙的手。"

罗丹的脸色沉了下来,他冲出工作室,不一会儿又拉了一个学生进来。

反应几乎一模一样。罗丹热切地注视着学生,而学生停在雕像前,紧紧地盯着那双手。

"老师,"学生崇敬地说道,"只有上帝才能创造出这样的手,它们简直是活的!"

显然,罗丹想听的是别的话。他又癫狂地冲了出去,回来的时候又拽着一个被他弄得不知所措的学生。

"看看这双手,看看这双手,"新来的家伙以同样崇敬的语气说道,"即使您别的什么也没做,老师,这双手已经足以让您不朽!"

罗丹一下子失控了,他懊丧地喊了一声,冲到角落里抓起一把吓人的大斧,向着雕像跑来,好像要把它劈成碎片似的。

学生们吓坏了,连忙抱住了他。可他却发疯一样,用超人的力气把他们推开了。他冲到雕像前，瞄了一眼，把那双漂亮的手砍了下来。

然后他转身看着学生们，目光炯炯。"傻瓜！"他叫道，"我不得不毁掉这双手，因为它们已经有了自己的生命，它们和这件作品的其他部分不相称了。要记住，要牢牢记住，任何局部都不比整体更重要！"

这就是为何巴黎的巴尔扎克雕像是没有手的——长长的袖子似乎盖住了双手，但实际上，是罗丹把它们砍掉了，因为它们比整个雕像更显眼。

前提以及剧中的其他部分都不能具有自己独立的生命，剧中一切必须和谐地融为一体。

# Chapter 2
# 人 物

Character

## 2.1 基本结构

在前面一章里,我们已经展示了以前提作为写作一部好戏首要步骤的必要,接下来我们则讨论人物的重要性。我们将对人物进行剖析,来看看具体是哪些要素构成了这个被称为"人"的生物。人物是我们不得不面对的基础素材,因此我们必须尽可能透彻地了解它。

亨利克·易卜生在谈到他的写作方式时这样说道:"当写作时,我必须独自一人。如果戏里有八个人物,那么我已经有了整整一个社会,他们就能让我忙碌不已。我必须学着了解他们,而这个熟悉的过程漫长而痛苦。我定了一个规矩,戏里的三个人物,每个都要和其他的有显著的区别。我是指人物性格,而不是处理的方式。开始整理素材时,我便感到对人物的了解应如同和他乘火车长途旅行,从泛泛之交到建立友谊,再到无所不谈。当我动笔的时候,一切就清晰多了,好像我已经和这些人在矿泉疗养地相处了一个月似的。无论是他们最突出的特征,还是他们最微小的习性,我都了如指掌。"

易卜生看到了什么?他所说的"无论是他们最突出的特征,还是他们最微小的习性,我都了如指掌"又意味着什么?让我们来探索一下,什么是人物的突出特征——不是一个人物独有,而是所有人物共有的特征。

每一物体都有三个维度：深度、高度和宽度。除此之外，人类还有三个维度：生理、社会、心理。不了解这三个维度，我们就无法对一个人作出评价。

如果你研究一个人，仅仅知道他是粗鲁放肆还是彬彬有礼，笃信宗教还是无神论者，情操高尚还是颓废堕落，都是不够的。你必须知道他为什么会这样。我们想要知道什么造就了他，想知道其性格持续变化的原因，以及无论他愿意与否，其性格必然变化的原因。

按照从简到繁的次序排列这三个维度，首先是生理（physiology）。争论驼背人对世界的看法和健全人是否相反是徒劳无益的，因为人无论高矮美丑、聋哑盲瘸，看待事物都会和他人不同。病人会认为健康是再好不过的东西，而健康的人恐怕就不会那么在乎，甚至根本不在乎。

我们的生理特点为生活的景观增添了色彩，同时也不断地影响我们，使我们变得或宽厚或褊狭，或谦卑或傲慢。它也作用于我们的心理发展，自卑感或优越感便以它为基础。在人类的三个维度中，它是最明显的一个。

我们要研究的第二个维度是社会（sociology）。如果你出身于底层，从小在肮脏的街道上玩耍，你的反应和一个养尊处优的孩子一定是不同的。

但是我们并不能确切地分析出你和他之间的区别，也不能分析出你和一个同样生活在廉租公寓的邻家孩子之间的区别，除非我们对你们更为了解。你的父母是什么样的人？他们身体如何，靠什么谋生？你的朋友是谁？你们如何影响着彼此？你喜欢什么样的衣服，读什么书？你去教堂吗？你吃什么，想什么，喜欢什么，讨厌什么？从社会学上说，你是什么人？

第三个维度——心理（psychology）则是前两个维度的产物。它们互相作用，便产生了志向、脾性、态度和情结。心理最终使三个维度完满地统一起来。

如果我们想要理解任何个体的行为，就必须审视迫使他这么做的动机。先来看生理特征。

他病了吗？他也许患了慢性病。虽然他自己可能一无所知，但作者必须知道，因为只有这样才能理解人物。疾病将会影响人物对待事物的态度，我们在患病、康复或者完全健康的时候，表现得都不一样。

这个人是不是有招风耳、肿眼泡、毛发浓密的手臂？这些都会赋予他一种观点，并影响他的行为。

他是否讨厌别人谈到鹰钩鼻、大嘴巴、薄嘴唇或大脚丫？如果是，那他一定具有这些缺点中的一个。对这些身体上的短处，有人会否认，有人会自嘲，还有人会怨恨。不过可以肯定的是，谁也躲不开这些缺点的影响。那么我们的这个人物是否具有一种自我厌恶的情感呢？这就会影响他的人生观了，或者激化他和别人的冲突，或者让他习以为常、逆来顺受，总之一定会影响他。

生理维度固然很重要，但毕竟只是整体的一部分，我们一定不要忘记给生理的图画上增添社会的背景。两者将会结合在一起，催生出第三维度，即精神的状态。

性变态者只是性变态者，尽管公众对此颇为关注，对于心理学家而言，他不过是其生活背景、生理、遗传和教育的综合产物。

这三个维度对人类行为的每个阶段给予了解释，如果理解这一点的话，那么我们写作任何人物并对其动机追根溯源都会更为容易。

如果你分析任何一部经得住时间考验的艺术作品的话，都会发现其之所以长存于世，是因为全部包含了这三个维度。如果缺少了其中一个，那么即使它布局精妙，即使它令你收入不菲，你的戏在文学上还是不算成功。

当你阅读日报上的剧评时，肯定会一次次遇到这些词语：乏味、没有说服力、陈腐的人物（或曰糟糕的描写）、似曾相识的情境、无聊等等。它们全都指向一个错误：人物缺乏这三个维度。

当你的戏被指责为"似曾相识"时，不要以为你要做的是去捕捉奇巧的情境。一旦你的人物完满了，也就是说其具有了三个维度，你就会发现他们不仅能令剧场为之兴奋，而且也将是新颖独到的。

文学中有很多具备三个维度的人物，哈姆雷特就是一例。我们不仅知道他的年龄、他的外貌和他的健康状况，还能很容易地推断他的脾性来。而他生活的背景和时代也赋予该剧动力。我们知道当时的政治环境、他父母间的关系、过去发生的事件及其加诸于他的影响。我们知道他个人的前提和动机。我们知道他的心理，并清晰地看出它如何发端于他的生理和社会特征。简而言之，我们对他的了解恐怕比对自己还多。

莎士比亚的伟大剧作都建立于人物之上，麦克白、李尔王、奥赛罗和其他一些人物都是具备三个维度的卓越典范。

但是对名剧进行批评分析并非是我们的目的。每个作家都在创造人物或者试图创造人物，这无须多说。而关于他们如何成功和为何成功，我们将在其他章节探讨。

一部戏是如何从人物生长出来的？欧里庇得斯的《美狄亚》给予了我们一个经典范例。作者不需凭借爱神让美狄亚与伊阿宋坠入爱河，虽然在那个时代，神的干预是一种传统，但是剧中人物的行为即使没有这种干预，也合乎逻辑。美狄亚或者任何女人，都会爱上这样富于魅力的男人，并为其作出难以置信的牺牲。

美狄亚为了爱情杀死了自己的兄弟。而不久以前，在纽约，一个女人把自己的两个孩子诱入森林，割断了他们喉咙，并浇上汽油焚尸。她也是为了爱情。这并非有什么超自然的象征，不过是根源深远的交配本能在恣意妄为。如果我们了解了这个现代美狄亚的背景和心理构成，那么她那可怕的行为便不再难以理解。

以下是一个便于我们逐步廓清体现了人物这三个维度的基本结构的提纲：

### 生理

(1) 性别

(2) 年龄

(3) 身高和体重

(4) 头发、眼睛、皮肤的颜色

(5) 仪态

(6) 外表：是否漂亮，是否过胖或过瘦，是否干净整洁、讨人喜欢，头部、面孔和四肢的形态

(7) 缺陷：反常、畸形、胎记、疾病

(8) 遗传特征

**社会**

（1）阶层：下层、中层、上层

（2）职业：工作类型、工作时间、收入、工作条件、是否工会成员、对所属组织的态度、对工作的适应程度

（3）教育：学历、学校类型、分数、喜欢的科目、不擅长的科目、天赋

（4）家庭生活：父母在世与否、谋生来源、是否孤儿、父母是否分居或离异、父母的习惯、父母的心智程度、父母的缺点、父母是否疏于照顾子女、婚姻状况

（5）宗教

（6）种族、国籍

（7）社交场所、主要的朋友、社团、运动项目

（8）所属政党

（9）消遣、爱好：阅读的书籍、报纸、杂志等

**心理**

（1）性生活、道德标准

（2）个人前提、志向

（3）挫折、主要的失望之处

（4）性格：暴躁、随和、悲观、乐观

（5）对生活的态度：逆来顺受、桀骜不驯、自甘堕落

（6）情结：痴迷、拘谨、多疑、恐惧

这便是人物的基本结构，作者必须透彻地了解它，并据此进行构建。

▍**课堂讨论**

问：我们如何才能把这三个维度融为一体？

答：举西德尼·金斯利的《死路》为例。除了一个人物以外，其他所有

人在生理上都是正常的。剧中生理上的缺陷并未明确产生严重、复杂的后果。在他们的生活里，环境成了决定性的因素：英雄崇拜、教育不足、缺衣少穿、没有远见。最为重要的是，长久的贫穷和饥饿使他们形成了对世界特定的观念，进而是对社会的特定看法和行动。这三个维度共同创造了一个独特的个体。

**问**：相同的环境使每个孩子产生相同的反应，抑或给予他们相异的影响，乃至千人千面？

**答**：既然任何两个个体都不会是完全一样的，那么他们的反应也不会完全相同。一个男孩可能会有这样的成见：他把少年犯罪当做辉煌的强盗生涯的预演。而另一个参与袭击的成员却可能是出于忠诚、出于恐惧或者是为了赢得勇敢的名声，甚至还可能对其中的危险感到担忧，而且绝不认为这是脱离贫穷的出路。在对待同样的社会状况时，个体间的微小差异和心理发展都会影响他们的反应。科学告诉我们，人们从未发现过两片完全一样的雪花，因为空气最微小的扰动、风向、降落位置都会改变它们的形状。这样，它们就有了无限多样的外表。同样的法则支配着我们所有人。父亲总是和善或偶尔和善，极少和善或从不和善，这势必会影响一个人的发展。如果一个人最幸福满足的瞬间就是慈父关爱之时，那么他决不会将其忘怀。每个行动都取决于特定时刻和特定状况。

**问**：一定有一些人类的现象并不能归入这三个类别。我注意到，有时我的沮丧或者激动似乎毫无来由。我对此很敏感，并试图追寻这神秘干扰的根源，却从未成功过。我可以如实地说，这时常发生，却并非出于经济压力或者精神焦虑。你笑什么？

**答**：你让我想起我的一个作家朋友，他亲口告诉了我一个奇怪的故事。那发生在他三十岁时，他很健康，作品也获得了好评；他赚了很多钱，甚至不知怎么花；他结了婚，夫妻恩爱，育有两子。但让他颇为吃惊的是，他发现自己对家庭和事业的前景毫不在意。他百无聊赖，心烦意乱，天下竟然没有让他提得起兴趣的东西。他盼望着朋友们能说点什么，做点什么。他无法忍受日复一日、周而复始地面对同样的女人、同样的食物、同样的朋友还有报纸上同样了无新意的谋杀故事——这些都快把他逼疯了。这同你的情况一样神秘莫测。他想过另寻新欢，可付诸行动后却没有成功。他发现爱情也没有什么新鲜之处，感到失望不已。他真的是厌倦了人生。于是他停止写作，停止探望朋友，最后决定一死了之。这并非只是心灰意冷时产生的临时想法，他很冷静地、面不改色心不跳地谋划过。他沉思着，在他出生之前，地球已经存在了数十亿年，在他过世之后，还会继续存在下去。那么，他比天命早死几年又有什么大不了的？

于是，他把家人送到朋友那里，坐下来写自己的遗书，向妻子解释自己这么做的原因。这封信不是那么好写的，它看起来总是并不令人信服。他绞尽脑汁，连写戏都没让他这么费力。突然间，他感到肚子在剧烈地痉挛，那是一种锥心的、难耐的、持续的疼痛。他发现自己正处在尴尬的境地里。他想自杀，但死于这样一种胃痛实在太愚蠢了，他必须把信写完。

他决定吃点药来止痛。吃完后，他坐回书桌想继续写信，却发现写起来更加困难。之前搜集的自杀的理由现在看起来简直是胡思乱想，甚至愚不可及。他渐渐注意到，书桌上，灿烂的阳光正在嬉戏，屋子里、大街上，光与影变幻莫测。树木从未如此青翠宜人，生活也从未如此令人向往。他想要看、想要听、想要触摸、想要行走……

问：你是说他完全没有自杀的愿望了吗？

答：他觉得自己有一个健康的身体和一百万条活下去的理由。他真的成了一个新人。

问：生理状态真的能够完全地影响人的理智，以至到生死攸关的程度吗？

答：去问你认识的医生吧。

问：但对于我，并不是所有的身体和心理的反应都出于生理或经济原因。我知道如果我……

答：我们都知道一些例子。假设某人爱上了一个美艳的姑娘，可惜只是单相思，他会感到苦恼、沮丧，并因此疾病缠身。他为何如此？很多人都知道，离开了经济或物质的爱情不过是虚无缥缈的。我们不妨深究一下。爱情就像所有的感情一样，产生于大脑。而大脑，不管我们怎样看，都是由组织、细胞、血管构成的，这完全是生理构造。生理上最轻微的紊乱首先传达到大脑，然后它立即作出反应。极端的失望情绪会影响大脑（生理意义上的大脑），而大脑则会把信息传递到身体。而爱情，无论多么虚无缥缈，也会影响生理的机能，比如消化和睡眠。

问：假设感情可能根本与生理无关呢？假设感情中并没有包含比如情欲这样的因素呢？

答：但所有的感情都有生理上的效果。拿一切感情中最高贵的一种"母爱"来说。假设某个毫无经济困难的母亲，她钱财充裕、身体健康、心情愉快。她的女儿爱上了一个青年，而她却认为这个青年毫无用处，反倒是个累赘。虽然他谈不上危险，不过以一个母亲的观点来看，还是不太适合女儿。但最终，女儿跟他私奔了。

母亲第一个反应是吃惊，然后就是苦涩的失望，再接着是羞辱、自怜。这些情感交织在一起，引起了她一次歇斯底里的大发作。发作后来变得越加频繁，并在某种程度上减弱了她身体的抵抗力，引起了疾病，甚至让她长病不起。

问：难道一切心理的反应都是你所说的这三个维度的结果吗？

答：让我们看一看。母亲为何如此坚决地反对女儿选择的夫君呢？是因为他的外表？可能吧，虽然即使最平凡的母亲在发现女婿不是个美男子时，都会暗自失望。不过外表并不会引起这么激烈的反应，除非他真的长得像个怪物。母亲对他外表的不满也总是取决于其自身的背景，比如她父亲和兄弟的长相，她最喜欢的电影明星等。

另一个更可能的失望缘由，是这个青年的财产状况。如果他不能很好地供养她的女儿，或者根本无力供养，这位母亲便会为自己和女儿感到恐慌。即使她能够保证女儿不至于受穷，但她还是逃不掉朋友们对这门不般配婚事的嘲讽。她可能会资助他经商，但却发现这个青年是个糟糕的商人，为此还赔光了自己全部的积蓄。或者这个青年虽然仪表堂堂、收入稳定，但种族不同？母亲定会用尽浑身解数来阻止他，她凭借自己过往的经验，以社会的排斥，以子虚乌有的种族差异，以毫无根据的迷信和沙文主义来警告他们。

你可以考虑任何理由，无论是这个青年的身体状况还是他曾祖父的出生地，你终将发现这位母亲所反对的东西都有其生理和社会基础。你随便去想，但最终还会回到这三个维度上。

问：三个维度的原则是否会限制作者对素材的观察呢？

答：恰好相反，它将会给予你前所未有的视角，并开启一个等待你去探索和发现的新世界。

问：你在基本结构提纲里提到身高、年龄、肤色，我们的戏里必须要容纳这些吗？

答：你不一定要写到，但必须对这些心中有数。它们将通过人物的行为表现出来，而不只是通过表面的素材。一个身高一米八的人的态度必然区别于一个身高一米二的人；一个麻脸女人的反应也会和一个以美貌闻名的姑娘有所不同。你必须在每个细节上了解你的人物，知道他在特定情境下会如何行动。

你戏里发生的任何事情都必须直接来自人物。既然他们是被你选中以证明前提的，那么你要想达此目的，就不能凭借任何外力，而必须使剧中人物足够有力。

## 2.2　环境

一位朋友邀请你参加聚会，你犹豫片刻后答道："好吧，我会去的。"虽然你只是在做一个谦逊的表态，但它却是经过复杂思考后的结果。

你接受这个邀请，可能是出于寂寞、出于沮丧，也可能是为了逃避晚间的无聊，或是想要发泄过剩的精力。你觉得流连于人群或许可以解决这些问题，或许可以带来新的希望和灵感。事实上，即使是简单的一句"是"或"不"，都是我们对于周遭的虚假或真实、心理或生理、经济或社会状况进行详细考虑、评估、判断后的产物。

语言有着复杂的结构。我们虽然在流利地使用它，但却不会意识到它是由多种要素组合而成的。我们以"幸福"这个词为例，看看是哪些要素构成了它。

如果一个人拥有一切，唯独缺少健康，他会幸福吗？显然不会。我们想要的是彻底的、没有保留的幸福。那么健康就应当列入"幸福"的要素之中。

如果一个人身体健康，但一无所有，他会幸福吗？恐怕也不会。人可以感到快乐、健康、自由，不会感到幸福。要记得，我们所说的是形式最纯粹的幸福。当你收到了渴望已久的礼物时，你会说"啊，我多么幸福"，但你感到的其实不是幸福，是快乐、满足、惊喜，而不是幸福。

那么，如果我们说一个人除了健康以外，还需要一份能让自己过上好日子的工作，应该不算是无端推测。而且，我们也理所当然地认为，他在工作时不会受到凌辱，因为这就否定了他幸福的可能。这样看来，健康和一个满意的职位就应当是幸福的成分。

但是，一个人虽然拥有这两样，但缺少温暖的人情关爱，他会幸福吗？这里需略作探讨。每个人都需要一个能为他所爱并且也爱他的人。于是我们就应当把爱也算作需求之一。

如果你对自己的职位虽然满意，却没有升迁的机会，你会幸福吗？如果你的未来没有发展和改善的希望，那么好工作、健康和爱对你就足够了吗？我看不会。也许你的职位永远不会改变，但如果抱有它将会改变的希望，你一定会感到幸福。所以我们把希望也加入成分的清单。

现在，我们的配方如下：健康、满意的职位、爱、希望相加等于幸福。我们还可以继续细分，但这四种主要的成分已经证明了一个单一的词是由多种元素组成的。当然，"幸福"这个词的含义可能随着地点、气候、条件以及用法产生无数的变异。

原生质是最简单的生命体，但它依然包括了碳、氧、氢、氮、硫、磷、氯、钾、钠、钙、镁、铁等元素。换言之，简单的原生质和复杂的人类的成分一模一样。

我们称原生质简单，是相对于人而言。但对于非生命体而言，原生质又是复杂的。在复杂程度上，它同时占据高低两个位置，这矛盾吗？其实再自然不过。矛盾和张力的原则使运动成为可能，而生命从本质而言，就是运动。

如果原生质没有包含着运动，那么在我们所知历史的开端，会发生什么呢？什么也不会发生。因为不能运动便不能生存，而生命也就不可能存在了。而只有通过运动，生命才能向更高级的形式进化，地点、气候、食物类型与丰富程度、光线充足程度决定了它们不同的形式。

即使满足了一个人生命的全部需求，唯独改变了某一种条件比如光或热，他的生活也会发生彻底的改变。如果你怀疑的话，可以自己去体验一下。假设你很幸福，拥有了全部四种要素。然后试着用绷带把眼睛蒙住二十四小时，这样所有的光线都消失了。你仍然很健康，仍然有工作，仍然爱着与被爱着，仍然充满希望。而且，你知道二十四小时后，绷带就可以拿掉，你并非真的瞎了，只是自愿限制视力而已。但是，这种经历将会整个地改变你的人生态度。

如果你限制听力一天，或者暂停使用某一肢体，也会得到同样的发现。如果你喜欢吃某种食品，那你就只吃这一种，别的什么也不吃。不出一个月，甚至一两周，你觉得你会有什么反应？你一辈子都不愿去碰它了。

如果你被迫住进虫豸横行、恶臭熏天的房间，睡在肮脏的地板上，仅有破烂的被褥以供御寒，你会有什么改变？毫无疑问，即使只住一天，你对洁净和舒适的要求也会大为增加。

正如原始的单细胞动物在环境的压力下改变其形状、颜色和物种一样，人类对于环境（environment）也会作出特有的反应。我们不得不强调这一点，因为对于理解人物变化的原理而言，这将是最为重要的。人物处于永恒的变化之中，在他那井井有条的生活里，最微小的干扰都可能打破他的平静，从而创造出一场精神上的剧变——正如把石头投入池塘激起圈圈涟漪那样。

正如我们试图证明的那样，如果一个人的确受到他所处的环境以及健康、经济背景的影响，那么显然他一定会变化。因为凡事都处于永恒的变化中，环境、健康、经济背景也不例外。而他即是这种永恒变化的中心。

不要忘记一个根本性的真理：万物都在变化，唯有变化永恒。

比如一个成功的生意人，一个纺织品制造商。他很幸福，生意兴隆，妻子和三个孩子也很满足。虽然这是一个很少见的情形，实际上近乎不可能，但它足以说明我们的观点。就他自己和家庭而言，一切的确让人心满意足。后来，某地的大企业家发起了一项旨在削减工资、破坏工会的运动。对于我们这位商人来说，这似乎是个很明智的做法。因为在他看来，现在的工人越来越傲慢了。如果事情这么发展下去，他们说不定会接管产业，毁掉国家。由于这个人的患得患失，他感到自己和家人处于危险之中。

一种不安的感觉缓慢但是顽固地在他心里弥漫开来，他越来越多地了解了这个严重问题。他或许能够意识到，也可能一无所知，他的恐惧其实是由一小撮富有的企业家故意制造出来的。他们在全国范围内制造大规模的恐慌，其真正目则在于削减工资。我们这位商人被宣传的大网所俘获了，他希望能为挽救国家免于毁灭贡献一份力量。他削减了工资，却没有意识到这不仅是跟自己的雇员作对，而且成为了这一必将自食其果的运动的帮凶，最终甚至会毁掉自己的生计。由于购买力的下降，他所导致的，首先是自己生意的受损。

即使这位商人看清了个中缘由，没有削减工资，但由于其他雇主减薪，他也一样会有所反应，变化的形势会让他动摇。不管他是否愿意，其影响也会通过他的家庭作用于他。由于资金来源已经不复充足，他也付不出那么多钱来了。可以预见，家庭成员之间将出现分歧，甚至可能最终决裂。

欧洲或中国的战事、旧金山的罢工、希特勒对民主的侵袭，即使我们未曾身临其境，也一定会影响我们。人类历史的每一事件最终都会光临我们的家园并栖居下来。我们发现，也许是悲哀地发现，所有看似不相关的事物彼此都密切联系，也同我们戚戚相关。

谁也逃不掉，无论是那个纺织品制造商还是别的什么人。

银行和政府也像我们大家一样被迫改变。我们见识过1929年的大萧条，损失的钞票何止百万计。一战之后，一个接一个的政府垮了台，新的政府和制度取而代之。而你的金钱、你的投资在一夜之间被席卷一空，你的安全感也随之而去。你，作为单独的个体，和世界其他地方的人一样，饱受时局的压迫。

一个人物，就是他生理特征和环境施加于他的影响的总和。恰像花朵的生长，在朝阳、夕阳或是正午的骄阳之下，结果大为不同一样。

我们的心灵受到的外界影响，并不少于我们的身体。早期的记忆根深蒂固，虽然我们并不经常意识到它们。我们可以努力消除过去的影响，或逃避自己的本能，但始终无法脱离它们的控制。无论我们多么想去公正地判断，无意识的记忆都会影响我们。

伍德拉夫[①]在《动物学》(Animal Biology)一书中说道："不论其处在何样

---

[①] Lorande L. Woodruff (1879—1947)，美国生物学家。——译者注

的环境中，若不将原生质与环境相联系，认识它就是不可能的。因为原生质与周遭的一切密不可分，环境及其活动的变化都直接或间接地反映在其形态上。"

如果你观察打着五颜六色的伞在雨中行走的妇女们，你会注意到，她们的脸上映出了伞的色彩。儿时的印象、记忆、经历会成为我们不可磨灭的组成部分，并把色彩映入我们的心灵。这种色彩让我们看到多少，我们决不会看得更多。我们可以和这种色彩争论，可以靠清晰意识与之抗争，甚至对自然规律反其道而行之，但我们仍然反映着我们背后的一切。

生活在变动，最微小的干扰也会影响全局，人也在随着环境变化。假设一个青年在恰当的情景下遇到了一位姑娘，由于两人对文学艺术、体育运动具有共同的兴趣，这位青年被姑娘所吸引了。随着共同兴趣的加深，彼此的喜爱和共鸣也逐渐增加。也许他们还意识不到，他们之间的感情已经从喜爱和共鸣变成了更深一层的友情。如果没有什么干扰这种和谐的话，友情就变成爱慕。但爱慕还称不上爱情，如果它到达了热诚、痴迷和依恋的阶段，那就是爱情了。它是最后一个阶段，可以经由牺牲得到证明。而所谓真爱，就是与所爱的人共同经历磨难的能力。

如果两人相处得很好，如果没有什么妨碍他们含苞待放的爱情，这一对年轻人的感情可能会这样的发展下去：他们将会结婚，从此幸福地生活在一起。但假设在两人还处在友情的阶段时，有人在恶意传闲话给这位青年，说姑娘在认识他之前已与别人有染。如果这个青年之前有过糟糕的经历的话，那么他就会耻于再和姑娘会面。他的友情变成了冷漠，又从冷漠变成了怨恨，最后更从怨恨变成了憎恶。另一方面，如果他的母亲曾经有过和这位姑娘一样的经历，却成为了贤妻良母的话，那么这位青年的友情反而会更加迅速地转变成爱情。

一个单纯的爱情事件被无数的变化支配着：金钱的多寡当然有影响；工作的稳定和动荡也一样；健康或疾病会加速或减缓爱情走向完满的进程；各自家庭的经济和社会状况会给予婚配或好或坏的影响；风俗传统也会来制造麻烦。

每个人都处于永恒的波动、变化状态之中。自然界里，没有什么是恒定的，而人类更是如此。

正如我们之前指出的那样，一个人物是其生理特征和环境在特定时刻加诸于他的影响的总和。

## 2.3 辩证的方法

　　什么是辩证（dialectics）呢？辩证这个词来源于古希腊，原本是对话或谈话的意思。雅典的公民把对话看作一种至高无上的艺术，一种发现真理的艺术。他们经常举行辩论会，看看谁才是最好的演讲家和雄辩家。而在所有的希腊人当中，苏格拉底是最优秀的。我们可以在柏拉图的《对话录》中读到他的一些言论，并据此研究其艺术的奥秘。苏格拉底对真理的探寻遵循着这样一个过程：陈述命题，寻找对该命题的反驳，根据反驳修改命题，再次寻找反驳，并无限地继续下去。

　　我们来进一步研究这一方法。对话的进展很明显由三个步骤组成：首先是陈述命题，称之为"正题"（thesis）；其次，发现对命题的反驳，因其对立性，而称之为"反题"（antithesis）；然后，为了解决反驳，对原始命题的修正便成为必要，于是就形成了发端于正题和反题并结合二者的第三命题——"合题"（synthesis）。

　　"正题"、"反题"、"合题"这三个步骤是一切运动的法则。万物都在进行否定其自身的永恒的运动，通过运动向其对立面转化。现在会变成过去，未来会变成现在。世间没有不做运动的事物。

　　永恒的变化是一切存在的本质，万物在其自身中都蕴含了其对立面。变化是一种力量，它驱使事物运动，变成其本来所不是的东西。过去变成现在，并决定了未来。新生命从旧生命中诞生，而它正是被摧毁的旧生命与其对立面的结合。而这种对立也使运动永远地延续下去。

　　人是矛盾的复合体：心里盘算着一件事，手头却去做另一件；摆明是爱，却自认是恨；被压迫、被羞辱、被打击的人，却声称同情并理解那些压迫、羞辱、打击他的人，我们怎么解释这些矛盾？

　　为什么一个和你交情不错的人对你翻脸？为什么儿子反对父亲，女儿反对母亲？

　　一个小伙子离家出走，只因不满母亲要他打扫他们那套肮脏的两居室公寓。他痛恨打扫自家居室，却满足于看门人助手的工作，其主要的职责恰恰就是打扫，这是为什么？

一个十二岁的小女孩①嫁给了一个五十岁的老头，却满心欢喜；一个窃贼成了受人尊敬的公民，一个富有的绅士却成了窃贼；一个姑娘出身于门风严谨、备受尊敬的家庭，却步入黑道，出卖肉体，这又是为什么？

表面上看，上述这些例子似乎很费解，可以"人生莫测"谓之，但它们其实是可以得到辩证解释的。这是一项艰巨的任务，但并非毫无可能。只要记住，没有矛盾就没有运动，没有生活；没有矛盾，甚至连宇宙都不会存在，星辰、月亮、地球都不会存在，更不要说我们自己。

黑格尔说道："矛盾是一切运动和生命力的根源。事物只因为自身具有矛盾，才会运动，才具有动力和活动。"②

阿多拉茨基③在《辩证法》（*Dialectics*）中这样写道："辩证的法则是普遍的。无论是宇宙空间里运动发展成为星系的巨大、发光的星云中，还是在分子、原子、电子和质子的内部结构中，都可以发现它。"

生活在公元前5世纪的芝诺④是辩证法之父。阿多拉茨基引用芝诺的话解释道："一支箭在其飞行的过程中，必然经过了一些特定的点，并占据了一些特定的位置。但如果确实如此的话，在任意一个特定的时刻，它便是处于休止状态的，显然这就意味着，它根本没在运动。于是我们便明白了，不凭借矛盾的陈述，我们就无法表达运动。箭在某一处，同时又不在那里。只有同时表达出这些矛盾的判断，我们才能描述运动。"

我们不妨停下，把一个人冻结起来看看。我们来彻底地分析一下那个离开门风严谨的家庭，而成为妓女的姑娘。可以说某些特定的力量导致了她的堕落，但这还不够。这些力量固然存在，但到底是什么？她是否受到了超自然的启示？卖淫难道真的对她具有吸引力？恐怕不会。她从父母那里，从教堂的牧师那里，听说过卖淫是万恶之首，其中充斥着不测、疾病和恐怖。她知道妓女会为法律所不容，会为皮条客所盘剥，还会被所谓的主顾占尽便宜，

---

① 原文如此。——译者注
② 参见《逻辑学·本质论》。——译者注
③ V. V. Adoratsky（1878—1945），苏联革命家、史学家、政治学家。——译者注
④ Zeno（约公元前 490—425），古代意大利哲学家。——译者注

并往往最终死于孤独痛苦之中。

因此让一个正常的良家妇女成为妓女几乎是不可能的。但是，这种事的确发生在这个姑娘身上，而且不止她一人。要想对这个姑娘的行为作出辩证的理解，我们必须彻底地了解她。这样我们才能感知她内在和外在的矛盾性，正是这种矛盾导致了运动，而这一运动即是生活。

我们把这个姑娘称作艾琳娜，以下是艾琳娜这个人物的基本结构：

### 生理

性别：女

年龄：19

身高：1.58米

体重：不详

头发颜色：深棕色

眼睛颜色：棕色

肤色：白皙

仪态：端庄

外表：美丽

是否整洁：很整洁

健康：15岁时做过盲肠手术。她容易感冒，全家人都近乎病态地害怕她得上肺结核，但她自己却毫不在意。而且实际上，她觉得自己活不长，只希望能在有生之年好好地享受人生。

胎记：无

畸形：除了过敏以外没有

遗传：和母亲一样，体质偏弱

### 社会

阶级：中产阶级，家庭生活舒适。父亲拥有一家综合性商店，但近来的竞争使他心情忧郁。他害怕被年轻人挤垮，虽然这种恐慌最终变成了现实,但他绝不肯让自己的家庭受累于此。

职业:无。艾琳娜本来应该帮忙做家务,但她喜欢读书,把责任全推给了 17 岁的妹妹希尔维亚。

教育:中学。她本想在二年级退学,但在父母的坚持和不客气的威胁下,她总算完成了学业。她从来不喜欢学校和学习。她对数学和地理完全不能理解,但是喜欢历史。那些壮举、背叛以及爱情故事令她着迷。她看了不少历史书,但仅仅是当小说看的。时间、地点对她根本不重要,只要有趣就行。她记性不太好,而且对功课马虎大意,因此老师总是和她过不去。她那字迹潦草、拼写错误的作文和她整洁的外表颇不相称。毕业是她一生中最快活的一天。

家庭:父母都健在。母亲 48 岁,父亲 52 岁,他们结婚很迟。母亲早年的生活颇多周折。她有一段持续两年半的恋情,最终以男方和别的女人跑掉收场。她想要开煤气自杀,但被其兄弟及时发现,她精神崩溃,被送到姨妈家康复。在那里住了一年后,她恢复了健康,并且认识了现在的丈夫,尽管她并不爱他,但还是订婚了。由于对男人的鄙视,她对自己要嫁给谁已经无所谓了。另一方面,他却长相平常,对这么一个美貌的姑娘同意嫁给自己颇感得意。她从未对他讲过自己和另一个人的罗曼史,但并不担心他会发现。他也确实从未发现过,因为他对她的过去毫不在意。他爱她,尽管刚开始时,她是一个相当糟糕的妻子。

在艾琳娜出生以后,她完全变了。她对持家、孩子甚至是丈夫都有了兴趣。但是,她的胆囊病症令她多年来饱受其扰,即使做了一次手术也没有治愈。她变得暴躁易怒,她已经不再阅读,连报纸都不看。她只受过小学教育,希望艾琳娜能上大学,可是因为女儿痛恨学习,她的希望落空了。

她的成长遭到了可悲的忽视,而且她也把自己早年的失足经历归结于父母的疏忽。于是,她对艾琳娜的一举一动都严加监管,这就导致母女之间总是争吵不休。艾琳娜讨厌被监管,而母亲则坚持认为那不仅是自己的特权,而且也是她神圣的职责。

艾琳娜的父亲是苏格兰后裔。他生性节俭,但家人有什么需要,他总是尽可能满足。艾琳娜是他的掌上明珠,他对她的健康感到担忧,经常带她和母亲一起去检查胆囊。他知道妻子是出于好意,也赞同艾琳娜应当受到关照。在父母去世后,他继承了父亲的商店,成为唯一的主人。他也只上过小学,读当地出版的《信使报》。他的父母都是共和党人,他自己也是,但如果你问他,他却对自己的信仰说不出所以然来。他对上帝和国家抱有牢固的信念。他是个淳朴的人,品位也很简单。他年年都向教堂作出自己谦逊的捐助,并在教区内颇得敬重。

智力:艾琳娜比常人略低。

信仰:长老会[①]。但对于宗教,艾琳娜完全是个不可知论者,她太专注于自身了。

社团:她是歌唱社团的成员,并且参加了"月光奏鸣曲社交俱乐部"。年轻人常聚在那里跳舞、玩游戏,有时,游戏会变成异性间明目张胆的搂抱爱抚,而艾莲娜的魅力得到颇多人的仰慕。她舞跳得不错,不过也只是不错而已,但她听到的赞美却使她产生了去纽约做一名舞者的愿望。当然,艾琳娜把这事向母亲一提,家里便闹翻了天。由于担心城市的自由生活会对艾琳娜的品行及其脆弱的健康状况造成不良影响,母亲制止了艾琳娜的胡思乱想。这姑娘从此不敢再提这事。

艾琳娜在女孩中间不太受欢迎,不过由于生性乐天,她对很多恶毒的闲话不以为意。

所属政党:无。艾琳娜弄不清共和党和民主党之间的区别,也不知道还有其他的政党。

娱乐:电影、跳舞。她痴迷于跳舞。她还偷偷抽烟。

读物:流行杂志、爱情故事和小说、电影新闻。

## 心理

性生活:她和俱乐部的成员吉米有过一次,她毫无来由地害怕自己会因此遭到厄运。现在她已经不和他来往了,因为当她以为自己怀孕的

---

[①] 基督教教派之一。——译者注

时候,他却拒绝同她结婚。但对于他的拒绝,她倒并不怎么失望,因为她天天想的是去纽约做歌舞演员。在观众们崇拜的目光中起舞,是她梦想的顶点。

道德:"只要你能照管好自己,那么发生性关系并无不妥。"

志向:去纽约跳舞。只要跳上一年的舞,她就能存上点钱。如果出了岔子,她可以跑。她很高兴吉米拒绝娶她,因为她不敢想象自己变成一个安于相夫教子的主妇的情形。她觉得普兰斯维尔①镇毫无生趣,终老于此实在是可怕。她出生在这里,这里的每块石头她都认识。她觉得,即使成不了舞者,只要能离开普兰斯威尔,她就很开心了。

挫折:她没上过舞蹈课。城里没有舞蹈教室,而去其他的城镇学习则花费过高,父亲负担不起。她摆出一副悲情的样子,好让家里人知道,为了他们,她牺牲了自己的人生。

脾性:急脾气。最轻微的刺激都会让她大发雷霆。她报复心很强,喜欢自夸。但是,当她母亲生病的时候,她却坚持守在母亲身边,直到其完全康复,这一奉献令全城都感到吃惊。14岁的时候,艾琳娜的金丝雀死了,她伤心欲绝了好几个星期之久。

态度:好斗

情结:优越感

迷信:数字13。如果星期五有什么不顺,那么一星期内一定还有别的什么不顺。

想象力:丰富

这里的"正题"是:父母希望把艾琳娜嫁出去,并尽可能捞点好处。

"反题"则是:艾琳娜根本不想结婚,不惜一切地想做一名舞者。

"合题"即解决方式:艾琳娜离家出走,流落街头。

---

① 原文为"Plainsville",有"平凡小镇"之义。——译者注

## 梗概

艾琳娜没去歌唱团，而是去跟一个年轻人约会。一个姑娘在街上遇到艾琳娜的母亲，偶然问起艾琳娜为何放弃社团活动，母亲几乎无法掩饰她的震惊，只是解释说艾琳娜最近身体欠佳。回到家里，便有了一次可怕的问话。母亲猜想艾琳娜不再是处女，便想尽快把她嫁给父亲店里的一个店员。艾琳娜察觉了母亲的打算，她决定离家出走，实现自己的抱负。她在剧院里找不到工作，也没有可供谋生的一技之长，迫于生计，她变成了妓女。

成千上万个姑娘从成千上万个家庭离家出走，然而不消说，由于她们与艾琳娜以及与彼此间的生理、社会、心理成分各不相同，并非所有人都变成了妓女。在所有正派人家的姑娘变成妓女的故事里，我们的梗概也只是其中一种版本而已。

假设一个驼背降生在同样一个家庭，就不会产生艾琳娜那样的冲突。一个畸形的人在万不得已时，会去做些别的什么，因为要想成为一个舞者，我们的人物必定有一副好身段。艾琳娜是褊狭的，换作一个谦卑而感恩的人得到艾琳娜的一切，则会喜不自禁，绝不愿离家出走。因此，艾琳娜必定是褊狭的。艾琳娜又是肤浅的，换作一个聪明、博学、有理解力和同情心的姑娘，就会忽略母亲显而易见的缺点，得体地帮助她、纠正她，而不必离家出走。

艾琳娜很傻。她受到了太多的赞美，觉得自己可以唱得很好，跳得很好，实际上却未必如此。她并不害怕离家出走，因为她觉得纽约正敞开怀抱迎接她的到来。艾琳娜的确很傻。

艾琳娜发育良好，备受倾慕和奉承，她有过性经验，结果也不太糟糕。于是，当没有别的生计时，卖淫对她而言，不算是太勉强。这只是一条解决经济困难的出路，总比自杀要强。那么她为什么不回家呢？由于她以往的自负，由于她对家里人不能容忍，这一解决方式被她排除了。这也就是她一定得是褊狭、自负的原因。

但是，为何她必须变成妓女呢？因为你被你的前提所限定了，你必须找到一个由于缺乏生路而沦落风尘的姑娘——艾琳娜就是一个这样的姑娘。

当然，艾琳娜也可能会找到一份佣人或售货员的工作，并干了一段时间，但由于天性不适应这类工作而放弃了。这都取决于你，而你作为编剧，可以让她尝试所有可能以避免成为妓女，但这一定会失败。不是因为剧作家要她这样，而是因为其自身特性决定了她不会对眼前的机会视而不见。如果她成功地逃脱了命运的摆布，那么剧作家必须另外找一个具有足够特质的姑娘，去完成原始的前提。要记住，这个姑娘有她自己的标准，你不能以你的标准去评判她。要是她具有你那样的敏锐头脑，就不至于落到这般田地了。她应当是愚蠢、肤浅、自负的，并且羞于承认失败。在她出身的小城，她的经历定会家喻户晓。她无法面对她的朋友，无法忍受他们暗地里对她冷嘲热讽。

作为一个编剧，你的任务就是穷尽每一种可能，并且合乎逻辑地展示她如何走进了这种她原本避之不及的生活方式之中。如何证明她已经穷途末路完全取决于你，但如果我们感到对艾琳娜来说，除了做妓女以外还有别的出路的话，不论原因为何，你作为一个匠人，作为一个剧作家就失败了。

因为一切冲突都发端于人物生理和环境的背景，所以这一方法是辩证的：固有的矛盾造就了她的所作所为。

当然，一个编剧可以从一个情节或一个想法开始，但之后他应当设计一个前提，使其成为情节或想法的结晶。这样，情节或前提就不会游离于作为一个整体的戏剧之外，而是成为其不可或缺的一部分。

前《纽约时报》的影评人弗兰克·S·纽金特（Frank S. Nugent）曾经以颇为讶异的口吻，为电影《天造地设》（*Made for Each Other*，1939）写过一篇评论，其文如下：

> 事实上，《天造地设》的故事，它碰巧是这样一个故事，说的是年轻的情侣们无论在过去还是将来，都彼此造就了对方。斯沃林先生并没有说什么新鲜事，他既没有赞成，也没有反对，对人类晦暗不明的命运，他没有施与一点光明。他只是找了一对快乐的情侣，让他们找到了彼此，并允许他们恣意放纵其天性而已。但对剧作家来说，这是一个颇不寻常的处理。因为他们习惯于把天性扔到一边，挖空心思拼凑出一些事情让其人物去执行。普通人的行为能多么有趣？简直不可思议！

的确不可思议，除非剧作家和制作人们愿意让人物开拓其自身的命运！

## 2.4 人物的发展

> 关于人类的天性，我们唯一确切知道的，就是它是变化的。变化是我们可以断言的特性。那些失败的制度都是相信人类天性永恒而非在发展变化的制度。
>
> ——奥斯卡·王尔德，《社会主义制度下人的灵魂》

不论你所写作的是何种体裁，你都必须彻底地了解你笔下的人物。而且不仅要了解他今天是什么样子，还要了解明天乃至很多年后他是什么样子。

自然界的万物都在变化，人类也不例外。十年前的勇士今天可能会是个懦夫，其原因可以是多样的，这里随便说几个，比如年龄、生理状况的恶化、经济状况的改变等等。

你也许觉得自己认识某个从未改变过的人，但其实不然。这样的人从来不曾存在过。一个人可以多年保持其宗教信仰和政治观念，但更进一步的观察将会显示，其信念已经得到了深化，或者变得肤浅。它们经历了很多阶段、很多冲突，而且在他的余生还会经历这些。无论如何，他都在变。

即使石头也在改变，尽管其裂缝难以觉察；大地在经历着缓慢而持久的变形；太阳、星系、宇宙莫不如此；国家也有其新生、青年、壮年乃至苍老的过程，并最终以暴力的方式消亡，或者以渐进的方式解体。

那么谁说自然界里唯有人永不改变？简直荒谬！

只有在一个领域里，人物是不服从于自然法则，保持不变的，而这个领域就是糟糕的写作！正是人物天性的僵化导致了糟糕的写作。如果小说、戏剧里的人物从头到尾原地踏步的话，那这一作品就必定是恶劣的。

一个人物通过冲突得以揭示，而冲突来自于决定，决定又源自于你戏的前提。人物的决定必然引起另一个决定——其对手的决定，这些决定互为因果，环环相扣，推动戏剧走向其终点——前提的证明。

从来没人能在经历过一个影响其生活方式的冲突之后仍保持原样，基于一种必然性，他一定会变化，并转换其生活态度。

即使是死尸也处于变化的状态即腐化之中。当某人和你争论，试图证明他的不变时，他其实已经在变化了——随着时间的流逝，他正在变老。

我们可以断言，任何文学形式里的任何人物，如果未曾经历基本的变化，便会是一个描写糟糕的人物。我们也可以进而推论，如果一个人物没能变化，那么他所处的情境便是不真实的。

《玩偶之家》里的娜拉，开场时只是海尔茂的"小怪东西"、"唱歌的小鸟"，结尾时却变成了一个成熟的女人。她起先像个孩子，而那可怕的觉醒却使她迅速地成长了。她迷惑过，害怕过，甚至想过自杀，但最终却反抗了。

阿契尔说："从'发展'这个词的通常含义来看，所有现代剧作中，也许没有任何人物的性格具有像易卜生的娜拉的性格所具有的那样令人惊异的'发展'。"

看看任何真正伟大的戏剧，你都会发现同样的论点得到了印证。莫里哀的《伪君子》、莎士比亚的《威尼斯商人》和《哈姆雷特》、欧里庇得斯的《美狄亚》，全都建立在人物在冲突的冲击下产生的持续变化发展之上。

《奥塞罗》以爱情开场，以嫉妒、杀戮、自杀收场。

《熊》以恨开场，以爱收场。

《海达·加布勒》（*Hedda Gabler*）以自负开场，以自杀收场。

《麦克白》以野心开场，以杀戮收场。

《樱桃园》以不负责任开场，以失去财产收场。

《远足》（*Excursion*）以期盼实现梦想开场，以认清现实收场。

《哈姆雷特》以怀疑开场，以杀戮收场。

《推销员之死》（*Death of a Salesman*）以幻想开场，以痛苦的真相收场。

《死路》以贫穷开场，以犯罪收场。

《银绳》（*The Silver Cord*）以统治开场，以崩溃收场。

《克雷格的妻子》（*Craig's Wife*）以过分谨慎开场，以孤独收场。

《等待老左》（*Waiting for Lefty*）以疑问开场，以信服收场。

《热铁皮屋顶上的猫》（*Cat on a Hot Tin Roof*）以失落开场，以希望收场。

《冰人来兮》（*The Iceman Cometh*）以满心希望开场，以绝望收场。

《生涯》（*Career*）以失望开场，以成功和胜利收场。

《阳光下的葡萄干》（Raisin in the Sun）以绝望开场，以理解和新的价值观收场。

所有这些人物都毫不迟疑地从一个心理状态走向另一个，他们被迫去转变、去成长、去发展。其原因在于，剧作家有着形式清晰的前提，而他们的功用就是去证明它。

当一个人物犯了错，他往往还会接着再犯。通常，第二个错误正是源自于第一个，而第三个错误又是源自于第二个。《伪君子》中的奥尔贡犯了一个可悲的错误，他相信了答尔丢夫的圣洁并把他领回家。而他的第二个错误就是把那个小匣子委托给答尔丢夫，里面的密文"如果被公开的话，据我所知，会让我的朋友倾家荡产，而如果他被捕的话，还会让他脑袋搬家"。

奥尔贡信任答尔丢夫，但是把匣子交由他人保管可是害命之举。显而易见，奥尔贡从信任到崇拜的发展是在字里行间逐步加深的：

**答尔丢夫** （边说边藏盒子）藏得很妥当，您尽管放心吧。

**奥尔贡** 我最好的朋友！您的善举我简直无以报答！这也让我们比从前更加亲密无间了。

**答尔丢夫** 的确无以报答。

**奥尔贡** 我刚刚想到，如果一切如愿的话，有一件事可以报答您！

**答尔丢夫** 别卖关子，兄弟，我恳求您解释一下。

**奥尔贡** 不久以前您曾经说，为了避免让我女儿误入歧途，应该给她找个丈夫。

**答尔丢夫** 我是说过，但如果是瓦莱尔这样的俗人，我真不敢设想。

**奥尔贡** 我也不敢。我这阵子一直在想，要指引她走过这莫测的人生，没有比您更可靠、更和善的向导了，我亲爱的朋友！

**答尔丢夫** （背过身去片刻）没有比我？哦，不，不会的。

**奥尔贡** 怎么？您不愿做我的女婿吗？

**答尔丢夫** 那是我从未奢望的荣耀，可是，可是我有理由说，玛丽亚娜小姐看不上我。

**奥尔贡** 您要是看不上她的话，那可有点麻烦了。

**答尔丢夫**　兄弟，上天有眼，不会任凭美人凋零的。

**奥尔贡**　是啊，是啊，兄弟，可您有什么理由拒绝一个不乏姿色的新娘呢？

**答尔丢夫**　［拿不准和玛丽亚娜结婚能否有助于他对欧米尔的图谋］我不敢说没有，很多圣洁的人都是因为娶了美貌女子而犯下罪孽。坦白地跟您说，我害怕和您女儿成婚会令奥尔贡夫人不悦。

**奥尔贡**　怎么会呢？她只是继母而已，她赞成与否并不要紧。而且，我还可以给予玛丽亚娜的夫君一笔丰厚的嫁妆，虽然我知道您不在乎这个。

**答尔丢夫**　您怎么能这样？

**奥尔贡**　我希望的只是您能考虑与她牵手。如果您推辞的话，我会深感失望。

**答尔丢夫**　兄弟，如果您这样想的话……

**奥尔贡**　不止是这样，我还会觉得，您认为我配不上与您联姻。

**答尔丢夫**　是我配不上。［他决定冒一下险］承蒙您的错爱，那我，那我便不再犹豫了。

**奥尔贡**　那么您肯做我的女婿了？

**答尔丢夫**　既然您如此盼望，我怎么能说不呢？

**奥尔贡**　您让我重新变成了一个幸福的人。（摇铃）我把这闺女叫来，告诉她我已把她许配给您了。

**答尔丢夫**　（走向右边的门）那么蒙您准许，我先告退了。（在门口处）如果我可以进一言的话，请您在她面前少说说我那微不足道的长处，多说说您作为一个父亲的愿望。（走进门内）

**奥尔贡**　（自语）他多么谦逊啊！

奥尔贡的第三个错误便是强迫女儿嫁给这个恶棍，第四个错误则是把全部家产转让给答尔丢夫管理。他深信答尔丢夫会对他的财产善加处置，免得被家里人挥霍一空，而这一荒唐的转让是其第一个错误的自然产物。是的，奥尔贡从盲信到幻灭的变化是清晰可见的，作者对其人物的逐步发展也是成功的。

当你撒下一粒种子后，它似乎会休眠一段时间。而实际上，潮气会立刻向它袭来，使其外壳软化，而种子内部以及从土壤吸收的化学成分使其得以发芽。

覆盖在种子上的土壤是难以穿透的，但也正是由于土壤的这种阻碍和抵抗，迫使新芽积聚了与之斗争的力量。那么它又是从何处获得了额外的力量呢？不是通过与表层土壤无谓的搏斗，而是通过伸出纤弱的根须去汲取养分。最终新芽得以刺透坚固的土壤，获得阳光的照耀。

根据科学，一棵蓟需要总长二百五十米的根来支撑它那七十厘米到一百二十厘米的茎。你也可以想象，一个剧作家为了支撑起一个人物，又该需要多少隐蔽的资料。

打个比方，我们把一个人当做土壤，在他的心灵里种下冲突的种子，比如说志向。尽管他企图压制，但这粒种子还是在他体内生长着。他内在和外在的力量施与这粒冲突的种子越来越强大的影响，直到它长成并从他那顽固的头脑里破土而出。他作出了一个决定，现在要付诸实施了。

他内在和周遭的矛盾创造了一个决定和一个冲突，并且相应地迫使他进入了新的决定和新的冲突之中。

要让一个人作出一个简单的决定需要许多种压力。但是其中生理、社会、心理这三组是最主要的，凭借这三类力量，你可以创造出无数的组合。

如果你种下一粒橡子，你很自然地会期待它长成一棵橡树苗，并最终长成一棵大树。人类的性格也是一样，每一种特定的性格的发展都有其自有的轨迹和结果。只有糟糕的写作才会无视个性，使人无端改变。如果我们种下橡子以后，却发现它长成了苹果树，我们定会大为吃惊。

剧作家所展现出来的每个人物都拥有一粒孕育着未来发展的种子。必须有犯罪的种子或者说可能性，一个男孩才会在剧终时成为罪犯。

尽管《玩偶之家》中的娜拉是仁爱、顺从、谦恭的，但她也有着独立、反叛和倔强的精神，这就是她变化的征兆。

我们来考察一下她的性格。我们知道，剧终时她不仅要抛下丈夫，而且要抛弃孩子。在1879年，这样的事简直是耸人听闻、匪夷所思的；而且对娜拉本人而言，也毫无或者极少有先例可循。因此，她身上一定有某种东西在开场时就存在，并在结尾时发展成为独立的精神。我们来看看它究竟是什么：

开场时，娜拉进来，嘴里哼着歌儿。一个脚夫跟在后面，手里拿着圣诞树和篮子。

**脚夫** 六便士。
**娜拉** 这是一先令，不用找了。

虽然她需要省下每文钱来偿还她那秘密的债务，但却依然出手大方。与此同时，她还在吃着本不该吃的杏仁甜饼干。这东西对她不好，而且她已经答应海尔茂不再吃甜食了。可见，她的第一句话就显示她不在乎金钱，而她的第一个行为就显示她不信守诺言——她是孩子气的。

（海尔茂上）
**海尔茂** 我的小败家子又糟蹋钱了？
**娜拉** 嗯。不过，托伐，我们现在不用那么紧紧巴巴了，不是吗？

海尔茂提醒她，还要过一个季度他才能领到薪水。而娜拉却像个没耐性的小孩一样叫了起来。

**娜拉** 咳，我们可以先借点钱花花嘛。
**海尔茂** 娜拉！［他对娜拉的轻率颇感吃惊。他憎恨"借"这个字。］要是今天我借了五十镑，圣诞节一个星期你就全花完了，万一除夕那天掉下来一块瓦片把我砸死了……

海尔茂就是这样。如果他欠债未还的话，即使到了坟墓里，他也会良心不安，在钱财方面他是个固执的人。你能够想象，当他得知娜拉伪造过签名时，会是什么反应吗？

**娜拉** 要是真有这倒霉事，那我欠不欠债还不一样？

在金钱问题上,她一直懵懵懂懂,其反应也是专横的。海尔茂虽然容忍,但还不至于缄口不言。

**海尔茂**　……要是靠借钱、靠贷款过日子,家里就凡事不得自在美满。

娜拉颇为泄气,看来海尔茂永远无法理解她。

两个人物都得到了鲜明的描绘,他们已经在针锋相对了。虽然尚未彼此动怒,但那却是迟早的事。

**海尔茂**　你这个小怪东西,活像你父亲,老是想尽办法哄我掏钱,可钱一到手,马上就从指缝里漏光了……你就是这样。它已经在你的血液里了,娜拉。这些东西都会继承的,千真万确。

易卜生以其大师级的笔触,勾勒出了娜拉的背景。他比娜拉自己还要了解她的家世。她爱她的父亲,于是马上回敬了。

**娜拉**　我倒希望自己能多继承些爸爸的优点。

之后,她就厚着脸皮,对偷吃杏仁甜饼干一事撒了谎,就像一个孩子,对长辈的禁令毫不在乎。这个谎无伤大雅,却揭示了娜拉的本性。

**娜拉**　你不赞成的事我决不做。
**海尔茂**　这话我信,而且你也保证过了。

海尔茂从事的生意和生活把他训练成一个相信诺言神圣的人。在这里,又一件看似无关紧要的事情显示了海尔茂缺乏想象力,显示了他完全意识不到娜拉根本不是表面上那个样子。他不知道娜拉瞒着他,把所有从他那里弄来的钱都还给了债主。

**娜拉** （对学生时代的朋友林丹太太）绝对不能让他知道，天呐！你难道不明白，一定不能让他了解到情况有多么糟糕。医生私下告诉我，说他的病很危险，必须到南方生活才能保住性命……我暗示他可以向人借钱，可他一听就不高兴，差点发脾气，他埋怨我不懂事，还说当丈夫的不能任由我这么胡闹……"好吧，"我心里说，"我一定得救你的命。"后来，我总算想出办法来，把难关渡过去了。

易卜生并不急于引发主要的冲突，而是把宝贵的时间花在了让娜拉对林丹太太坦陈过去对海尔茂的所为上面。当然，林丹太太和柯洛克斯泰不约而同的造访有点过于巧合了，但是，我们这里不是要讨论易卜生的不足之处，而是要探寻娜拉发展的整个脉络。我们看看还能从她身上学到什么。

**林丹太太** 你是说那件事〔指伪造签名〕你从来没有告诉过他？

**娜拉** （若有所思，半笑不笑地）嗯，也许有一天会告诉他——很多年以后，当我不像现在这么漂亮的时候。〔这里颇为有趣地显现出娜拉的动机，她希望自己的功劳能够得到感激〕你别笑我。当然，我的意思是当托伐不像现在这么宠爱我，当他厌倦了看我跳舞、打扮、演戏的时候，到那时我留着点东西兴许不错呢。

现在，我们可以推断，当娜拉听到海尔茂斥责她是个坏妻子、坏母亲时，该有多么震惊，这将成为她一生的转折点。她的童年时代将被可悲地埋葬，而在震惊之中，她第一次看清了这个充满敌意的世界。她竭尽所能地保住海尔茂的性命并让他幸福，而当她最需要他的时候，他却背叛了她。娜拉已经具备了朝着某一方向发展的全部要素。海尔茂也是一样，他的行为与易卜生所赋予他的特性协调一致。他在得知伪造签名后大发雷霆。

**海尔茂** 简直是一场噩梦！整整八年！我曾为她快乐，为她自豪！可她竟是个伪君子，是个撒谎的人！不！比那还不如！是个罪犯！丑陋至极！我为你感到羞耻！感到羞耻！（娜拉沉默着，紧紧地盯着他。他停在她面前。）[这是易卜生的舞台指示。娜拉是恐惧的，她看到了一个陌生人，一个忘记了她的好意，只考虑自己的人。] 我早该料到事情会闹到这一步，我早该预料啊，你父亲的坏德行——你别说话！[显然，娜拉的社会背景有助于易卜生刻画她的心灵，她的生理特征也是如此。她知道自己很美丽，数次提到了这一点，她也知道自己不乏追求者。但是既然去意已决，他们便毫无意义了。] 你父亲的坏德行你全沾染上了：不信教，没有责任感。

娜拉性格中的这一切在全剧一开始就可以得以辨认，而发生的一切也都是由她自己所导致的，其性格中的这些东西必然指引着她的行动。娜拉的成长是彻底的。我们可以观察到，她的不负责任变成了焦虑，焦虑变成了恐惧，恐惧变成了绝望。高潮事件带给她的首先是麻木，然后她慢慢地意识到自己的位置，并作出了一个最终的、不可撤销的决定。这个决定是持续而稳步地演变的结果，就像花朵的开放一样合情合理。发展就像进化，而高潮就像革命。

我们再来探寻生长在另一个人物罗密欧体内的可能性的种子，我们希望了解他是否具备指引其走向必然结局的各种特性。

迷恋着罗瑟琳的罗密欧正失魂落魄地在街上游荡，遇见了他的亲戚班伏里奥，后者向他打招呼。

**班伏里奥** 早安，兄弟。

**罗密欧** 天还是这样早吗？

**班伏里奥** 刚才敲过九点钟。

**罗密欧** 唉！在悲哀里度过的时间似乎格外漫长。急忙忙地走过去的那个人，不就是我父亲吗？

**班伏里奥** 正是。什么悲哀使罗密欧的时间如此漫长？

**罗密欧** 因为我缺少了可以使时间变为短促的东西。

**班伏里奥** 你跌进恋爱的网里了吗？

**罗密欧** 我徘徊在恋爱的门外，因为我得不到我意中人的欢心。

罗密欧苦涩地抱怨他的爱人"没有被爱神的箭射中"。

**罗密欧**　……她是个太聪明、太美丽的人儿，只不该剥夺自身的幸福，也令我抱恨终天。她已立誓割舍爱情，我现在活着也等于死去一般。

班伏里奥建议他"多看看其他的美人"，可他的安慰对罗密欧毫无效果。

**罗密欧**　不幸失明的人，不会忘记他曾见过的珍宝……再见，你不能教会我如何忘记。

后来，通过一个特殊的巧合，他得知所爱的罗瑟琳将会成为家族死敌凯普莱特的座上宾。于是他把生死置之度外，决定偷偷前往，只为看上爱人一眼。可是到了那里，他却被另一位女子迷住了，对罗瑟琳正眼也不瞧一下。他屏住呼吸，向一个佣人问道：

**罗密欧**　挽着那位年轻骑士的手的小姐是谁？
**佣人**　我不知道，先生。
**罗密欧**　啊！火炬远不及她的明亮，她皎然悬在暮天的颊上，像黑奴耳边璀璨的珠环，她是天上明珠降落人间。瞧她随着女伴进退周旋，像鸦群中一头白鸽蹁跹。我要等舞阑后追随左右，握一握她那纤纤的素手。我从前的恋爱是假非真，今晚才遇见绝世的佳人！

正是这一决定导致了他的死亡。

罗密欧是骄傲、鲁莽的。当他知道凯普莱特家的女儿就是自己的真爱之后，他毫不犹豫地冲向了那仇恨的城堡，冲向了那些与他的家族不共戴天的人的领地。他本来就是个急性子，眼里容不得沙子。而他对美丽的朱丽叶的爱情，使得他更容易冲动。但是为了爱情，他愿意卑躬屈膝；为了他所爱的朱丽叶，他不惜一切。

如果我们把他不顾性命只为看罗瑟琳一眼的行为当做一种无畏的壮举，那么我们就不难推断他为了自己一生的真爱——朱丽叶，能够做出什么举动来了。

在面对死亡时，另一个人则会退缩。而这种发展的可能性来自于其性格，其性格从全剧一开始就显现了出来。

我们这里需要提出，马金①先生的《莎士比亚论》（*Shakespeare Papers*）中的某些论述是颇为有趣的。他将罗密欧一生的厄运归结于他所谓的"不幸"，认为如果罗密欧有别的兴趣和嗜好的话，那么他在爱情中就不至于如此"不幸"。

但是马金先生忘记了，罗密欧和任何人一样，其行动是由其性格支配的。的确，罗密欧注定会毁灭，但并非是"不幸"令这实现。他那难以控制的急躁脾气驱使他做出了别人可以轻易避免的举动。

他的脾气、他的背景，简而言之，他的性格就是种子，确保了这个人物的发展以及对作者前提的证明。

我们希望读者记住一件重要的事，罗密欧是由一系列诸如任性之类的东西构成的，这些东西使他成为自身，并迫使他其后做出了杀人和自杀的举动。这一性格在其第一句台词中就揭示了出来。

尤金·奥尼尔的《悲悼》（*Mourning Becomes Electra*）为我们提供了另一个发展的好例子——莱维妮娅，艾斯拉·孟南准将和夫人克丽丝汀的女儿。在全剧差不多刚开始的时候，当一个爱慕她的青年向她暗示爱情时，莱维妮娅说道：

> **莱维妮娅** （生硬而唐突地）对爱情我什么都不知道，我也不想知道。（紧张地）我恨爱情！

莱维妮娅是贯穿全剧的核心人物，她实践了她的宣言，母亲的偷情使她变成了一个无情的复仇者。

我们无意阻止人们写作矫饰的人物，或者效仿乐此不疲的萨洛杨②，写些所

---

① William Maginn（1793—1842），爱尔兰作家。——译者注
② 参见本书第一章。

谓生活美好的蹩脚调调。我们也无意把格特鲁德·斯泰因①逐出无病呻吟的文学界。坦白地说,虽然我们往往不知她在说些什么,但却对她的奇想和文风颇为欣赏。朝气蓬勃的新生命正是发源于腐朽,这些杂乱无章的东西正是生活的一部分,要知道没有失调便没有协调。但是显然,某些编剧虽然试图将其笔下的人物写成一座牢固的大厦,结果却往往写出矫揉造作的或是萨洛杨式的东西。虽然他们坚持,但我们还是不能将其作品看作戏剧,即使竭尽全力也不能,正如我们无法把一个孩子的智力和爱因斯坦的智力相提并论一样。

罗伯特·E·舍伍德②的《白痴的乐趣》(*Idiot's Delight*) 就是这样的作品。虽然它赢得了普利策奖,却远非一个构建完善的戏剧。

哈里·范恩和艾琳娜本应是剧中的主要人物,但我们在他们身上却无法辨别出任何发展的可能。艾琳娜爱撒谎,而哈里是个和善的、随遇而安的家伙。只是在结尾的时候,我们看到了一点发展,可是戏马上就结束了。

莱维妮娅、哈姆雷特、娜拉、罗密欧即使不用华丽的布景,仍然会是人物,具有逼真、鲜活、生动的个性。他们知道自己的目标并为之斗争,而可怜的哈里和艾琳娜却只能漫无目的地闲逛。

## ▎课堂讨论

**问**:你是说"发展"必须要明确吗?

**答**:举例说明,李尔王打算把王国分给女儿们,这是个错误,而全剧就是为了向观众证明这一错误多么愚蠢。这一证明是通过显示李尔的行为对其自身的影响,或曰错误的后果,或曰他的发展,或曰逻辑的发展实现的。首先,他怀疑给予孩子们的权力会被滥用。然后他确信如此,于是开始愤慨,进而是恼火,进而是狂怒。他为权力遭到剥夺感到羞辱,并决定自杀。最终他在羞辱、悲痛、疯狂中死去。

他种下了种子,并被迫吞下苦果。他从未想到这个果实是如此苦涩,但这确实是其性格的必然,他最初的错误导致了他付出最终的代价。

---

① Gertrude Stein (1874—1946),旅居法国的美国女作家。——译者注
② Robert E. Sherwood (1896—1955),美国剧作家。——译者注

问：如果他选择了正确的继承人，即最值得信任的小女儿，其发展还会一样吗？

答：当然不会。每一个错误及其影响，都来自前一个错误，如果李尔王第一步作出了正确的选择，那么其后的行为就失去了动机。他的第一个错误在于授予孩子权力。他知道权力是好东西，也知道它伴随着至高的荣誉。他从未怀疑过爱他、尊敬他的女儿，并为托付权力作好了准备。当他震惊于考狄利娅的翻脸不认人的冷酷，便犯下了第二个错误，他宁信语言，却忽略行为。因此可以说，一切都事出有因。

问：他的错误难道仅仅是愚蠢而已吗？

答：是的，但是不要忘记，无论何种错误，无论是你的还是我的，只有当其被犯下之后才是愚蠢的，而之前它们却可能发端于怜悯、慷慨、同情或者理解。我们后来称之为的愚蠢可能最初竟是善举。

"发展"就是一个人物面对自己所卷入的冲突的反应。无论是做出正确还是错误的举动，人物都可以发展。但是，如果他是个真实的人物的话，他必须有所发展。

假设一对热恋中的情侣分开一段时间，他们就可能会制造出不少戏剧因素：也许他们会产生矛盾分道扬镳；也许他们会面对矛盾更加相爱。你也许会问："真爱历经磨难是否更深？"你也许会说："即使真爱也难耐磨难。"你的人物应当有其目标，应当有其实现前提的机会。而对前提的证明就指示着人物所应发展的内容。

每一部好戏的发展都是从一极到另一极。我们来考察一部老电影，看看是否如此：

《马摩洛克教授》（*Professor Mamlock*，1938）

**他将从孤立（第一极）转向集体行动（第二极）**

第一步：孤立。他对纳粹的暴政漠不关心，他孤芳自赏，不问政治。

尽管他目睹了周遭的暴行，却从未想到自己也会受害。

第二步：纳粹势力侵犯了他的课堂，拷打了他的同事。他开始忧虑，但还是不相信自己会出事。他送走了几个请求他帮忙逃跑的朋友。

第三步：他感到自己也会像其他人一样，被悲剧的命运压垮。他打电话给朋友，意识到自己已经被当成了孤立主义者。但他还是没有作好放弃财富的准备。

第四步：他陷入恐惧，最终意识到自己以前的立场完全是盲目的。

第五步：他希望逃跑，但走投无路。

第六步：他变得绝望。

第七步：他参加了一般的反纳粹斗争。

第八步：他成为地下组织的一员。

第九步：对抗暴政。

第十步：集体行动直至牺牲。

再以《玩偶之家》的娜拉和海尔茂为例：

娜拉：从顺从、满足、幼稚、信任，到愤世嫉俗、独立、成熟、苦涩、幻灭

海尔茂：从顽固、专横、自信、实际、精明、神气十足、循规蹈矩，到迷惑、怀疑、幻灭、依赖、顺从、软弱、宽容、体贴、不知所措

再例如表现从恨到爱的场景：

### 由恨到爱

启幕前：不安全感、羞耻、憎恶、发火。

落幕时：恨、造成伤害、满足、后悔、谦恭、虚假的慷慨、重新估量、真正的慷慨、牺牲、爱。

**由爱到恨**

启幕前：占有爱、失望、怀疑、质问。

落幕时：猜忌、试探、受到伤害、觉察、苦涩、重新估量、调整失败、愤怒、对自己发火、对别人发火、恨。

## 2.5 人物的意志力

一个薄弱的人物无法承担延伸剧中冲突的重担。如果他不足以支撑整部戏剧，我们便被迫放弃让他成为主人公。没有竞争便没有比赛，没有冲突便没有戏剧，没有对位①便没有和声。剧作家不仅需要让人物愿意为其信念而斗争，而且需要让他具有足够的能力和毅力将其斗争进行到底，直达逻辑的结论。

我们可以写一个在前进中积聚力量的弱者，也可以写一个在冲突中遭到削弱的强者。但是，即使他被削弱了，他也应当有毅力去承受羞辱。

奥尼尔的《悲悼》就提供了这样的例子。布兰特告诉莱维妮娅，他是有权有势的孟南和一个女佣的私生子，由母亲在异乡独立养大。而对孟南而言，他是一个流放者。后来他隐姓埋名，并当上了船长。现在，他要回来为母亲所受的羞辱和自己所受的苦难复仇了。他和莱维妮娅同床共枕，企图隐瞒他和她母亲的奸情，但是莱维妮娅的佣人保护了她。

（布兰特想抓住她的手。但他一碰到她，她便把手抽了回去，并且跳了起来）

**莱维妮娅**　（带着冰冷的愤怒）别碰我！你敢碰我！你这个骗子！你！（当他开始慌张的时候，她抓住这个机会，依照女佣塞丝的劝告，带着故意的侮辱和轻蔑盯着他）我要是指望一个下贱的加拿大女看护的儿子除了虚情假意的谎言之外还能说点别的，那我可是蠢到家了！

**布兰特**　（目瞪口呆）此话怎讲？（接着，由于为母亲受辱感到愤

---

① 音乐术语，指使两条以上的相互独立的旋律同时发声并且和谐的技法。——译者注

怒，他不顾一切地站起来，威胁地）该死！你闭嘴！否则我就不把你当女人看！只要有我在，孟南家的人都不准侮辱她！

  **莱维妮娅**　（震惊于真相）这么说这是真的了！你是她的儿子！噢！

  **布兰特**　（竭力控制自己，尖刻地挑衅）是又怎么样？我为此自豪！让我感到羞耻的是我那肮脏的孟南家血统！一个佣人的儿子配不上你，嗯？这就是你无法忍受我抚摸的原因，对吗？老天有眼，刚才你还挺受用呢！

这些人物都是生动而充满斗志的，他们可以轻易地将戏剧推向强音。布兰特的复仇蓄谋已久，可是就在他几乎要把一切掌握在手心的时候，却被识破了。此时此刻，冲突瓜熟蒂落，变成了危机，我们迫切希望知道当他揭下面具后会如何行为。不幸的是，奥尼尔歪曲并毁掉了他的人物，但更重要的是我们对剧本的分析。

在欧文·肖（Irwin Shaw）的《埋葬死者》（*Bury in Dead*）中，阵亡士兵的妻子玛莎说道：

  **玛莎**　每座房子里都该有个孩子。但首先这房子得干干净净，冰箱得满满实实。我为什么不能有孩子？别人都生了孩子。她们每天在撕掉日历时，不会感到皱纹爬上了自己的皮肤。她们坐着可爱的救护车，走进漂亮的医院，躺在鲜艳的床单上生孩子。上帝为什么那么喜欢她们，让她们生个孩子那么容易？

  **韦伯斯特**（士兵）　她们没有嫁给工人。

  **玛莎**　不！是因为她们用不着受穷！现在，现在更糟糕！你们每个月挣二十美元军饷。你们冒着掉脑袋的危险，我每个月才拿到二十美元！为了一片面包，我得排上一整天的队。我已经记不得牛油是什么味道了。我排啊，排啊，雨水浸透了我的鞋子，可一星期只能弄到一磅烂肉。晚上回家了，连个说话的人也没有，只能瞪着虫子发呆。点着一盏昏暗的灯，因为政府要省电。你们开拔了，就留下我这么过！战争对我就是一个人过夜。战争对你们就是开拔了，然后……

  **韦伯斯特**　这就是为什么我现在站着不肯躺下的原因，玛莎。

**玛莎**　那你干吗等了那么久？干吗要现在？干吗不一个月前、一年前、十年前就站起来呢？干吗等到死了以后再站起来？你这个和蟑螂为伍的穷光蛋！平时一句话也不说。等他们杀了你，你站起来了！你这个傻子！

　　**韦伯斯特**　我以前没弄明白。

　　**玛莎**　你就是这样！非得等到来不及了！一个大活人早该站起来！好啊！站起来啊！你是该还嘴了！你们这些可怜的、可悲的混账、穷光蛋，都该为了自己、为了老婆、为了出不了世的孩子站起来了！告诉他们站起来！告诉他们！告诉他们！（她抽泣了，黑场）

　　这些人物都被斗争的力量鼓动着，不论他们在做什么，都将迫使对手与之交锋。

　　纵览一切伟大的戏剧，你都会发现其中的人物都会将争端变成质问，直到他们失败或者达到目的为止。即使被动如契诃夫笔下的人物，环境积聚起来的力量也会在一个危机时刻将他们压垮。

　　某些看似不合理的弱点往往为一部强有力的戏剧提供了出发点。

　　来看《烟草之路》（*Tobacco Road*），其中心人物杰特·莱斯特是个软骨头的男人，既没有力量好好地活，也没有力量好好地死。贫穷已经在贴着鼻子瞪着他了——他的妻子和孩子在挨饿，可他只会捏着手指发呆，大难临头也无动于衷。但是这个软弱、无用的男人竟然有着不可思议的毅力去等待奇迹的发生。他顽固地抱着过去不放，却不管眼前问题成堆。他不停地哀叹过去自己遭到了多么大的不公，甚至乐在其中，却不愿做任何事情去纠正它。

　　那么，他是个薄弱的人物还是个有力的人物呢？依照我们的标准，他是很长时间以来出现在剧院里的最有力的人物之一。他象征着腐朽、衰败，但他却是有力的。这是个很自然的矛盾。他顽强地维持着静止的状态，抗拒着时间带来的变化。宣告与自然法则对抗需要巨大的力量，而杰特·莱斯特就有这样的力量，尽管不断变化的条件终将把他消灭，正如消灭一切无法调整自身的事物一样。杰特·莱斯特和恐龙具有相同的本质。

　　杰特·莱斯特代表了一个阶层——破产的小农。现代机械、少量劳动力创造的更多财富、竞争、税收、财产估算让他和他的阶层失去了饭碗。但他不会去把破产者组织起来，因为他意识不到组织的力量，他的祖辈从未被组织起来。他可悲地、无知地、与世隔绝地生活着，并且顽固于自己的无知。他的传统就是拒绝改变，但他的弱点恰恰使他出人意料的有力。他宁愿宣判自己和自己的阶层慢性死亡，也不愿作出改变。是的，杰特·莱斯特是个坚强的人。

有什么人物能比一个母亲更和善、更软弱呢？谁又能忘记她那永恒的警惕、温柔的关爱、焦虑的告诫呢？她只服从于一个目的——孩子的成功，如果需要的话，她甚至不惜为此付出生命。你的母亲不就是这样吗？无数的母亲早已建立起了母性的传统。母亲的微笑、泪水、愠怒的沉默、固执的劝告可曾在你的梦中萦绕，哪怕只有一次？当你违背了母亲的意愿，你可曾觉得如同凶手一般内疚，哪怕只有一次？把世间的罪恶加在一起，也比不上对慈爱的母亲撒谎更可恶。

母亲就是这样，尽管看似软弱，尽管总是妥协退让，往往却是最后的赢家。你不一定知道自己如何被其束缚，但当你企图打破束缚时，你一定会发现，你的头脑背叛了自己。

母亲软弱吗？绝对不！想想西德尼·霍华德的《银绳》，其中的那个母亲就毁掉了她孩子们的生活，并非是残酷地，而是以温柔的方式。用她那软弱的话语、苦涩的泪水、看似无用的沉默，她毁掉了所有与她有关的人的生活。她难道软弱吗？

那么，谁才是薄弱人物呢？是那些无力去斗争的人。

例如，杰特·莱斯特面对饥饿无动于衷，不论对谁说，这都是怪事。自我保存是自然法则，无论是人还是动物，为了食物都会去捕猎，甚至去偷盗，去谋杀。可杰特·莱斯特却不遵守这一法则。贫穷属于他，正如属于他的祖辈一样，在他看来，逃离困境是一种懦弱的行为。他觉得他应当忍受惩罚，因为他命该如此。从根源上看，我们可以说，是懒惰和懦弱使他成为一个顽固的人，但从结果上看，他的行为却是有力的。

真正薄弱的人物是除非万不得已不肯去斗争的人。

拿哈姆雷特来说。他其实很顽固，像条斗犬一样，非要找到父亲被谋害的证据。他有其软弱之处，否则就不会用装疯卖傻来掩饰。在斗争中，谨小慎微就是他的缺陷，但他却因猜想波洛纽斯在窥探自己而杀死了后者。哈姆雷特是一个完整的人物，因此他是写作一部戏剧的理想材料，杰特也是如此。矛盾是冲突的精髓所在，如果一个人物能够克服其内在矛盾，实现其目标，那么他便是一个强有力的人物。

而《黑暗的深渊》(*Black Pit*)中的那个密探则是一个薄弱的、描写糟糕的人物的真正例子，他从来没有想好自己到底要干什么。作者希望展现妥协的危险性，但观众却对这个本应鄙视的人物感到同情和怜悯。

这个人从来不是一个真正的密探。他不是敢于反抗，而是耻于反抗。他总是不由自主地感到自己做错了事。另一方面，他也不是一个具有阶级意识的人，他不忠于自己的阶级，不肯为其阶级出一份力。

没有矛盾就没有冲突。在这一例子中，矛盾被错误地阐述了，冲突也是如此。这个人任凭自己陷在网中，却没有勇气破网而出。但是，他的羞耻不足以使他作出妥协的决定，他对家人的爱也不足以使其克服一切障碍，做一个热情的密探，他总是拿不准主意走哪条路。这样的人物没有能力承载整部戏剧。因此，我们可以换种说法来定义薄弱的人物："一个薄弱的人物就是不论何种原因，没有决心去行动的人物。"

乔，那个密探，是否真的天性软弱，以至于在任何条件下都举足不定呢？不是的，他只是没有身处于一个能够给予其足够压力的情境罢了。而作者应当为未能找到一个更加清晰的前提负责。在更大的压力下，乔也会作出比现在更为激烈的反应。让乔的妻子在没有助产妇的情况下生产还不足以将其唤醒，在他的身边这样的事天天都在发生，而且大多数女人都挺过去了。

在恰当的环境下，任何人物都不会不挺身反抗。如果他软弱，如果他举手投降，那是因为作者未能在其心理找到一个特定时刻，一个他不仅作好了准备而且渴望去斗争的时刻。或者说，是因为作者错误地估算了切入点。我们不妨这样表述："一个决定必须经过深思熟虑方可实施。"作者可以捕捉到一个人物的变化过程，但这一人物可能仍然没有作好准备。很多人物的失败正是由于作者强迫他们采取了尚未准备好的行动，而实际上，他们可能要花上一个小时、一年甚至二十年才能作好准备。

我们从《纽约时报》的一篇社论中摘取了一小段文字：

**谋杀与疯狂**

在对大约五百起谋杀案进行了调查后，大都会人寿保险公司不无理由地在其公告上委婉表达了震惊之情：愤怒的丈夫因为妻子没有做好晚餐，将她殴打致死；某人为区区两分钱谋害朋友；某餐馆老板枪杀顾客，因为他们就一个三明治发生过口角；一个青年不满母亲责备他饮酒，将其杀死；两个醉鬼争论谁该先向机械钢琴投币，而后互相残杀。

这些人都疯了吗？一点鸡毛蒜皮的小事，何至于取人性命？正常人不会犯下如此的暴行，莫非他们真的疯了？

只有一种方法可以发现真相，就是透过凶手那冷酷的、可怕的表面，考察生理、社会和心理特征。

我们的这个人物现年五十岁，他因为一句玩笑话，把人给捅死了。所有人都把他看作一个邪恶的、反社会的野兽。我们来看看他到底是什么样的。

这个凶手的履历显示，他是一个耐心的、无害的人，一个家庭的支柱，一个出色的父亲，一个受人尊敬的公民。他在一间事务所做了三十年的会计，他的雇主们认为他安分守己、诚实可靠。当他因谋杀被捕时，他们惊诧不已。

其实，他犯罪的根基早在三十二年前刚刚结婚时就打下了，那时他才十八岁。他深爱着妻子，但她的性格却和他截然相反。她是个爱慕虚荣、水性杨花、口是心非的女人。她时常举止不检点，可他却只能视而不见。他深信，总有一天她会变好的。对她那不知廉耻的行为，他虽然不断威胁，但只是停留在口头上，没有作出过任何果断的举动。

一个编剧可能据此认为，他过于薄弱、消极，不足以成为戏剧的人物。他深感羞辱，却无力改变，对他的将来，我们毫无头绪。

多年以后，他的妻子已经为他生下了三个漂亮的孩子。他希望随着年龄的增长，她最终会改变。她也确实变了，她变得细心了，似乎也真的准备安定下来，做一个贤妻良母了。

但是突然有一天，她却一去不复返了。开始，这个可怜的人很生气。后来，他恢复过来。除了工作以外，还接过了家务的重担。可是，他的孩子却对他的牺牲毫无感激之情。他们不仅侮辱他，而且巴不得早点离开他。

表面上，这个男人承受了很多磨难。也许他是个懦夫，缺乏抗拒和反叛的能量。也许他是个超人，勇于承担侮辱和不义。

再后来，他失去了尊严的象征——房子。这让他深感不安，他想尽办法试图挽救，但还是失败了。不过他还是没到愿意采取激烈行为的阶段。他变了，变得痛苦和不快了，但他仍然是胆小怕事的。他试图寻找答案，但没有找到。他困惑、孤独，但他不会反抗，只是变成了一个遁世的人。

但是，对戏剧家而言，他这样还不够，因为他还没有作出决定。

只有工作能让他保持心智的健全。可是现在，他连工作也保不住了。这是压垮他脊梁的最后一根稻草。一个年轻人占据了他供职了三十年的职位。他的心里燃起了难以置信的怒火，并且终于爆发了。别人只是拿大萧条开了个小玩笑，他便行凶杀人了。他杀死了一个从未伤害过他的人。

如果你看得足够仔细，你就会发现是一连串的情况导致了看似毫无动机的罪行，而这些情况一定可以在罪犯的生理、社会和心理特征中得以发现。

我们前面所说的"错误估算"便与此相联系。一个作者必须明白，在心理发展的最高点捕捉人物是极端重要的。关于这个问题，我们在后面"切入点"一节将作更为完备的讨论。这里我们只需要说明，任何生物，只要条件充分，是什么都干得出来的。

哈姆雷特在戏剧的开始和结尾判若两人。事实上，他每页纸里都在变。他的改变不是不合逻辑的，而是沿着一条稳定的发展路线进行。我们每个人，时时刻刻、日日夜夜、年年岁岁都在改变。关键在于，编剧要找到一个对人物的处理最为有利的时刻。我们可以认为，哈姆雷特的弱点在于，如果证据不足，便推迟行动（有时这样做是致命的）。但是，他的意志非常坚定，他的目标非常清晰，他作出了决定。杰特·莱斯特，不论他的决定是否是自愿的，也作出了决定，一个"停留"的决定。实际上，杰特的决定更可能是无意识或者下意识的，而哈姆雷特的决定则是有意识地为了证明国王对其父亲的谋杀。换言之，哈姆雷特的行为是与他所意识的前提相一致的，而杰特的停留是因为他不知道自己还能干些什么。

这两种类型的人物剧作家都可以采用，关键在于哪种更具独创性。但是，如果作者想把一个契诃夫式的人物放进一部惊心动魄或者钩心斗角的戏里，那可就麻烦了。当人物尚未准备好时，你不能强迫他作出决定。你可以尝试，但一定会发现其行为浅薄而陈腐，它不会反映真实的人物。

由此可见，所谓薄弱的人物其实并不存在。问题在于，你是否在人物作好准备去迎接冲突的特定时刻，捕捉到了他。

## 2.6 情节还是人物？

> 所谓杂草，就是优点尚未被发现的植物。
>
> ——爱默生

虽然人们时常引用亚里士多德的话，虽然弗洛伊德写了论述人类三层次的著作，可实际上，从来没有一个人物得到了如同科学家对原子和宇宙射线那样的深入分析。

威廉·阿契尔在他的《剧作法：一门匠艺的手册》中说道："再现人物性格的能力，不能从理论上的建议去取得、去提高。"

我们欣然同意，"理论的建议"并非对任何人都有用。但实际的建议是否该另当别论呢？如果无生命的物体比较容易研究的话，那么复杂多变的人类性格也应当能够被分析。我们希望，我们的建议会让它变得更简明、更有规律可循。

"要对刻画人物性格的方法提出特殊的指导，无异于去寻找一些关于如何把人变成六尺高的方法一样。"阿契尔先生如是说。这是一个武断的、不科学的陈述，这样的论调我们似曾相识。从本质而言，其和望远镜的发明者列文虎克，和因宣称"地球是动的"而被当成异端的伽利略所得到的回应是一样的。而富尔顿则因发明蒸汽船遭到了嘲笑，人们冲他喊道："它不会动的！"可当船真的动了，人们又冲他喊："它停不了的！"

而在今天，连宇宙射线都可以被拍成照片并得到测量。

"要么你本来就懂得它，要么你根本不懂得。"阿契尔先生如是说。这不就是宣称，某些人有能力去描写人物，去洞悉难以理解之事，而别人就没有？而且，如果某些人可以去做，我们也知道他如何去做，但却无法向他学习是吗？一个人能够做到这些，是因为他会观察，是因为他善于看到别人忽略的东西。那么那些不善于此的人就是不幸的对吗？也许吧。当我们认真读了一部糟糕的戏，会感叹于作者对其人物的无知；当我们认真读了一部优秀的戏，也会感叹于作者展现出的博学。如此说来，我们不是应该建议那些天资不那么聪颖的编剧，好好地训练他们的眼睛吗？我们不是应该建议他们去观察吗？

如果一个"不懂得"的人具有想象力、鉴别力和写作能力的话，那么通过有意识的学习，他将成为比那些虽然"懂得"但是仅凭本能写作的人更加优秀的编剧。

为何天才也会陷于平庸却未能臻于卓越？为何其作品未能成为流传千古的杰作？为何原本擅长描写人物的作者也会让自己献丑？是否因为他仅仅依靠其本能的力量写作？原因在于，天资聪颖的人虽然具有某些能力，但同时也缺少了另一些能力。

你一定会承认，不少天才也曾写过糟糕的戏。之所以如此，是因为依靠本能写作就像撞大运。成大事者不能只凭直觉、凭感情、凭兴致，而应当凭借知识。

阿契尔先生对人物的定义如下："……为便于剧作家的实践，可以将它定义为一种智力的、情感的和神经的习惯的复合体。"

这么说恐怕还不够，我们来翻翻《韦氏词典》，也许阿契尔先生的话里包含着比表面意思更多的东西。

复合：由两者以上成分组成的，合成的，不简单的。

智力：可以通过知识去理解的，智性的产物，可以经由精神的洞察力获得，并且开拓人的视野。

情感：生理学或社会学意义上的一种兴奋、干扰、激动。

由此可见，这种说法看似简单实则复杂。虽然它对我们没有太大帮助，但毕竟还是算新颖。

仅仅知道一个人物由"智力的、情感的和神经的习惯"复合而成是不够的，我们必须对这种"智力的复合"有确切的了解才行。我们已经发现，一个人是由生理、社会和心理这三个维度组成的。我们也将会认识到，生理、社会和心理的特性包含着最微小的基因，而这就是我们一切行为的基础和动力。

一个造船匠了解他需要处理的材料，了解它能够承受的重量和抵抗岁月侵蚀的能力。为了避免灾祸，他必须了解这些。一个剧作家也应当了解他需要处理的材料——人物，了解它能够承受的重量，了解它是否足以支撑他的建筑——戏剧。

关于人物有许多彼此冲突的看法，在我们继续深入之前，不妨先回顾其中的几个：

约翰·霍华德·劳逊在他的《剧作理论与技巧》（*The Theory and Technique of Playwriting*）[①] 中写道："人们好奇地发现，很难将故事看作一个处于变化过程中的事物，对这一点的困惑存在于一切有关剧作的教科书中，正是这一点阻碍了所有的剧作家。"

是的，这的确是一种阻碍。其原因在于，他们是从屋顶开始盖房子的，而不是从前提和展示人物和环境的关系着手。劳逊在其导言中说道："一部戏不是把一系列彼此隔绝的元素诸如对话、人物描写等等捆绑在一起，它是一个有生命的东西，所有元素必须融为一体。"

这么说是没错，可他在下一页又写道："我们可以学习一部戏的形式，学习它的外在，却无法掌握其内在，掌握其灵魂。"

我们的确是永远无法掌握灵魂，如果我们不能理解一条基本原则的话：所谓的内在，那看似不可知的灵魂，不可能是别的东西，只能是人物。

劳逊的根本错误在于他把辩证法用反了。他接受了亚里士多德的一个基础性的误识——"人物服从于行动"，因此便陷于混乱。由于他让马车去拉马，所以他即使坚持以社会为框架也是徒劳。

我们主张，人物是世上最有趣的现象。每个人物都代表了其自己的世界，你越了解这个人，你就对他越感兴趣。乔治·凯利（George Kelly）的《克雷

---

[①] 可参考中国电影出版社《戏剧与电影的剧作理论与技巧》，邵牧君译。——编者注

格的妻子》并不是一部构建良好的戏剧,但却有意识地构建了人物。凯利让我们通过克雷格妻子的眼睛,看到了一个世界,一个单调、乏味但是真实的世界。

乔治·萧伯纳说自己不受任何原则支配,只受灵感支配。但任何人,不管有无灵感,不管他是否是有意识的,只要他构建了人物,他便是在运用着正确的原则,并朝着正确的方向前进。重要的不在于一个编剧怎么说,而在于他怎么做。每部伟大的文学作品都发端于人物,即使作者本来构思的是行动。一旦人物被创造出来,便具有了优先权,而行动应当去适应人物。

假设我们在盖房子。我们的地基盖错了,房子塌了。我们重新开始,这次是从房顶开始,可房子又塌了。第三次、第四次,房子还是塌了。但是,我们最终把它盖成了,虽然我们完全没有意识到我们的成功之处在哪里。那么,我们不就可以对盖房子一事提点建议,而非兀自后悔吗?我们不就可以老实地说,非得先塌四次才能建好一座房子吗?

伟大的戏剧之所以能够来到我们面前,是因为它们的作者有着无限的耐心。也许他们开始写作时路子不对,也许他们没有意识到人物是唯一的基础因素,但他们愿意一寸一厘地同自己斗争,直到把作品的人物根基建好为止。

劳逊说道:"当然,情境是很难设想的,它依赖于剧作家'灵感'的力量。"

如果我们明白,一个人物包含的不仅有他的环境、他的遗传、他的爱憎,甚至还有他出生地的气候,那么我们就会发现,情境并非难以设想。情境内在于人物之中。乔治·皮尔斯·贝克引用小仲马的话说:"剧作家在创造任何情境时,首先得问自己三个问题:我应该做什么?别人会做什么?什么应该被完成?"

你向所有人询问应该完成什么,却唯独不去问创造该情境的人物,这难道不奇怪吗?为什么不问他呢?他不是应该比别人更清楚吗?

约翰·高尔斯华绥似乎掌握了这一简单的真理,他宣称人物创造情节,而非相反。不管莱辛对此作如何评论,他总是以人物为基础。本·琼生也是如此,事实上,为使其人物得到更鲜明的刻画,他甚至不惜舍弃一些剧场把戏。再如契诃夫，既无故事可讲，又无情境可言，但是他的戏依然却很受欢迎，而且将来还会如此，其原因在于他允许他的人物揭示其自身及其生活的时代。

恩格斯在《反杜林论》中说道："任何有机体在每时每刻都既相同，又不同。任何一个有机体，在每一瞬间都是它本身，又不是它本身；在每一瞬间，它同化着外界供给的物质，并排泄出其他物质；在每一瞬间，它的机体中都有细胞在死亡，也有新的细胞在形成；经过或长或短的一段时间，这个机体的物质便完全更新了，由其他物质的原子代替了，所以，每个有机体永远是它本身，同时又是别的东西。"

一个人物也有能力在内在和外在的刺激下将其自身彻底地改变，正如一切有机体的持续变化一样。

如果这是真的，我们也知道这是真的，一个人又怎么能虚构出一个固定的情境或者故事，将其强加于处于永恒变化状态中的人物呢？

如果以"人物服从于行动"的前提开始，那么显然那些教科书的作者一定会陷入混乱。萨尔多[①]在解释戏剧如何在自己面前显现时说道："问题是永恒的，它似乎像必须解出的方程式一样存在着。问题让我不得安生，直到我找到答案为止。"

贝克也引用了他的话。也许萨尔多和贝克找到了答案，但他们并没有把它告诉那些年轻的编剧。

人物和环境的关系如此密切，以致我们可以把它们合二为一来考虑。它们互相反应，如果一个有毛病，另一个也受影响，正如一处病痛会让全身都受罪一样。

"情节是首先要考虑的，它正如悲剧的灵魂。人物则处于次要的位置。"亚里士多德在《诗学》里写道。

"人物作为行动的附属起作用。因此，事件和情节是悲剧的目的……可以没有人物，但没有行动便没有悲剧……戏剧之所以吸引我们，主要不是因为对人类本性的描写。首先是情境，其次才是身处其中的人的情感。"

为了寻找"人物和情节哪个更重要"的答案，我们做了逐卷的检索，得出

---

① Victorien Sardou（1831—1908），法国剧作家，以喜剧和历史剧著称。——译者注

的结论是，关于这一问题，百分之九十九的论述，都是混乱而且难于理解的。

看看阿契尔在《剧作法》中的论述："如果没有被我们称作人物的那种东西，一部戏还可以存在，但没有某种行动的话就不行了。"

然而几页之后，他又说道："行动必须为人物而存在，如果这一关系弄反了，戏可能会成为精巧的玩具，但不会成为具有生命力的艺术作品。"

寻找真正的答案并非一定要用学究式的方法，这一答案并不由亚里士多德规定，而它将对未来的剧作产生深远的影响。

我们选取所有情节中最古老的一种来证明我们的观点，这来自一出描写三角关系的陈腐的、俗套的讽刺戏剧。

一个丈夫要出门旅行两天，但他忘带了某个东西，于是返回家中。他发现妻子正躺在另一个男人的怀抱里。我们假设这个丈夫只有一米六高，而那奸夫却是个巨人。情境取决于丈夫——他会做什么？如果作者不去干预他的话，他就会按照这一人物的规定去行动。他的生理、社会和心理特征让他做什么，他就做什么。

如果他是个懦夫，他可能会道歉，并乞求入侵者的原谅，然后逃跑，甚至还感激奸夫饶他一命。

但也许这个丈夫恰恰因其短处而十分好斗，他怒火中烧，并不在乎自己可能会是输家。

也许他玩世不恭、冷嘲热讽；也许他沉着冷静、一笑置之，也许的事多了，但全都取决于人物。

一个懦夫可能会创造出一场闹剧，一个勇士则会创造出一场悲剧。

拿哈姆雷特来说。如果让这个耽于沉思的丹麦人而不是罗密欧，和朱丽叶相爱，会发生什么？他可能整日盘算，喃喃自语，说些诸如"灵魂永恒，爱情不死，恰如梧桐树每到春天都焕然一新"的美妙诗句。他可能会和朋友、和父亲商量与凯普莱特家讲和。可等到谈判开始时，朱丽叶已经厌倦去猜想哈姆雷特是否爱她，安安稳稳地嫁给了帕里斯。而哈姆雷特还在苦思冥想，诅咒命运。

当罗密欧抛开一切，不计后果地冲向纷扰时，哈姆雷特在探求问题的机理。当哈姆雷特迟疑时，罗密欧行动了。

显然，他们的冲突都发端于其性格，而非相反。

如果你试图强迫一个人物进入他并不从属的情境，你就变成了普罗克拉斯提斯①，为了让睡觉的人和床相配，便把他们的脚砍掉。

情节和人物哪个更重要？如果我们把敏感多思的哈姆雷特变成一个耽于享乐的王子，当他为了王位带来的优越生活而贪生怕死，他还会为父亲复仇吗？恐怕不会，他会把一部悲剧变成一部喜剧。

我们再把对金钱问题懵懂无知、伪造签名的娜拉，变成一个精通财务的成熟妇人。这个新娜拉很诚实，不会出于对丈夫的爱而误入歧途并伪造签名，但海尔茂可能早就一命归西了。

太阳及其活动创造出雨水，如果人物真的是第二重要的，那我们干吗不拿月亮替代太阳呢？可我们还会得到同样的情节吗？绝对不会！

然而将会发生别的事情。月亮将会见证地球的缓慢死亡，而太阳所创造的勃勃生机将会烟消云散。哪怕我们只替换一个人物，我们的前提就理所当然地遭到了修改并且相应地导致了戏剧结局的变动。用太阳便有生命，用月亮只有死亡。

这一论断准确无误：人物创造情节，而非相反。

理解亚里士多德为何那样看待人物其实不难。在索福克勒斯的《俄狄浦斯王》、埃斯库罗斯的《阿伽门农》、欧里庇德斯的《美狄亚》里，命运似乎都扮演着戏剧的主要角色。神一开口，人便得遵照其旨意或生或死。"事件的结构"是由神规定的，而人只是去执行预先安排好的事情罢了。虽然观众们相信了，虽然亚里士多德以此构筑了他的理论，但在剧中却未必如此。在所有重要的希腊戏剧中，都是人物创造了行动，正如我们今天所知的那样，剧作家用命运替代了前提，但是结果却完全一样。

如果俄狄浦斯是其他任何一种人，悲剧便不会降临在他身上。如果他的脾气不是那样火爆，他便不会杀死过路的陌生人。如果他不是那样固执，他便不会追问谁杀死了拉伊俄斯。他以罕见的执著，挖出了最微不足道的陈年往事。由于正直，他即使面对千夫所指也不屈不挠。而且，假如他不那么正直的话，他就不会为谋杀而惩罚自己，刺瞎自己的眼睛。

---

① 希腊神话中的强盗。——译者注

**歌队** 哦，做了可怕的事的人啊，你怎能毁坏自己的视力？是哪位天神怂恿你的？

**俄狄浦斯** 是阿波罗，朋友们。是阿波罗让这些灾祸实现的。但正是我的手刺瞎了我的眼，不是别人。

众神能以任何方式惩罚俄狄浦斯，他却为何偏偏让自己失明呢？可我们知道，他之所以如此惩罚自己，是因为他那罕见的性格。他说道：

**俄狄浦斯** 眼前的一切已不能令我愉悦，我再看又有何用？

一个无赖就不会这么想。为了实现预言，他将会被流放，而不是像俄狄浦斯王那样在剧中造成一场浩劫。亚里士多德在那时犯了谬误，而学者们接受了他关于人物的规则，并把这一谬误延续至今。在亚里士多德的时代，人物已经是更主要的因素，没有了它，任何优秀的戏剧都不会被创作出来，将来也不会。

为了丈夫伊阿宋，美狄亚牺牲了自己的兄弟，密谋将他害死。而后来，伊阿宋却将她抛弃，和克瑞翁王的女儿结婚，她那冷酷的行为让她遭到了恰如其分的报应。什么样的男人愿意与这样的女人结为夫妻呢？同样，伊阿宋也被证明是一个无情的背叛者。构成伊阿宋和美狄亚的材料是任何剧作家都会羡慕的，他们都是具有三个维度的，而且得到了良好的描写。因此不靠宙斯的帮助，他们也站得住脚，而且他们永远在发展，这正是优秀写作的基本原则之一。

希腊戏剧带给我们的何止是众多超凡的人物，而且，也恰恰是这些人物驳斥了亚里士多德的论点。如果人物从属于行动，那么阿伽门农显然不会死在克吕泰默斯特拉手上。

在《俄狄浦斯王》中，行动开始之前，忒拜王拉伊俄斯就知道了"根据预言，王后伊俄卡斯忒为他生下的儿子将会弑父娶母"。于是，俄狄浦斯一生下来，双脚便被铆住扔到喀泰戎山里等死。后来，一个牧羊人捡到并照料了这个孩子，又将其送给了另一个牧羊人，而后者又把孩子送给了他的主人科任托斯王。后来，俄狄浦斯知道了预言，为了抗拒神谕，他便逃跑了。在他流浪的过程中，他在不明其身份的情况下，杀死了了自己的父亲拉伊俄斯，并进入忒拜城。

俄狄浦斯如何知道了预言？是从筵席上一个醉汉的口中。醉汉告诉他"你不是陛下的亲生儿子"，他为此烦恼，便去寻求真相。

  **俄狄浦斯** 我瞒着他们去了德尔斐神庙，阿波罗没有答复我问的事，就把我打发了回来。

阿波罗为何要对俄狄浦斯隐瞒事实呢？

  **俄狄浦斯** 可他却预言了另一些可怕的事情，令人胆战心惊、悲苦不堪，那就是说，我注定将玷污我母亲的床榻，生养下不忍卒睹的孽种。

阿波罗似乎是故意不告诉俄狄浦斯生父的真实身份，为什么？因为"命运"就像前提一样驱使着人物走向其必然的终点，索福克勒斯需要这样的驱动力。可以假设阿波罗是为了吓跑俄狄浦斯，并让他实现预言。我们没有必要追问为何要将恐怖的命运强加于这两个无辜的生灵，而是应当回到全剧开头，看看俄狄浦斯性格的发展。

这是一个正直而高贵的人，一个成年的勇士。为了逃避命运，他隐姓埋名，四处流浪。他心情烦闷地来到谋杀的案发地，那个三岔路口，他说道：

  **俄狄浦斯** 碰到一个传令官和一个坐马车者，就像你所说，那领路人和老人，威胁要把我从路上赶跑。

他们态度粗暴并且要使用武力，于是：

  **俄狄浦斯** 我推了他一把。那个老人看到了，于是等我走过马车时，就用双头棍向我头上打来。

俄狄浦斯这才还击了。

**俄狄浦斯**　他挨了我一棍子，从车上掉下来，面朝下摔在地上。

可见是拉伊俄斯及其随从挑起的事端，他们态度粗暴，而俄狄浦斯恰好也心情不佳。他本来就脾气火爆，于是便依照其性格行动了，阿波罗在这里显然是第二位的。虽然你可以说俄狄浦斯又一次执行了命运的意愿，但他只是在证明前提罢了。

后来，俄狄浦斯在忒拜城外解开了难倒过无数人的斯芬克司之谜。斯芬克司会问那些进出城的人一个问题：什么东西早晨四条腿，中午两条腿，晚上三条腿？俄狄浦斯回答说是人。于是斯芬克司羞愧地死去了，而俄狄浦斯则证明了自己的智慧。束缚终于解除了，忒拜人欢天喜地，推选俄狄浦斯为他们的国王。

可见，俄狄浦斯勇敢、智慧但容易冲动。而为了进一步证明其性格，索福克勒斯还告诉我们，在俄狄浦斯的治理下，忒拜城欣欣向荣。发生在俄狄浦斯身上的任何事情都来源于其性格。

如果你忘记了之前我们关于古人的观念以及众神所扮演的角色的论述，不妨再看看戏的本来面貌如何，你就会明白我们这一主张的正确性。

当莫里哀建立起答尔丢夫对奥尔贡的欺诈时，情节就自行呈现了。奥尔贡是宗教狂的代表，这样一个皈依的盲信者不再赞成他原先相信的一切，是合情合理的。莫里哀需要一个对一切俗务都无法容忍的人物，而奥尔贡就成了这样的人物。但是，要形成这样的事态，这个人必须有一个沉溺于生活享受的家庭，而我们的这个奥尔贡也必须认为这些世俗活动都是罪恶的。他将会限制那些受其影响和统治的人，并按照自己的意图改造他们，而他们当然会对此感到不满。

这一决定导致了冲突，而作者也就有了形态清晰的前提，于是故事便从人物身上生长出来。

一旦作者有了形态清晰的前提，寻找能够承担这一前提的人物便轻而易举了。如果我们接受"伟大的爱情战胜死亡"的前提，我们一定会去想象一对敢于挑战传统、父母限制甚至是死亡本身的情侣。那么什么样的人具有这样的能力呢？当然不会是哈姆雷特或者数学教授，他一定得是年轻、骄傲、鲁莽的，那就是罗密欧。罗密欧能够胜任作者安排给他的这个职位，《伪君子》中的奥尔贡也一样，他们的性格都能创造出冲突。没有人物的情节就像某种古怪的装置，就像穆罕默德的棺材一样在天地间摇摆[①]。

如果我们在经过漫长而艰辛的研究后宣称"蜂蜜对人类有益，但是蜜蜂是次要的，因为它应当从属于其产品"，读者会怎么看待我们？如果我们认为香味比花朵更重要，歌声比小鸟更重要，你又会怎么看待我们？

我们把本章开始处爱默生的引言改动一下为自己所用，就变成了："所谓人物，就是优点尚未被发现的因素。"

## 2.7 人物生发剧情

"浅薄的人才相信运气"，爱默生如是说。

易卜生的成功靠的不是运气，而是研究、构思和艰苦的工作。让我们走进他的书房，看看他怎样工作。让我们试着分析娜拉和海尔茂，看看他们如何依照前提和人物原则生发出自己的故事。

毫无疑问，易卜生对他那个时代（该剧作于1879年）妇女的不平等地位深感不满。他就像个十字军战士一样，试图证明"婚姻中的不平等孕育不幸"。

易卜生需要两个能够证明其前提的人物来开始他的工作，一个丈夫，一个妻子。当然，不是所有的夫妇都能做到这一点，于是，他应当有一个浓缩着所有男人自私之处的丈夫，和一个象征着所有顺从女人的妻子。

他选择了海尔茂和娜拉，但是开始他们只是贴着"自私"和"无私"标签的两个名字。下一个步骤，自然就是丰富他们了。作者必须十分仔细地构建他的人物，因为在未来的冲突中做什么、不做什么，将完全由他们自己决定。既然易卜生有一个他渴望去证明的、形式清晰的前提，那么他的人物就

---

[①] 伊斯兰教传说，先知穆罕默德死后灵魂存于棺材内，善恶两种势力争夺死者灵魂，使棺材在天地间摇摆。——译者注

不能依赖于作者的帮助，而只能靠自己。

海尔茂当上了银行经理，要想在如此重要的机构里爬到最高的位置，他一定得是勤奋的、诚实的。他浑身上下渗透着责任感，认为要做一个严厉的上司首先要以身作则，遵守规矩。他要求下属守时和奉献，对公民的荣誉感过分看重。他知道自己这一职位的重要性，并且小心翼翼地维护着它。名望是他的最高目标，为此他可以不惜一切，甚至包括爱情。简而言之，海尔茂是一个为下属所忌恨却能讨上级开心的人。相反，只有在家里，他才会是一个"人"，他对家庭的爱是无限的。通常而言，如果一个人总是受到别人的憎恨和畏惧的话，他也就比常人更加需要爱。

他三十八岁上下，中等身材，性格坚定。即使是在家里，他说话的语气也是装腔作势、满口说教。他有着中产阶级背景，奉公守法，但不太富裕。对于他所热爱的银行，他总是尽心尽力。表面上，作为一个年轻人，其志向不过是保住自己的饭碗而已。他对现状极为满意，并且毫不怀疑未来。

他没有恶习，不吸烟，在特殊场合会喝点酒。我们眼中的他，是一个以自我中心，有着很高道德要求的人。

所有这一切都可以在剧中看到。虽然这些只能算是一个人物的草图，但却显示了易卜生对海尔茂的了如指掌。而对那个与海尔茂所代表的一切理念针锋相对的女人，易卜生也同样如此。

易卜生是这样勾勒娜拉的：她像个孩子，挥霍无度、没有责任感、爱撒谎、爱骗人。她又像只云雀，爱唱爱跳、无忧无虑。但她深爱着丈夫和孩子。她爱自己的丈夫，为了他可以做出旁人所不能的事情，这是她性格的核心。

娜拉有着聪慧敏锐的头脑，但她对自己所处的社会知之甚少。由于她对海尔茂的爱和崇敬，她宁可做一个玩偶般的妻子。相对于智力而言，她的精神发展滞后了。她本是个被溺爱的女儿，可她对丈夫却更加溺爱。

她大约二十八岁到三十岁，美丽迷人。她和父亲一样无忧无虑，因为这个缘故，她的背景不像海尔茂那样无可指摘。她的父亲有点鬼心眼，这也就暗示了其家族历史中有些丑闻。不过，娜拉是无私的，也许她的愿望就是让所有人和她一样幸福。

两个能够产生冲突的人物出现了，但是怎样制造冲突呢？当然很多人会想到，可以在他们之间发展出三角关系，但这样的冲突怎么可能在一对彼此深爱的夫妇之间引起呢？如果有所怀疑的话，我们就必须回到人物研究和前提上去，我们总能在其中发现线索。这里就是一个：既然娜拉是无私的、多情的，那么她就可以为家庭，最好是为丈夫，做出了某种行为，结果遭到了他的误解。那么又是什么行为呢？我们又卡住了。还是看看人物研究吧，它一定会给我们指出答案。海尔茂代表了名望……好啊！娜拉的行为将会损害和威胁到他的职位。但既然她是无私的，那么她的所作所为都是为了他着想。而他的反应则显示了与名望相比，他的爱情是多么空洞。

什么样的行为能够让一个人在职位受到威胁时，不顾一切，大发其火呢？只有一个，那就是他根据个人的经历，认为最卑鄙、最丢脸的行为，和钱有关的行为。

偷窃？也许吧。但是娜拉不是窃贼，也没有机会接触那么多钱。她一定有某种东西，可以稳妥地换来金钱。而且她一定得迫切需要钱，钱的数目也远远超出她的日常开销，一小笔钱不足以让她冒那么大的风险。

在继续下去之前，我们必须知道她不惜用恼人的手段为她丈夫取得金钱的动机。也许他欠了债？不行，不行！海尔茂绝对不会借下一笔他无力偿还的债务。也许娜拉需要给家里添点东西？不行，海尔茂对这个最不感兴趣了。生病？好主意！海尔茂生病了，而娜拉需要钱给他治疗。

娜拉的理由很容易找到。她不太懂钱上的事，而为了海尔茂她又需要钱，但海尔茂宁可死也不愿借钱。她也不能向朋友借钱，因为海尔茂要是发现了一定感到丢脸。而且正如我们所说，她也没法去偷，所以唯一可行的方式就是找专门放贷的人。她知道，作为一个妇人，她的签名是缺乏效力的，但她不能找朋友联合签名，因为对于尴尬的问询她唯恐避之不及。找陌生人？对一个素不相识的人，她怎么张得开口。莫非要做不道德的交易？她太爱自己的丈夫了，这事她连想也不敢想。唯一能帮她的人就是她父亲，但他已经病入膏肓、濒临死亡了。如果他是健康的呢？他是可以帮她弄到钱，可戏剧也就不存在了。人物必须通过冲突证明前提，因此，娜拉的父亲就必须死去。

娜拉为父亲痛哭，但这也让她想出了一个主意：她可以伪造父亲的签名。她为自己终于找到出路而得意非凡，这是一个值得让她高兴地去吹嘘的完美主意。她不仅有办法弄到钱，而且有办法向海尔茂瞒着钱的来路，她会告诉他钱是父亲留给她的，而他也不会拒绝接受。

她就这么办了，拿到了钱，开心得不得了。

但她的计谋出了岔子，债主了解她的一家——他就与海尔茂在同一家银行工作。他早就知道签名是伪造的，但是这伪造的签名对他而言，比最好的担保和证明都更有价值。如果娜拉还不上钱（后来果然如此），那么海尔茂就会千倍地赔偿他。谁让他是海尔茂呢，事关名望和职位，他什么都肯做的。所以债主很踏实。

如果你通读了娜拉和海尔茂的人物概括，你就会明白，正是他们的性格使故事成为可能。

## 课堂讨论

问：谁迫使娜拉作出了这样的行为？她怎么能够克服各种顾虑，非法地借了这笔钱呢？

答：是前提迫使她选择了这唯一的方向，唯一可以使它得到证明的方向。你会说，我们也会同意，一个人有权从上百种方式中选择任意一种实现自己的目的。但当你有了形式清晰的前提并且希望去证明它的时候，就不是这样了。经过严格的审查和排除，你一定会发现只有一条路通向你的目标即前提的证明。易卜生选择了他的路，并通过描绘能够在这条路上自然行为的人物，证明了他的前提。

问：我不明白为何只有一种能够建立冲突的方式，我不相信对娜拉而言除了伪造父亲的签名外没有别的办法。

答：你要是她会怎么做？

问：我不知道，但总有办法。

答：如果你拒绝思考，那么争论到此为止。

问：与偷窃相比，伪造签名难道就更正当些吗？

答：我们已经指出，她没有办法接触到钱。不过，假如她能的话，她会从谁哪里偷呢？当然不会是海尔茂，因为他也没钱。从亲戚哪里？好吧，那么他们如果发现了的话，会不会将她揭露呢？为了避免使家族蒙羞，他们不会的，所以他们极有可能只字不提。那么她能够从邻居或者陌生人哪里偷钱吗？不会，因为这与她的性格不符，假设她偷了钱，那只会让事情更加混乱。

问：这不就是你需要的冲突吗？

答：冲突只有在能够证明前提时才有效。

问：那么偷窃做不到这一点吗？

答：做不到。伪造签名最多使丈夫和她自己陷入危险，而偷窃则会伤害无辜的人。其他人不应被卷入这个故事。此外，偷窃还会改变前提，对罪行败露和难免羞辱的恐惧将会盖过原始的前提。于是前提就变成了对偷窃的谴责，而非对妇女平等的诉求。

但是你还会问，如果娜拉偷了钱却没被抓住会怎么样？这只能证明她是个高明的窃贼而已，而这并非是女人的美德。如果她被抓住了呢？那么接下来的就是一场英勇的斗争，海尔茂将会竭力将她救出监牢，然后抛弃她——名望会驱使他这样做。于是，你证明的恰恰是前提的对立面。不要这样，我的朋友。你一手握着前提，一手握着完美的人物。所以你得沿着划好限行标记的道路一直向前，别再四处瞎晃了。

问：看来没法脱离前提了？

答：看来是。前提是个暴君，他只准你沿着一条路走，但那是绝对正确的路。

问：娜拉能否去卖身呢？

答：那能够证明她肩负重担，为家庭负责是吗？那样她就和男人平等了吗？那还能是玩偶之家吗？还能吗？

问：我怎么知道？

答：如果你不知道，那么争论到此为止。

## 2.8　主使人物

主使人物（pivotal character）又被称作主角（protagonist）。根据《韦氏词典》，主角就是"在运动或起因中居于主导地位的人"。

而相对于主角的人则被称作对立人物。

没有主使人物就没有戏剧。主使人物创造冲突，推动戏剧向前发展，没有了他，故事就会跟跟跄跄，事实上甚至根本没有故事可言。

在《奥赛罗》中，伊阿古（主使人物）是个行动者，由于奥赛罗对他表示轻蔑，他便以挑拨离间和激发嫉妒的方式向其报复。正是他挑起了冲突。

在《玩偶之家》中，柯洛克斯泰坚持要给自己的家庭恢复名誉，逼得娜拉差点自杀。他是主使人物。

在《伪君子》中，奥尔贡把答尔丢夫强加于他的家人，引发了冲突。

一个主使人物必须不仅是渴望某种东西，他的愿望必须迫切到足以使他在实现目标的努力中摧毁什么，或者使自己被摧毁。

你可能会说："假设奥赛罗把伊阿古垂涎的那个官职给了他会怎样？"

这样的话，戏剧就不会发生了。

一个人要成为好的主使人物，他一定会格外需要生活中的某些东西，比如复仇、荣誉、野心等等。好的主使人物必须有某种意义非凡乃至攸关生死的东西。并不是所有人都能成为主使人物，恐惧大于欲望的人、没有炽烈激情的人、虽有毅力却不去抗争的人，都不能成为主使人物。

顺便说一下，有两种毅力：积极的和消极的。哈姆雷特没有毅力去忍受（消极），却有毅力去坚持（积极），而《烟草之路》中的杰特·莱斯特对忍受的毅力则令人称奇。有毅力的殉道者能够抵御拷打，这在戏剧写作和其他写作中，都是非常有力的素材。

积极的毅力是不屈不挠、视死如归的；而消极的毅力则是意志薄弱、不堪重负的。

一个主使人物必然是好斗的、不肯妥协甚至是冷酷的。

虽然杰特·莱斯特表面上是"消极"的人物，但他其实和"好斗"的伊阿古一样，是富于煽动性的主使人物。

必须澄清一下在谈到主使人物时我们所说的"消极"和"积极"（好斗）的确切含义。

所有人都明白好斗的人物是怎么回事，而"消极"的人物就得解释一下了。为了某种理念去承受饥饿、拷打、各种身体和精神上的痛苦，不管这痛苦是真实的还是虚构的，都需要英雄般的力量。这种消极的力量实际上也是好斗的，因为在某种意义上，它所驱使的正是一种反击。哈姆雷特的窥伺，杰特·莱斯特宁可饿死也不离开土地的狂热行为实际上都是反击。

这种力量对任何类型的写作来说都是绝佳素材。

再强调一次，不管主使人物是"消极"型还是"积极"型，他必然是好斗的、不肯妥协甚至是冷酷的。

一个主使人物就是一股驱动力，这并非是他自己决定的。他能够成为主使人物，只有一个单纯的原因，即某种内在和外在的必然性驱使他如此行动，某种意义非凡的东西诸如荣誉、健康、金钱、保护、复仇或是强烈的冲动促使他如此行动。

俄狄浦斯坚持要找到杀害国王的凶手。他是主使人物，而他的好斗是被阿波罗所推动的，如果他不找到凶手，阿波罗就会以瘟疫惩罚他的王国。为了他的臣民，他不得不成为主使人物。

《埋葬死者》中的六个士兵拒绝死后下葬，他们不是为了自己，而是为了广大劳动人民受到的不公。

《玩偶之家》中的柯洛克斯泰为孩子恢复名誉的行动也是不屈不挠的。

哈姆雷特寻找凶手不是为了使自己清白，而是为了让罪人伏法。

如我们所见，主使人物绝不是因为自己的意愿才成为主使人物的，他只有真正被内在和外在的环境所强迫，才能成为其自身。

主使人物的发展空间没有其他人物那样广阔。例如，其他人物可能由爱及恨，由恨及爱，而主使人物则不行，因为当你的戏开场时，他已经在猜忌甚至计划去杀人了。从怀疑到发现不忠，其间的过程要比从深信到发现不忠短得多。因此，常人由爱及恨需要走十步，而主使人物只有四步、三步、两步甚至一步可走。

哈姆雷特以确定性开场（他父亲的鬼魂告诉他凶手是谁），以杀人收场。而《悲悼》中的莱维妮娅以恨和复仇开场，以悲哀收场。

麦克白以觊觎王位开场，以谋杀和死亡收场。

从盲目服从到公然反抗的过渡幅度比压迫者从愤怒到镇压起义劳工要大得多，虽然两者都是过渡。

罗密欧和朱丽叶经历了仇恨、爱情、希望和绝望，最后是死亡，而他们的父母经历的只是仇恨和忏悔。

我们说贫穷助长犯罪，我们抨击的不是抽象的概念，而是造成贫穷的社会势力。这些势力是冷酷的，而其冷酷须由人来代表。在剧中，我们通过抨击这个人从而抨击了造就他的社会势力。这个典型人物不能软弱，因为有这些势力在背后支持着他。假如他是软弱的，假如你知道他是出于无奈，那你就需要另一个典型，一个诚心诚意为其背后势力效劳的人。

一个主使人物要与其对手的情感强度相匹配，但其发展的范围却要小一些。

## 课堂讨论

**问**：关于发展，有些东西我搞不明白。比如在电影《锦绣山河》（*Juarez*，1939）中，每个人物都经历了过渡：马克西米利安从优柔寡断变得坚定果敢，迪亚兹则从忠贞不贰变得优柔寡断。只有胡亚雷兹没有发展，虽然他有点迟钝，但正是他从未动摇过自己的信念，这使他成为了一个高大的形象。哪里有问题呢？他为什么不发展？

**答**：他发展了，一直在发展，但不如其他人明显。他是一个主使人物，他的能力、决心和领导使冲突得以发生。我们回顾一下便明白，他的中心地位使他的发展不那么显著。不过，先让我告诉你他的发展在哪里：他警告过马克西米利安，后来又履行了他的威胁，这就是发展；当他发现他的部队无法抵挡法军时，他改变了战略，把部队解散了，但他从牧羊少年口中听到狗联合起来和狼战斗的故事后，他就改变了想法，这也是发展。我们也看到他是怎么对付叛徒和自己阵营里的敌人的。那场穿过枪林弹雨的戏使我们相信，他是一个真正的斗士，一个勇敢的人。

他对人民的深爱恰恰在他对马克西米利安的无情上得到证明。通过对其性格的不断阐释，我们可以发现，他的动机是诚实的、无私的。当他在马克西米利安的棺材前喃喃自语"原谅我"时，他那难以觉察的过渡便揭示出来了。我们这才明白，他对死者是怀着友爱的，而他的冷酷不是针对马克西米利安，而是针对帝国主义。

**问**：我明白了，他的发展就是从抵抗到更强的抵抗，而非从仇恨到宽恕。那么为什么胡亚雷兹的转变不能像马克西米利安那样大呢？

**答**：因为胡亚雷兹是主使人物。要记住，主使人物的发展要比其他人物小得多，原因很简单，就是他在故事开始时就已经作好了决定。他是驱使其他人发展的动力。胡亚雷兹的力量就是不惜为自由战斗到死。

他不是一个人。他去战斗并非因为他想战斗，是必然性驱使着一个热爱自由的人去摧毁压迫者而非甘于被奴役。

如果一个主使人物没有内在和外在的必然性去斗争，那么他的动机就是异想天开，哪怕遇到再小的危险也会停下来而不再成为驱动力，这样的话就背离了前提，戏剧也就不存在了。

**问**：那么那些想去写作、表演、演唱、绘画的人呢？你能把自我表达的欲望称为异想天开吗？

**答**：他们当中百分之九十九都是异想天开。

**问**：为什么这么说呢？

**答**：因为百分之九十九的人还没有完成什么就放弃了。他们没有恒心，没有毅力，没有身体和精神上的力量。而另一些人虽有身体和精神的力量，其内在的创造欲望却不够强。

**问**：诸如寒冷、炎热、火灾、水灾这样的自然因素有没有可能成为主使人物？

**答**：没有。当人类还在远古的黑暗状态中蹒跚的时候，这些自然因素是地球上绝对的统治者。这是一种近乎永恒的状态，几十亿年来从未受到过质疑和挑战。原生质、海藻、细菌、变形虫不能反抗存在的秩序，但是人可以，人挑起了冲突。在生存的戏剧里，人是主使人物。他不仅要驾驭这样自然因素，还要不断地发明新药去征服疾病。

人和自然因素搏斗并非是心血来潮，而是源于迫切的需求并通过智慧实现的。需求和智慧能够使他分裂原子，创造出恐怖的摧毁力量——原子能，但正是这种恐怖将会迫使他将这种力量用于进步而非毁灭。他这么做不是出于崇高的目的，而是为了求生，迫切的需求迫使他去应对。

再强调一次：主使人物之所以成为主使人物，不是因为他愿意，而是出于真正的需求。

## 2.9 对立人物

与主使人物对立的人就是对手（antagonist）或称对立人物（opponent）。对立人物将会阻止一往无前的主使人物，而后者则以其全部的力量、计谋和创造力与之对抗。

不论何种原因，如果对立人物不能延续斗争的话，你一定要另找一个能够这么做的人物。

任何戏剧里的对立人物都必然和主使人物同样有力、同样无情。只有实力相当的时候，斗争才会有趣。《玩偶之家》中的海尔茂就是柯洛克斯泰的对立人物。主使人物和对立人物必须同时对彼此具有危险性。《银绳》中的母亲和她儿子带回家里的女人就是势均力敌的。《奥赛罗》中的伊阿古是个冷酷而阴险的主使人物，而奥赛罗则是对立人物，他那强大的权威和力量使伊阿古不敢明目张胆。但是他依然能招致危险，同时也陷自己于危险。《哈姆雷特》也是如此。

我们重复一遍：对立人物必须和主使人物同样强大，两个矛盾的性格必须发生意志的冲突。

如果一个大块头在对一个小家伙施以暴力，我们是不会屏住呼吸等待这场不公平的对决结束的。我们早就知道结果如何，所以将会站在弱者一边。

一部小说、一部戏剧或者任何类型的写作，其实都是一场自始至终不断演化并导致必然结论的危机。

## 2.10 编排

当你为你的戏挑选人物的时候，要仔细地将他们编排好。如果所有人物都是一种类型，比方说全是莽汉，那么你的戏就会像一支没有鼓的乐队一样。

在《李尔王》中，考狄利娅是温柔、仁爱、忠诚的，长女高纳里尔和次女里根是冷酷无情、诡计多端的，而李尔王则是轻率、顽固、容易发怒的。

任何戏剧里，好的编排（orchestration）都是冲突得以升级的原因之一。

一部戏里可以出现两个说谎者、两个妓女、两个窃贼，但他们在脾性、人生观和说话方式上一定要有不同。如果一个窃贼是体贴的，另一个就要是冷酷的；如果一个是懦弱的，另一个就要是大胆的；如果一个尊重妇女，另一个就要鄙视妇女。要是他们有同样的脾气、同样的生活态度，那便没有冲突，也便没有戏剧了。

易卜生为《玩偶之家》挑选了娜拉和海尔茂。由于戏的前提是关于婚姻生活的，因此他必须选择一对夫妇。这个挑选的阶段显然是所有人都必须经历的。

如果戏剧家选择了同样类型的人并试图在其中制造冲突的话，困难就会出现。

想想马尔茨的《黑暗的深渊》吧。乔和伊奥拉非常相似。他们都是仁爱、体贴的，并且有着同样的理念、欲望和恐惧。毫无疑问，乔在近乎没有冲突的情况下就作出了致命的决定。

娜拉和海尔茂虽彼此相爱。但海尔茂专横，而娜拉顺从；海尔茂小心严谨、诚实守信，而娜拉像个孩子似地说谎骗人；海尔茂对自己的一切负责，而娜拉粗心大意。总而言之，娜拉和海尔茂处处相反，他们被完美地编排在一起。

假设海尔茂娶的是林丹太太呢？她心智成熟，理解海尔茂的状况和准则。她和海尔茂可能会争吵，但不会创造出娜拉和海尔茂之间那样的对比和冲突。一个林丹太太那样的女人不太可能伪造签名，而且即使这么做了，她也会清楚其严重后果。

林丹太太与娜拉有所差别，柯洛克斯泰和海尔茂也不相同，而阮克大夫更是区别于他们所有人。这些人物汇在一起，如同各种乐器奏响了一部编排精美的乐章。

编排要求对人物进行良好的界定和阐释。他们应当坚定地彼此对立，并且通过冲突从一极向另一极运动。说到"坚定"，我们可以想想哈姆雷特，他就像猎犬追逐猎物一般追逐着他的目标——找出杀死父亲的凶手；我们也可以想想海尔茂，他对公民荣誉的严格原则导致了戏剧的发生；我们还可以想想《伪君子》中的奥尔贡，他的宗教狂热使他不仅把财产转让给一个恶棍，还抛弃了自己年轻的妻子。

你看戏的时候，一定要试着去找出各种力量是如何排列的。这些力量可能源于集体，也可能属于个人，比如法西斯对民主、自由对奴役、宗教对无神论。但两个反对无神论的信教者也不会相同，人物之间的分歧可以像天堂和炼狱之间的距离那样巨大。

在《八点钟的晚宴》(*Dinner at Eight*) 中，姬蒂和派卡德都得到了良好的编排。虽然姬蒂在很多方面与派卡德相似，但是这个世界还是把他们分开了。他们都渴望被上流社会接纳，但派卡德希望爬到政坛的顶端，而姬蒂却痛恨政治和华盛顿。她无所事事，他不得闲暇；她躺在床上等待情人，他为公务四处奔波。在这样的人物之间，冲突的可能性是无限的。

在每一个大变动中都包含了许多小变动。我们假设这个大变动是由爱及恨，那么其中小变动是什么呢？宽容到褊狭算是一个，它们可以变成冷漠到恼怒。不论你为你的戏选择哪种变动，它都会影响到人物的编排。对于由冷漠到恼怒的变动来说，为由爱及恨的变动而编排的人物就显得过于激烈了。而如契诃夫的人物是非常适合他戏里的变动的。

例如，姬蒂和派卡德绝不会适合《樱桃园》，而《樱桃园》中的人物也不可能成为《李尔王》的基础。人物的对比应当和你戏里的变动相当。用小的变动当然也可以写出好的戏来，但这样的戏里也应具有尖锐的冲突，正如契诃夫的戏所显示的那样。

当一个人说"今天是个雨天"时，我们并不知道他说的是什么样的雨，它可以是：

小雨（雨滴纤细的）

中雨（持续的）

大雨（瓢泼的）

暴雨（夹杂着大风的）

与之类似，当我们听到"某某人是个坏人'的评价时，我们一点也不明白"坏"指的是什么。他是：

不可靠的？

不讲信用的？

一个说谎者？

一个贼？

一个骗子？

一个强奸犯？

一个杀人犯？

我们必须确切地知道每个人物应当归于哪一类。作为作者，你应当知道人物确切的状态，因为你将编排他和他的对手。不同的变动必定要求不同的编排，但一定要有编排，要有定义和阐释良好、坚定的、处于冲突之中的人物以及与剧中变动相称的编排。

例如，变动可以是：

从冷漠

到厌倦

到焦躁

到生气

到恼怒

到憎恨

你的人物不能黑白分明，可以是"浅灰对深灰"，但他们一定要被编排。

如果你的人物得到了恰当的编排，就像《玩偶之家》、《伪君子》和《哈姆雷特》那样，他们的语言也一定是千差万别的。例如，如果你的一个人物天真无邪，另一个放荡不羁的话，他们的对话就会反映出各自的天性。由于前者没见过什么世面，他的想法就会显得幼稚。而卡萨诺瓦①则相反，不论他说什么都反映出他阅历的丰富。只要两人一碰面，一定会揭示出其中一个的

---

① 18 世纪欧洲的历史人物，以博学多历、风流倜傥著称。——译者注

博学和另一个的无知。

如果你忠实于人物的三个维度概括，你的人物也会忠实于自己，并显示出恰当的言行，而你就再不用害怕对比了。如果你把一个语言教授和一个说话永远结结巴巴的人放在一起，不用去找，对比自然就有。如果这两个人物碰巧还发生了冲突，并试图证明你的前提，那么由于语言上的对比，冲突也显得多姿多彩、令人兴奋了。

但是，对比必须内在于人物，冲突必须由发展支撑。

那个幼稚的少女可以变得富于智慧，在婚姻问题上，她可能给卡萨诺瓦上了一课，反倒让后者变得不再自信了。同样，那个教授也可能说话漏洞百出，而结巴却变成了一个雄辩的演说家，别忘了，萧伯纳的《卖花女》[①] 中的伊莉莎就发生过这样的变化。一个窃贼可以变得正直，一个正直的人也可以偷盗；浪荡子可以变得忠实，忠实的妻子也可能变得浪荡；未经组织的工人也可以组织成强大的力量。当然，这都是粗略的提纲而已。任何人物都有无限多样的发展可能，但他们必须要发展。没有发展，你便丧失了戏剧开始时已经具有的对比。发展的缺失表现了冲突的缺乏，而冲突的缺乏则显示出你的人物未能得到良好的编排。

## 2.11  对立统一

即使一部戏编排得很好，我们又有什么把握保证对立人物不会中途停下或者干脆退出呢？问题的答案只能在"对立统一"（unity of opposites）中找到。这是一个很多人应用不当或者一开始就误解了的概念。对立统一指的不是任何处于冲突中对立力量或意志。对这种统一的误用会导致人物无法将冲突进行到底的状况。为了应对这一灾难，首要的保险就是把我们术语界定清楚——什么叫做对立统一？

如果一个人在人群中被陌生人推搡了一下，接着双方互相说了些侮辱性

---

①  又名《皮格马利翁》。皮格马利翁是希腊神话中的塞浦路斯国王，热恋自己雕的少女像。萧伯纳根据这一神话创作了该剧。剧中语言学教授亨利·希金斯把操伦敦土话的卖花女伊利莎培养成谈吐文雅的淑女。——译者注

的话，并且动了手，那么这一斗殴是对立统一的结果吗？

它是表面的，不是根本性的。这两个人有打架的欲望，他们的自尊受到了蔑视，需要身体上的报复。但是，他们之间的争执并不是根深蒂固的，还没到非要把人打伤打死才肯罢休的地步。他们只是可能中途停下或者干脆退出的对手。他们也许会恢复理智、作出解释、互相道歉、握手言和，而真正的对立统一是不可能妥协的。

在把这一规则应用到人身上之前，我们必须再次拿自然做例子。有谁曾设想让致命的细菌和人体的白细胞达成妥协呢？这是一场必须分出胜负的战斗。双方势不两立，必须摧毁对方才能生存，没有别的选择。细菌不会说："哦，既然打不过白细胞，我另找个地方过活算了。"白细胞也一样，宁可牺牲自己也不会放过细菌。双方的对立统一于摧毁对方这一目的。

现在我们把同样的原则应用到戏剧上。娜拉和海尔茂在很多事情上是统一的：爱情、家庭、孩子、法律、社会、欲望。但他们也是对立的，由于各自的性格，这一统一必然要被打破。如果其中一个完全屈从于另一个，那么其个性就被扼杀。

正如细菌和白细胞那样，统一性一旦被打破，戏便只能以某一人物的某种显著特征的"死亡"而收场——在这部戏里就是娜拉的顺从。自然，戏剧中的死亡不一定要通过人的死亡来实现。切断娜拉和海尔茂之间的统一是件痛苦的事，一点也不容易，统一得越紧密，打破它就越难。而这种统一，不管其中发生了何种性质的改变，仍将影响着它曾经联系在一起的人们。在《白痴的乐趣》中，人物彼此之间没什么联系，如果谁不高兴了，大可一走了之。

在《旅程的终点》中，士兵之间建立起了毫无疑问的、牢不可破的统一性。我们确信他们必须待在战壕里，虽然他们可能会丧命于此，虽然他们本来渴望身处千里之外。有些人喝酒了，但那是为了保持勇气，是为了不辜负人们的希望。我们来分析一下他们的处境。在他们生活的社会里，特定的矛盾将会上升为战争。这些人不想打仗，也没有兴趣做什么保卫者，他们被送往战场去杀人是因为他们只能服从于那些决定以战争解决经济问题的人的欲望。此外，这些年轻人从小就觉得为国捐躯是英勇的行为。他们被冲突的情感撕裂：逃跑活命就会被人鄙视，会被打上懦夫的标签；而留下就意味着功勋——以及死亡。戏剧就存在于这些欲望之中。这部戏是对立统一的良好范例。

在自然界中，从没有任何事物"被摧毁"或者"消亡"，它不过是从一种形态、质地和成分转化成了另一种。娜拉对海尔茂的爱转化成了解放和对知识的渴求，她的骄矜转化成了对自身及其与社会的关系之真相的探索——失落的平衡试图为自身寻找新的平衡。

举开膛手杰克①为例。这个滥杀无辜的人从未落入警方手中，因为他的动机是不明的。他似乎和受害者没有任何关系，没有任何统一性。他的行动和仇恨、愤怒、嫉妒、报复都扯不上联系，他和受害者对立但不统一，动机缺失了。很多犯罪戏之所以糟糕，同样是由于动机的不足。为了在女人面前炫耀金钱而谋财害命或者入室行窃，这样的动机是浅薄的，我们看不到犯罪背后不可抗拒的动力。罪犯是这种人，其背景阻碍他采取正常行动，使犯罪成为必然。如果我们有机会观察一个凶手如何在需求、环境、内在和外在之矛盾的驱使下犯罪，我们就是在见证活生生的对立统一，恰当的动机建立起了对立之间的统一。

一个皮条客向一个妓女讨要更多的钱，她会给他吗？她必须给，因为她所爱慕的丈夫生病了。如果她拒绝皮条客，他就会把她的秘密捅出去。

你侮辱了你的朋友，他勃然大怒，一去不返。但是如果你欠他一千块钱，他还会这么容易离开并且永不回来吗？

你的女儿爱上了一个你讨厌的人，她会离家出走吗？她当然会。但是如果她希望你支持她未来的丈夫做生意呢？

你和你的岳父是合伙人，但你不喜欢这个老头做生意的方式。你干吗不和他分道扬镳呢？唯一的麻烦在于，这个老头拿着一张你伪造的支票。只要乐意，他可以轻而易举地把你送进牢房。

你和继父一起生活，你憎恨他，但还得待在他的家里。为什么？你非常怀疑他谋害了你的生父，你要留下来证实它。

---

① 1888 年间在伦敦以残忍手法连续杀害至少五名妓女的凶手的代称，至今仍是欧美文化中最恶名昭彰的罪犯之一。——译者注

你把财产分给了你的孩子，作为回报，你只要求在他们宽敞的房子里拥有一个房间。后来他们的态度却变得不再友好了，甚至满含侮辱。你能收拾行囊离开他们吗？要是这样你靠什么过活呢？

最后这两个例子似曾相识对吗？理应如此，因为它们就是《哈姆雷特》和《李尔王》的再现。

法西斯主义和民主在殊死搏斗，它们便是一对完美的对立统一，其中一个必须摧毁另一个方能生存。此外还有：

科学—迷信
宗教—无神论
资本主义—社会主义

我们可以不停地列举下去，这些对立统一将使人物如此紧密地联系在一起，以至于妥协完全不可能。当然，由这些东西构成的人物将会有其极限。对立统一必须强烈到成为死结的程度，并且只有在一方或双方被耗尽、被击败或者最终被消灭时方能解开。

如果李尔王的女儿理解他的处境，那么便不会有戏剧了。如果海尔茂明白娜拉伪造签名全是为他着想，《玩偶之家》也就写不成了。如果政府领会了士兵们无底的恐惧，他们也许会停止战争，送士兵们回家，但在一个正在打仗的国家中，这种事有可能吗？当然没有。李尔王的女儿们冷酷是因为她们天性如此，也是因为她们认定了目标。而处于战争状态的政府是出于内在的矛盾才把士兵们送上毁灭之路的。

这里有个滑稽短剧的梗概，其中的对立统一是随着故事发展建立的：

一个冬天的夜晚，你下班回家，一只小狗缠住了你。你说："多可爱的小狗！"但是你和它之间没有统一。你继续走路，把狗忘掉了。可到了家门口，你发现狗还在跟着你。它似乎是认定了你，但你不想要它，便说："走开吧，小狗，走开吧。"

你回到家里，和妻子吃晚餐，看书，听广播，睡觉。第二天早晨，你吃惊地发现，那条狗还在门口摇着尾巴，满怀希望地等待你。

"多执著啊!"你同情地说道。你走向地铁,它一直在你身后尾随。在入口处,你把它甩掉了。可是到了晚上回家时,你又在门口遇到了它。你大惑不解,它显然在等你,像一个久别重逢的老友一样给你问候。它瑟瑟发抖,形容憔悴,但还是热切地盼着你带它进去。你会的,如果你的心没长错地方的话。你不想养狗,但是一个不会说话的动物近乎疯狂的执著让你心软了。它需要你,爱你,似乎宁可死在你家门口也不愿放弃。

于是你把它带上了楼,它用它的固执在你们之间建立起了对立统一。

你的妻子大发雷霆,她不想养狗。你为你的行为辩护,但是没用,她在这一点上坚定不移。她说:"要狗还是要我,你选吧。"于是你让步了,喂过你的小朋友之后,你跟妻子说:"你把它送走吧,我不忍心。"

她虽然利落地把它赶走了,但事后想到这只在寒冷中啜泣的生灵时,她却感到了一点伤感。

她开始疑虑了。她很生气,因为自己被迫去做个狠心人。毕竟,她从未想过养狗,现在也不想养。

这是一个难堪的夜晚。你用陌生而敌意的眼神看着妻子,好像第一次看出了她的本性。

早晨,你又一次遇到了那只狗。这回你真的生气了,它造成了你和妻子之间第一次真正的不和。你想赶它走,但它非但不走,反而又护送你走进地铁。

整整一天,你都在想着这条狗,也想着你的妻子。你觉得它现在应该快冻死了。你决定要做点什么,并且等不及回家了。

当你到家时,狗并不在那里。你没有回家,却开始找它,但看不到任何动物的迹象。你失望透顶。这一次你是打算不管妻子怎么想,都要把它带进屋子了。如果她为了狗的缘故要离开你的话,随她的便吧,反正她也没有真正爱过你。

你上了楼,心中满是苦涩。但是你却看到了最古怪的奇观:那只流浪狗正坐在你最好的扶手椅上,已经洗过澡、梳过毛了,而你的妻子正蹲在它旁边,跟它说着"悄悄话"呢。

在这里,狗是主使者。它的坚定改变了两个人。一个平衡失去了,另一个又形成了。即使你的妻子没把狗领会来，旧的关系也一样会被打破。

只有当一个或多个人物的某一品质或显著特性从根本上改变了时，真正的对立统一才会被打破。

当你找到前提之后（你最好赶快找到），如果有必要，你可以测试一下人物之间是否存在对立统一。如果他们之间不存在这种牢不可破的联系，你的冲突就永远无法达到高潮。

# Chapter 3
# 冲 突

Conflict

## 3.1 行动的起源

风是一种行动,即使只是微风。

雨是一种行动,"雨"(rain)这个词也是如此,它既是名词,也是动词。

我们的祖先穴居人,必须杀戮才有的吃,这当然也是行动。

人的行走是行动,鸟的飞翔也是,烧毁房子、阅读书籍都是——每种生命形式都是"行动"(action)。

我们能否把行动看做一种独立的现象呢?

比如说风吧。所谓的风,其实是环绕在我们四周看不见的空气在大规模地收缩和膨胀。冷和热创造了这一名为"风"的运动。各种因素共同作用,才会使行动成为可能,光靠风自己是不可能的。

雨是太阳和其他因素的产物,没有它们便没有雨。

穴居人进行了杀戮。杀戮是一种行动,但是人是在条件的驱使下这样做的,比如为了食物、为了自卫、为了荣誉。杀戮尽管是一种行动,但却是更为重要的因素的结果。

普天之下,没有任何行动是无因无果的。一事源于另一事,行动不会自己发生。

我们来进一步探讨行动的起源。

我们知道，运动（motion）和行动是同义词。运动从何而来？我们学过，运动是物质的，物质与能量有关，而能量通常又被认为是一种运动。所以我们又回到了起点。

我们举个实际的例子——原生物，这是一种单细胞生物。它吸收、消化、运动，执行必需的生命行为。显然，这些行为发端于原生物这一特定的事物。

那么原生物的行动是内在的还是从别处获得的？我们知道，生物的化学成分包括氧、氢、硫、铁、钙等等。这些元素本身就是复杂的，从成分上来看，每一种也都高度活跃。这么看来，原生物的行动是继承而来的，它的特性来自多个起源。

我们还是把研究停在这里吧，免得扯到太阳系上去。不过，我们还找不到任何纯粹的、孤立形式的运动，它总是某种条件的结果。我们可以放心地推论，行动绝不比导致它的因素更重要。

## 3.2 原因与结果

在本章里，我们将把冲突分为四种主要类型：第一种是"静态"（static）的，第二种是"跳跃"（jumping）的，第三种是"缓慢升级"（slowly rising）的，第四种是"预示"（foreshadowing）的。我们将考察每一种冲突，看看为何"静态"的不论你干什么它都原封不动，为何"跳跃"的不服从于现实和常理，为何"缓慢升级"的不需要编剧干预而自然产生，而为何没有"预示冲突"，任何戏剧都不会存在。

不过，首先让我们来追根溯源，看看冲突是怎么形成的。

假设你是一个文雅而安分的青年。你从来没有伤害过别人，将来也没有违法的意图。你还是单身。一次，你在聚会上和一个姑娘不期而遇。她很得你的欢心，你喜爱她的微笑、她的声音、她的衣着，你们的趣味也很一致。简而言之，这似乎是一段根深蒂固的恋情的开端。

你忐忑不安地邀请她和你一起去看演出，她接受了。一切看起来顺理成章、平淡无奇，但这却成为了你一生的转折点。

## 第三章　冲　突

出门前，你打开衣橱，里面只有一件上衣，你只在正式场合才会穿它。但是现在，在你挑剔的目光下，它没有一处顺眼的。你觉得它已经过时了，而且看起来廉价而寒酸。她可不是瞎子，她会注意到的。

你决定要买件新上衣，但怎么买呢？你没有钱。你赚的钱全都交给母亲了，她除了你之外还要养活你的两个小妹妹。你的父亲去世了，你的薪水必须用来支付全家的开支——孩子们的鞋啦、母亲的医药费啦，当然还有房租。不，你不能买上衣。

平生第一次，你觉得自己老了，虽然你只有二十五岁，可你的妹妹们还得过上很多年才能工作。谋划人生又有何用？带姑娘去戏院又有何用？什么用也没有。于是你便爽约了。

这一举动让你在家里的时候脾气暴躁，工作的时候无精打采。你垂头丧气、愤愤不平。虽然你对那个姑娘念念不忘，可她会怎么看待你？你连电话也不敢给她打，怕是再没有机会见到她了。你在办公室粗心大意，还没等你意识到，工作也丢了。这自然并未消除你的火气。你发疯似地找工作，但一无所获。你只能申请救济，虽然领到了，但这一体验却是漫长、痛苦和羞辱的。你觉得自己就像被榨干的柠檬一样无用，得到的救济品只能保证不被饿死，根本谈不上维持良好的生活。

可见，这一冲突，乃至所有的冲突，都可以归结到每个人所处的生活环境和社会状况上。

现在的问题在于，你是由何种材料构成的？你的决心有多大？你的意志有多坚强？你能承受何种程度的痛苦？你对未来有何打算？你的眼界有多远？你的想象力如何？你有没有能力为自己做一个长期的规划？你的身体是否足以将你的规划执行下去？

如果你被充分地唤起了，你就会作出一个决定。而这一决定将会触发那些阻碍它的力量，并预示出你将会遇到的抵抗。你可能没有意识到整个过程是怎么回事，但编剧一定意识到了。你绝对想不到，当你邀请一位姑娘去戏院时，你已经引发了一系列事件，直到你把绝望的决定付诸行动方才告终。如果你足够坚强，冲突便诞生了。它是漫长演化的结果，而其发端却可能只是每天都会发生的小事，比如邀请。

如果这个青年作了决定，但缺乏执行的力量，或者他本就是个懦夫，那么戏剧就变成了静态的，它将发展得十分缓慢，甚至将是完全平淡的。对这种人物，作者都会竭力避免，因为他还不够成熟，不足以承载一个漫长的冲突。但是如果戏剧家有眼光的话，他有可能会想象到人物心理上的某个时刻，即"切入点"，在此时此刻哪怕是弱者和懦夫都会有能力面对战斗，甚至敢于和对手狭路相逢。我们将在"切入点"一节讨论这一问题。

如果当青年看到他那破旧的上衣后，决定去抢银行或者打劫过路人，那么就会发生一个跳跃的冲突。让一个本分的小伙子如此迅速地作出这样的决定是不合情理的，因此应当有更为重大的事件发生，它们必须比前面那一事件更能令他感到痛苦和紧迫才能迫使他迈出这致命的一步。现实生活中，一个人在感到沮丧和绝望的时候，可能会做出令人意想不到的事情，但这在剧院却行不通，我们希望看到自然的顺序和人物按部就班的发展，我们愿意看到正派的外衣、高尚的道德标准怎样被人物自己和环境的力量一点点地撕碎。

每一个升级的冲突都应在那些彼此敌对的特定势力间得到预示。关于这个我们后面会作更清晰地解释，这里只强调一点：所有包含在更大更主要的冲突里的小冲突，都会在全剧的前提中得到明确。我们把小的冲突叫做"过渡"（transition），它将使人物不断从一种精神状态进入另外一种，直到他被迫作出决定为止。通过这些过渡，或曰小的冲突，人物将获得或慢或快的发展。

在前面的章节里，我们曾经讨论过"幸福"这个词的复杂意义。缺少了任何一部分，你就会发现，"幸福"的整体结构就不再完整，而且遭到了根本的改变。在"不断变动"的过程中，"幸福"就可能变成了"不幸"。这一法则支配着细胞、人类乃至太阳系。

米尼斯劳·德梅里克博士在参加 1938 年 12 月 30 日弗吉尼亚州里士满市举行的美国科学进步协会年会前，宣读了一篇关于遗传的论文，他写道：

> 基因系统的平衡是极为微妙的。在数千个基因中只要缺少了一个，那么整体都会被打乱，系统将无法发挥机能，有机体也就不会存活。再

者，无数有记录的基因互动个案表明，一个基因的改变将影响到另一个看似无关的基因的机能。根据所有这些迹象，我们可以认为，一个基因的活动是由以下三种内在因素决定的：（1）这一基因本身的化学构造；（2）这一基因所处系统的整体构造；（3）这一基因在基因系统中的位置。这三种内在因素和形成环境的外在因素一起，决定了有机体的显型（遗传的总体特性）。

由此可见，基因可以被看做是一个组织严密的系统的构成单位，而染色体在这一系统中又占据更高一层的位置。从这个意义上说，基因作为一个有着固定功能的独立单位，只能凭借染色体这一更大的系统才能存在，而其功能也部分地由这一系统决定，这是无可置疑的。

恰如一个个基因严密组织构成了"基因社会"一样，每个人也是一个单位，是这个组织严密的社会的基因。发生在社会上的事会影响到他，发生在他身上的事也会影响到社会。

你可以在周遭的一切中发现冲突。不妨观察一下你的家庭成员、你的朋友、你的亲戚、你的熟人、你的工作伙伴，看看能否在他们身上发现以下各种品质：关怀、谩骂、自负、贪婪、精确、笨拙、无耻、自夸、狡猾、混乱、阴险、狂妄、傲慢、聪明、好奇、懦弱、残酷、尊贵、欺诈、浪费、羡慕、热诚、自我中心、奢侈、浮躁、尽职尽责、节俭、快乐、饶舌、豪侠、慷慨、诚实、犹豫、歇斯底里、粗心、暴躁、理想主义、冲动、懒惰、虚弱、轻率、善良、忠诚、富于洞察、病态、恶毒、神秘主义、谦逊、顽固、循规蹈矩、平静、耐心、虚伪、热情、好动、顺从、尖刻、质朴、怀疑主义、野蛮、严肃、多疑、淡泊、隐匿、敏感、势利、奸诈、温柔、邋遢、圆滑、粗俗、狂热。

所有这些，以及数以千计的品质，都是孕育冲突的土壤。让一个无神论者和一个好斗的信徒对抗，你便有了冲突。

冷和热创造出电闪雷鸣的冲突。让对立的事物迎面相遇，冲突便是必然的。我们假设这些形容词都代表了一个人，想一下当他们相遇时会发生什么冲突吧：

节俭—挥霍
道义—邪恶
肮脏—纯洁
乐观—悲观
温柔—冷酷
贞洁—轻浮
聪明—愚蠢
冷静—激烈
愉快—病态
健康—抑郁
幽默—严肃
敏感—迟钝
天真—世故
勇敢—懦弱

当我们的穴居人祖先寻找食物的时候,他要和实际的敌人——意味着"肉"的凶猛野兽战斗,这便是冲突。而他要把生命扔上天平,拼个你死我活,这便是升级的冲突:冲突,危机(crisis),结局(conclusion)。

一场足球比赛表现了冲突:两队旗鼓相当,狭路相逢(参见"编排"一节),为了赢得胜利,一场艰苦卓绝的斗争不可避免。

拳击也是冲突,所有体育比赛都是冲突。酒馆里的斗殴也是冲突,人与人之间、国家与国家之间争夺霸权更是冲突。每种生命形式,从生到死,都是冲突。

冲突可以有更多复杂的形式,但它们全都从一个简单的基础开始:攻击与反击。如果对手之间势均力敌,我们就会看到真实的、持续升级的冲突。看一个体格强健、训练有素的人和一个体弱多病、胆小如鼠的人搏斗将毫无刺激可言。不管是在竞技场上还是在舞台上,只要两个人势均力敌,每个人就必须使出浑身解数。而这就将揭示出他们每个人谋略的多寡、面对危难如何思考、采取何种方法防御、到底有多么坚强乃至是否能力挽狂澜等。攻击,反击，冲突。

如果我们把冲突当做一个独立的现象，将其隔绝开来进行考察的话，我们就面临走进死胡同的危险。如果不和环境或社会秩序发生关系，任何事物都不会存在。世上没有自在之物，所有东西都是对其他东西的补充。

我们可以在任何地方、任何事物中找到冲突的胚芽。如果你问某人的人生志向是什么，他未必答得出来。但他一定会有志向，不管那有多卑微，可能就是某一天、一周或一月的小志向。一个不断升级的冲突可以从一个微小的、看似毫无意义的志向中生长出来。当冲突越来越严重，危机就出现了，然后就是高潮。此时一个人将被迫作出决定，而这一决定则将在相当大的程度上改变他的人生。

自然界用一套精密的体系来传播各种植物种子。但是如果每粒种子都能长大的话，人类就不复存在了，植物也同样如此。

每个人都有某种志向，而志向又因人而异。如果上百人都有相似志向的话，怪事就发生了。这些人当中只有一个，其自身状况和环境状况完美地融合在一起，使其得以实现自己的目标。于是我们又回到了人物上面，人物才是我们必须坚持的东西，别的都不必。

毫无疑问，冲突从人物中产生，而冲突的强度则由作为一个具有三个维度的个体的主使人物的意志力决定。

一粒种子可以落在任何地方，但它未必能发芽。志向随处可见，其发芽与否则依赖于存在于人身上的生理、社会和心理条件。如果每个人的志向都以同样的强度成长，则会招致人类的毁灭。

从表层上看，一个健全的冲突由两股彼此对抗的势力构成。而在其底层，每一股势力又是多种状况经年累月才形成的。两股势力创造出极大的张力，并将最终爆发。

我们再来看一个冲突如何形成的例子——一部 20 世纪 30 年代的戏剧《黄铜脚踝》(*Brass Ankle*)。

**拉里（丈夫）**　　（惊愕地）露丝和我不想要这个孩子了，大夫。你一定知道我们家里不能留个黑鬼。

**温莱特大夫**　哦，那是当然，像你和露丝这种情况——可他毕竟是你儿子啊。
　　**拉里**　我儿子？一个黑鬼！

　　拉里是这个小镇上的头面人物，他致力于在镇上实施种族隔离。他相信一个人身上哪怕有一点黑人的血统，也不应与白人交往。而现在他自己的白人妻子却生下了个黑人婴儿，这是一出个人的悲剧。如果这事在镇上传开了，他就会成为笑柄，这是一个被激化了的冲突。拉里将被迫作出决定，要么承认这孩子是自己的，要么否认自己的父亲身份。此时此刻，我们不仅对将要发生的事怀有浓厚的兴趣，而且更想知道冲突是怎么形成的。
　　作者说道：

　　　　拉里三十多岁，高大挺拔，外表英俊，头发金黄，皮肤白皙。他的神经质的姿态显示他天生容易紧张和情绪化。

　　拉里在结婚之前可以说是个懒汉，他备受女人们的宠爱，可能还有不少风流韵事。镇上有个姑娘名叫露丝，是约翰·查尔顿的孙女。露丝是个皮肤黝黑的美人，而且气质高贵，这一点和镇上的其他女人都不一样。她从来没把拉里放在眼里。拉里向她求爱，并且立誓改过自新。最后露丝终于让步，嫁给了他。
　　到这里为止，有没有什么冲突的线索呢？有很多。首先，如果这事发生在纽约就毫无意义了。别忘了地点的重要性，我们后来会明白为什么的。
　　再者，拉里的生理特征——英俊。他被宠坏了，而且对女人很有一套。否则他也不可能娶到露丝，悲剧也就不会发生。
　　然后是环境即事件发生的特定时期。这事发生在南北战争结束后的两代人身上。镇上生活着一些自由黑人以及带有黑人血统但被看做白人的混血种人。乡村医生认识不少正派并受人尊敬的黑人家庭。他给其中大多数人接过生，所以对他们的身世很了解。他知道露丝虽被看做白人，但身上有黑人的血统。而事实上，她也当自己是白人。她的第二个孩子只是非常罕见的返祖现象。

而且，露丝的美貌和高贵气质也是冲突的重要因素。

**拉里** 我一直发誓要娶个淑女。我哪能不满意呢？

另一处：

**拉里** ……这都是我欠你的。我一直胸无大志，直到我娶了你。

多亏了露丝的影响，拉里现在已经是一个成功的商店业主了。

他们为彼此的生理特性所吸引。环境造就了拉里，他懒惰、傲慢、骄纵；环境也造就了露丝，她高贵、善辩。对他来说，她是理想化的；而对她来说，他就像个孩子。她的高贵令他着迷，因为他不够高贵；同样，他的那漫不经心的做派也令她着迷，因为她总是很拘束。他的深爱使她确信，她是可以把他造就成一个男子汉的。

再说环境。这是一个年轻人很少的小镇。如果姑娘多一些的话，拉里不一定会娶露丝。既然这里没那么多姑娘，能娶到这样的妻子，拉里当然会心花怒放。他的志向越来越大，镇上的人都希望他能成为这个发展中的社区的首任市长。

**阿格妮丝** （邻居）李［她的丈夫］说你已经准备让杰克逊家的孩子当督学了。你知道，这事和我关系不小。要是我不唠叨他的话，他自己是不会掺和的。我跟他说，你要指望我给你生孩子的话，你就得确信孩子上学的时候不用和那些流着黑血的人坐在一块。

**拉里** （用疲惫的声音）是啊，阿格妮丝，我们知道这事和你关系不小。

这段对话显示了镇上的反黑人情绪。这种情绪迫使拉里也采取了反黑人立场。它同样也表明，拉里是一个领袖。我们知道，因为他爱着露丝，所以他想保住领袖的地位。于是他便跑去向那帮人咆哮，使即将把他压垮的冲突得到激化、提高和加强。

可见，冲突毕竟是发源于人物的，因此我们要想了解冲突的结构，首先必须了解人物。而既然人物又是发源于环境的，所以我们也得先了解它。冲突看似可以由一个原因自然产生，实则不然。许多原因合在一起，方能制造一个冲突。

## 3.3 静态冲突

如果戏剧的冲突是静态的，那么不能作出决定的人物便应当为此负责。也许我们更应当责怪的是剧作家，因为正是他选择了这样的人物。你不能指望一个没有需求或者不知道自己需求的人物能够将冲突升级。

静态意味着没有运动，没有任何形式的影响力。既然我们的意图在于对戏剧行动变成静态的原因作出详细的分析，我们就必须指出，即使在大多数静态的冲突中甚至也有某种变动。自然界里没有任何东西是绝对静态的，即使肉眼不能发现，连没有生命的物体也充满着运动。一个死气沉沉的场景里也包含着运动，但是由于它运动得太缓慢了，所以看起来就像静止的。

一部戏若没有冲突的话，即使包含最机智的对话也是枉然。只有冲突才能产生更多的冲突，而第一个冲突则始于有意识地实现被戏剧前提所规定的目标。

一部戏只能有一个主要的前提，但每个人物都有自己的前提，并且与其他人的前提发生碰撞。激流和潜流将会纵横交叉，但它们一定要把戏剧的生命线即主要前提不断推动才行。

举例而言，如果一个女人感到自己的生活如一潭死水，她虽然号啕大哭，在房间里踱来踱去，却不采取任何行动，那么她就是一个静态的人物。剧作家可以让她妙语连珠，但她仍然是无能的、静态的。忧愁不足以创造冲突，我们需要的是一个自觉地去解决问题的意愿。

以下是一个静态冲突的好例子：

他　你爱我吗？

她　哦，我不知道。

他　难道你不能决定吗？

她　我会决定的。

他　什么时候？

她　哦，很快。

他　多快？

她　哦，我不知道。

他　我能帮你吗？

她　那就不公平了，对吧？

他　爱情里的一切都是美好①的，如果我能使你相信我就是你需要的男人的话，那就更是如此。

她　那你要怎么做呢？

他　首先我要吻你……

她　哦，我不能让你吻我，除非我们订婚了。

他　如果你不让我吻你，你怎么能知道你爱不爱我呢？

她　如果我喜欢和你做伴呢……

他　你喜欢我做伴？

她　哦，我还不知道呢。

他　那就不必再争论了。

她　为什么？

他　你不是说了吗？

她　以后我可能会喜欢和你做伴的。

他　那要多久？

她　我怎么知道呢？

我们可以不断地写下去，但这两个人物还是没有实质性的变化。没错，

---

① 此处为双关语，fair 在英语中兼有"公平"和"美好"的意思。——译者注

这里是有冲突，但它却是静态的。他们一直徘徊在一个水平线上。我们可以把这种静止归咎于糟糕的编排。两人都是一个类型，都没有深层的信念。连这个追求女人的男人也缺乏动力，他并没有真心实意地认为这个女人就是他的人生伴侣。他们可以一连几个月都这样。他们可能会分道扬镳，也可能这个男人终于作出了决定，但天知道那要等到什么时候。虽然他们站在这里，但都不是编写戏剧的理想选择。

没有攻击和反击，便没有升级的冲突。

她以"不确定"的一极开场，到最后还是不确定；他以希望的一极开场，到最后其心理状态还是一样。

假设一个人物以贞洁开场，以堕落收场，我们来看看她必须经历哪些中间步骤：

(1) 贞洁（纯洁、单纯）

(2) 挫折（失去品行）

(3) 错误（过错，不体面的行为）

(4) 通奸（她变得不正派甚至是猥亵了）

(5) 混乱（束手无策）

(6) 不道德（淫荡）

(7) 堕落（声名狼藉、潦倒）

如果人物停在第一步或第二步并长时间徘徊不前，戏就变成了静态的。这样的静态是通常由于缺乏驱动力即前提才发生的。

这里有一部有趣的静态戏剧——罗伯特·E·舍伍德的《白痴的乐趣》。尽管这部戏的道德立场值得高度赞扬，作者也是当之无愧的著名剧作家，但它却是"戏不能这么写"的经典范例（参见附录中的梗概）。本剧的前提是：军火商是动乱和战争的始作俑者吗？作者给予肯定的回答。这是个不成功的前提——它很肤浅。这部戏有方向，但作者选择了孤立的一小撮人作为和平的大敌，这与事实不符。我们能说下雨仅仅是因为太阳的缘故吗？当然不能。如果没有海洋和其他的因素，雨便不会产生。如果经济稳定、社会安宁，没有哪个军火商敢于挑起动乱。军火产量的增长是军国主义、国内外市场萎缩、失业以及其他相应问题共同导致的。尽管舍伍德先生在他这部戏的印行版后记中谈到了这些，但可悲的是，他在戏里却忽略了。

他的戏剧里没有人物，谁都不是真正重要的。那个罪恶的军火商韦伯先生说，没有买主他就卖不掉军火。这是没错，但关键在于，人们为什么要买军火？舍伍德先生没有告诉我们。既然他前提的概念是肤浅的，那么他的人物就必然如同上色的照片一样虚假。

他的两个主要人物是哈里和艾琳娜，哈里的变化是从迟钝到真诚和不畏死亡；而艾琳娜以放荡开场，以和哈里同样的崇高收场。

如果两极之间要走八步，那么他们在迈出第一步后，在两幕半的时间里一直停在那儿，然后越过了第二、三、四、五、六步，仿佛它们不存在似的，最后在全剧的末尾，直接从第七步迈到了第八步。

人物徘徊来徘徊去，却没有特别的动机。他们上场，介绍一下自己便下场，因为作者又要介绍别人了。为了某个勉强的理由，他们又上场了，说说自己怎么看怎么想便再次下场，因为下一批人又要开始了。

我们希望批评家们认同的是，一部戏应当是有冲突的。《白痴的乐趣》只在很少几个点上才有冲突，而且人物只是自说自话，并非参与到冲突中。这一点有违一切戏剧标准。和善乐天的哈里，有着丰富背景的艾琳娜，这样的人物没有得到很好的运用，实在是可惜。这里有几个典型例证：

我们身处在迦百列山旅馆的鸡尾酒吧里。战争一触即发。边界关闭了，客人们无法离开。在第六页我们读到：

  唐 那里也挺不错的。

  切利 可我听说现在那里拥挤不堪，我——我妻子和我希望这里能安静一些。

  唐 是啊，在这种时候，当然是这里安静一些。

  ［没有冲突］

我们再翻到第三十二页，人们还是在漫无目的地徘徊。奎勒里进来，坐下；五个军官进来，谈论意大利人；哈里进来，和医生扯点闲篇；医生走了，哈里又和奎勒里说话；过了一小会，后者没有明确的理由便称呼哈里为"同志"。作者说奎勒里是个"极端的激进社会主义者"，但仍然是个"法国人"。而观众看到的他却是个疯子，只在极少数时刻是理性的。他为什么会疯？因为，显然，他是个激进社会主义者，极端的激进社会主义者都是疯子。后来他因辱骂法西斯被杀了，但现在他和哈里谈论着猪崽、香烟和战争，这全是空谈。这个社会主义者说道："要记住，现在不是1914年。从那时开始，我们已经听到了新的声音，而且是很响亮的声音。我必须提到其中的一个名字——列宁，尼古拉依·列宁①。"既然这个极端激进的社会主义者是个疯子，剧中的其他人物也当他是疯子，那么观众们就会把极端的激进社会主义者当成疯子的同义词。后来奎勒里又对哈里谈论革命和理想主义，但谁知道他扯了些什么，这只是在向你显示一个极端的激进社会主义者有多么疯狂罢了。

再看第四十四页，剧中人物还在进进出出。医生哀叹厄运把他困在了这里，他们喝酒，他们聊天。战争都要爆发了，可这里连静态冲突的迹象也没有。人物也没有显示出任何迹象，除了前面我们谈过的那个疯子以外。

我们翻到第六十六页，看看戏到此为止有没有什么行动。

**韦伯** 喝一杯吗，艾琳娜？

**艾琳娜** 不了，谢谢。

**韦伯** 你呢，卢奇赛罗上尉？

**上尉** 谢谢。白兰地加苏打，邓普西。

**邓普西** *Si*，*Signor.*②

**贝贝** （大叫）埃德纳！我们要喝酒了！

（埃德纳进来。）

**韦伯** 给我来苦艾酒。

---

① 原文如此，列宁的全名为弗拉基米尔·伊里奇·列宁。——译者注
② 西班牙语："是，先生。"——译者注

**邓普西** *Oui，Monsieur.* ①

**医生** 简直难以置信。

**哈里** 然而，大夫，我仍然是个乐观主义者。（他看看艾琳娜）今晚就让怀疑占上风吧！黎明来临的时候，真理之光将再次闪耀！（转身对雪莉）来吧，宝贝儿，让我们起舞吧！（他们跳舞。）

落幕

我们擦亮眼睛吧，第一幕都结束了！哪个年轻编剧敢把这样的剧本交给经理？他不怕被撕破耳朵吗？观众们一定得和哈里一样乐观才能挺过这般的绝望。

舍伍德一定看过或读过《旅程的终点》。在那部戏里，前线的士兵一直在战壕里苦恼地等待着，直到崩溃为止，而《白痴的乐趣》中的人也在等待着战争。不同的是，《旅程的终点》里还有人物，有血有肉的人，他们在奋力保持自己的勇气。我们感到并确信"总攻"随时都会开始，届时他们只能拼死抵抗。而《白痴的乐趣》里的人物并未处在迫在眉睫的危险之中。

毫无疑问，舍伍德在写这部戏的时候怀着最好的意图，但是光有好意是不够的。

《白痴的乐趣》中最具戏剧性的时刻出现在第二幕，这还算值得一看。奎勒里从一个技工那里听说意大利人轰炸了巴黎，这是个不确切的消息。他狂怒地喊了起来：

**奎勒里** 上帝诅咒你们，刽子手！

**少校和士兵们** （跳起来）刽子手！

**哈里** 听啊，伙计……

**雪莉** 快走吧！别让自己陷在麻烦里！

**奎勒里** 你们看见了，我们是一伙的！法国、英国、美国是盟友！

---

① 法语："是，先生。"——译者注

> **哈里** 闭嘴！法国！没事，上尉，我们自己能解决。
>
> **奎勒里** 他们不敢和英国、法国对抗！自由民主反对法西斯暴政！
>
> **哈里** 看在上帝的份上，别玩两面派了！
>
> **奎勒里** 英国和法国是为人类的希望而战！
>
> **哈里** 一分钟以前，英国还是穿着礼服的屠夫呢！现在就成盟友了！
>
> **奎勒里** 我们在一起！我们在一起，永远！（转身对军官们）

作者让这个可悲的形象起而反抗那些意大利军官，他生怕后者不会发怒，因为那样强烈的戏剧场景就会坍塌，所以这个可怜的傻瓜转身对意大利军官们说：

> **奎勒里** 上帝诅咒你们！上帝诅咒那些派你们来送死的恶棍！
>
> **上尉** 如果你不闭嘴的话，法国佬，我们将不得不逮捕你。

这是迈向冲突的第一步。当然，和一个发狂的人争斗不怎么公平，但总比什么都没有强。

> **哈里** 没事的，上尉。奎勒里先生这是为了和平，他将回到法国去阻止战争。
>
> **奎勒里** （对哈里）你没资格跟我说话。我有权说出自己的感受，我要说，打倒法西斯！*Abaso Fascimo!* [①]

当然，这之后他们把他枪毙了。其他人却接着跳舞，装出一副事不关己的样子，但他们骗不了我们。

另外，艾琳娜对阿基里发表了一次辞藻华丽的演讲，但之前之后却什么也没发生。

---

[①] 意大利语：“打倒法西斯！”——译者注

还有一个不算太明显的静态冲突例子，诺埃尔·考沃德①的《美满人生》(*Design for Living*)。

吉尔达在两个情人间摇摆不定，后来她却和情人的朋友结了婚，而这三个男人都是朋友。于是两个情人便去找吉尔达问罪，她的丈夫自然怒火中烧。在第三幕结尾，四个人凑到一起。

  **吉尔达**　（温和地）那么。
  **里奥**　那么，是啊。
  **吉尔达**　现在会发生什么呢？
  **奥托**　又摆假正经。噢，亲爱的！噢，亲爱的！噢，亲爱的！
  **吉尔达**　你们两个穿睡衣的样子滑稽透了！
  **欧内斯特**［丈夫］　我不相信我这一生中曾经如此愤怒过。
  **里奥**　打扰到你了吗，欧内斯特？我看出来了，我太抱歉了。
  **奥托**　是啊，我们两个都很抱歉。
  **欧内斯特**　我难以忍受你们的傲慢。1 我不知该说什么，也不知该做什么。我非常，非常生气。吉尔达，看在老天的份上，让他们走吧。
  **吉尔达**　他们不会走的，除非我生气了，拉下脸来让他们出去。
  **里奥**　对极了。
  **奥托**　你不说，我们就不走。
  **吉尔达**　（微笑地）你们俩太可爱了。

人物没有可见的发展，冲突就会是静态的。如果一个人物失去了现实性，不管是何种原因，他便没有创造升级冲突的能力。

如果你想描绘乏味，你没必要让观众也感乏味。同样，为显示浅薄的个性，你没必要自己也浅薄。我们必须知道什么推动着人物，哪怕他自己不知道。作者不能靠在真空中写作去显示人物生活的真空，这是无可诡辩的事实。

---

① Noel Coward（1899—1973），英国剧作家，以机智花哨的喜剧著称。——译者注

**吉尔达**　（温和地）那么。

"那么"就是说"现在会发生什么呢"。没有别的意思。如果作为一种挑衅、一种攻击的话，它无法导致反击。即使对肤浅的吉尔达来说，它也是毫无效果的。它得到了恰如其分的回答："那么，是啊。"

如果说吉尔达的话里包含了细微的运动，那么里奥的话里则什么都没有。他不仅未能接受她提出的微小挑战，而且自己跑掉了。我们在这里没有看到任何变动。

下面一行是讽刺性的，但是这三个"噢，亲爱的"不仅算不上挑战，而且是对说话者无力改变局势的默认。你如果怀疑的话就看下一行"你们两个穿睡衣的样子滑稽透了"，显然没人理会奥托的讽刺。吉尔达未被触动，戏还是不肯前进。

作者至少在这里可以显示一下吉尔达性格中的一个侧面，这样也许可以看出吉尔达的爱情生活的推动力——轻率。我们本来期待"人物"能说点什么，结果只有一句多余的评论。他们变成了替作者传话的假人。

**欧内斯特**　我不相信我这一生中曾经如此愤怒过。

能说出这样话的人一定是个无害的人。他可以抱怨，但他本身就在全剧中可有可无。他的喊叫并未激化情境，没有威胁，也没有行动。什么叫薄弱的人物？就是不论何种原因都不能作出决定的人。

**里奥**　打扰你了吗，欧内斯特？我看出来了，我太抱歉了。

这句话很有意味，它听起来有点无情，但却说明了里奥对欧内斯特毫不在乎，冲突还停在原地。然后奥托出来向欧内斯特保证他也很抱歉。如果说这滑稽，那是因为在生活中这样的态度将会是冷酷而残忍的。能够趾高气扬地采取这种幽默的人并不存在，因此也创造不出冲突。

欧内斯特的下一句话是很有启发性的。对立人物承认自己不能起来斗争，并且求助于目标（吉尔达）替他作战。吉尔达、奥托、里奥为所欲为，竟然没人出来阻止他们。插科打诨固然有趣，但在戏剧中，却不如冲突那么必要。

如果你重读一遍引文，你就会发现，直到最后一行，戏几乎还在原地踏步。变动是微不足道的，当你读了好几页后，发现行动还是如此。

在杜·博斯·海沃德（Du Bose Heyward）的《黄铜脚踝》中，第一幕几乎都在陈述，但是第二、三幕对糟糕的第一幕进行了弥补。而在《美满人生》中，在开始的情境中本有冲突的理由，但由于人物的浅薄，这一冲突未能得到具体化，结果就成了静态的冲突。

## 3.4 跳跃冲突

在任何跳跃的冲突中，最危险的一件事就是，作者相信冲突是平稳升级的。如果批评家坚持认为他的冲突是跳跃的，便会遭到他的怨恨。作者可以寻找的危险信号是什么？如果他走错了方向，他怎么能够知道？以下是一些指示：

诚实的人不会在一夜之间变成贼，贼也不会同样迅速地变得诚实守信；神智清楚的女人不会一时冲动离开她的丈夫，除非她之前就有动机；强盗不会一边谋划着抢劫，一边就将其付诸行动；没有心理准备，任何暴力行为都不会发生；没有充分的理由，轮船也不会遇难——要么是轮船缺少了重要部件，要么是船长疲劳、生病或是没有经验，即使轮船真的撞上冰山，也一定是人的疏忽所致。读一下海厄曼斯①的《好望角》（Good Hope），看看船是为何会沉没，人为造成的悲剧又达到了怎样的新高度吧。

如果你要避免跳跃或静态的冲突，不妨事先就了解你的人物所要经历的道路。

这里有几个例子。他们可以从：

放 纵 到 节 制

节 制 到 放 纵

---

① Hermann Heijermans，(1864—1924)，荷兰剧作家。——译者注

羞怯到无耻
无耻到羞怯
纯朴到虚荣
虚荣到纯朴
忠实到不忠，等等

如果你知道你的人物要从一极走向另一极，那么你便处于有利的地位，能够看到他或她在以稳定的速度发展。你将不再四处摸索，而你的人物也有了目的地，并且将为到达那里而奋斗前行。

如果你的人物以"忠实"开场，然后省略了中间步骤，一个大步就跳到了"不忠"，那么这就是一个跳跃的冲突，你的戏就会受害。

下面就是一个跳跃的冲突：

他　你爱我吗？
她　哦，我不知道。
他　别当哑铃了，赶快决定行吗？
她　你挺精明嘛。
他　我要精明就不会爱上你这样的娘们了。
她　再说我就抽你耳光。

（她走开了）

在这个例子中，他从"喜爱"变为"讥讽"，没有任何过渡；而她从"犹豫"变为"生气"。

这个男性人物一开始就是虚假的。说他虚假是因为，如果他爱她，他就不会既向她求爱又用嘲讽的口吻说她是哑铃。而如果他一开始就认为她是个哑巴，也就不会向她求爱。

两个人都是一种类型：鲁莽、容易激动。这种人物的过渡速度是闪电般的，你还没回过神来，场景就结束了。是的，你可以延长它，但由于其运动是连蹦带跳的，他们很快就原形毕露了。弗伦克·莫尔纳戏中的利力姆和上面那个场景中的"他"是一种类型的人物,但是利力姆的对手却恰恰相反——朱丽是个顺从、耐心、多情的人。

编排糟糕的人物通常会创造出静态或者跳跃的冲突。然而,即使是编排良好的人物也会跳跃,甚至是时常跳跃,如果缺失了恰当过渡的话。

如果你希望创造跳跃的冲突,那么你只能强迫人物作出与其本性不相符的行动,只能让他们不经思考而行动,这样即使你成功地实现了你的目的,戏本身还是不成功。

例如,如果你有了一个前提"丧失荣誉的人可以通过自我牺牲挽回荣誉",那么出发人物就会是一个丧失名誉的人,而目标则是让同一个人洗刷耻辱、恢复荣誉甚至得到赞美。在这两极之间存在着距离,一切都还是"空"的,怎样填补这一空间取决于人物。如果作者选择了有信念并愿意为之斗争的人物,那么他就走对路了。下面的一步就是尽可能地研究他们,这一研究也就是再次检查,它将会显示他们是否真有能力执行前提所期待的事情。

让这个"丧失名誉的人"以好莱坞的方式从火中救出一个老妇,并瞬间恢复了荣誉是不够的,通向牺牲的事件之间必须具有逻辑的链条。

冬天和夏天之间还有春天和秋天,在荣誉和丧失荣誉之间还有彼此相连的许多步骤,每一步都不能少。

当《玩偶之家》中的娜拉想要离开海尔茂和孩子的时候,她让我们知道其原因。而且,我们还相信这是她唯一能采取的行动。在生活里她可能会保持沉默,一个字也不讲,只是摔门而去。但是那在舞台上这就会变成了一个跳跃的冲突,我们也就无法理解她,尽管她的动机可能是最好的。

我们必须全面地去了解,而在跳跃的冲突里,我们的认识只能是表面的。真正的人物必须有机会揭示其自身,而我们必须有机会观察发生在他们身上的巨变。

我们节选了《玩偶之家》第三幕的最后一段,省略一些必要的东西,但是并不影响大体情节,这是一个伟大的终场。海尔茂刚刚告诉他不准娜拉抚养孩子,然后铃响了,信来了,里面装着一张便笺和那张伪造的借据。海尔茂大叫他得救了。

**娜拉** 那我呢？

**海尔茂** 你当然也是，我们得救了，你和我都得救了。我已经原谅你了，娜拉。

**娜拉** 谢谢你的原谅。（她出去了）

**海尔茂** 别，你别走——（往里面看）你在那儿干什么？

**娜拉** （从里面）我在脱跳舞的裙子。

**海尔茂** 好，去吧。你得定定神，冷静冷静，我的唱歌的小鸟吓坏了。

**娜拉** （上，穿着日常的衣服）我把衣服换了。

**海尔茂** 你要干什么？这么晚了。

**娜拉** 我不能再留在你身边了。

**海尔茂** 娜拉，娜拉！你精神错乱了！我不让你走！我禁止你走！

**娜拉** 你再也不能禁止我了。

**海尔茂** 你不再爱我了。

**娜拉** 不了。

**海尔茂** 娜拉！你忍心说这话！

**娜拉** 我也很难过，可我不能不说。

**海尔茂** 我明白，我明白。在我们之间，裂开了一道深渊。可是，娜拉，我们就没有可能把它填上吗？

**娜拉** 照我现在这个样子，是不能做你妻子的。（她拿起外衣、帽子和小提包）

**海尔茂** 娜拉！现在别走！明天再走。

**娜拉** （穿上外衣）我不能在陌生人家里过夜。

**海尔茂** 全完了！全完了！娜拉，你再不会想我了吗？

**娜拉** 我知道我会经常想你，想孩子们，想这个家。再见。（她穿过门厅出去）

**海尔茂** （倒在一把椅子上，把脸埋进手中）娜拉！娜拉！（环顾四周，站起来）空了，她走了！（从楼下传来关门的声音）

落幕

我们这里看到的是最糟糕的混合冲突，它既非静态的，亦非跳跃的。它是跳跃冲突和升级冲突的结合。年轻的作者很容易把这搞混，所以我们必须作更加细致的考察。

当娜拉宣布要走时便出现了一个升级的冲突：海尔茂禁止她，她却这么置若罔闻地出去了。这还算好，但其他地方还有跳跃。第一个跳跃是娜拉对海尔茂原谅她的反应：她向他道谢，离开了房间——从深渊上跳了过去。她是真的心怀感激，还是在婉转地挖苦？娜拉不太擅长挖苦人。而且她深深地意识到加诸于她的不公，因此她恐怕不会拿这个开玩笑，不管那是苦笑的还是别的笑。可是她的离开又不像是感谢的表示。因此当她走出房间时，我们便会感到不解。

她回来宣布她不能再和海尔茂在一起就更加突然了，这一步前没有任何准备。

最大的跳跃在于海尔茂听到娜拉不再爱他时的反应：

我明白，我明白。在我们之间，裂开了一道深渊。

像海尔茂这样性格的男人会达成如此的理解，而且之前竟然没有作出强力的反驳，这简直令人难以置信。如果你读一遍本章结尾引用的原始版本，你就会明白我们说的是怎么一回事了。

在我们的版本里，娜拉在场景结束时离开了，但这并不是针对她的问题所作出的决定。这是一种跳跃，是一种冲动。我们在她的行动里感觉不到任何必然性。也许她只是一时任性，过后将会悔恨，也许她第二天就放弃了这个念头。在我们的版本里，娜拉是离开了，但没有使我们相信她有正当充足的理由。这就是跳跃冲突的必然后果。

一旦冲突滞后了、过快地升级了、停止了或跳跃了，那么就看看你的前提。它形式清晰吗？它有效吗？先从这里补救一切错误，再去看你的人物。也许你的主人公过于薄弱，不足以承载全剧（糟糕的编排）；也许你的人物没有持续地发展。别忘了，静止是不能作出决定的静态人物的直接后果。更别忘了，他的静态是因为他并非具备三个维度的人物。真正的冲突是完满的人物依据前提制造出来的，这种人物的每个行动都是可以理解的，而且对于观众也是戏剧性的。

如果你的前提是"嫉妒不仅毁灭自身，也毁灭其所爱的对象"，那么你就知道，也应当知道，你剧中的每一条线索、人物的每一个举动都能延伸你的前提。即使任何特定情景都有多种解决方式，你的人物也只能选择那些有助于证明前提的。一旦你在前提上作了决定，你和你的人物便成了它的奴隶。每个人物都必须热切地感到，前提所规定的行动就是唯一可行的行动。此外，剧作家也必须对他前提的真实性深信不疑，否则他的人物就会成为他那未经消化的肤浅信念的苍白摹本。要记住，戏剧不是对生活的模仿，而是对生活的提炼。你在后面将会看到，在《玩偶之家》的最后一部分中，在娜拉离开丈夫之前，每种可能性是如何被穷尽的。即使你不赞同她的最终决定，你也会理解她。对娜拉来说，离去是绝对必要的。

当人物不断地徘徊，却不作出任何决定的时候，戏无疑就会变得无聊。但如果他们处于发展的过程中，那就没什么好怕的了。

主使人物应当为冲突的发展负责。要确信你的主使人物是不屈不挠、不能妥协也不愿妥协的。哈姆雷特、柯洛克斯泰、莱维妮娅、海达·高布勒、麦克白、伊阿古、《群鬼》中的曼德、《黄杰克》（*Yellow Jack*）中的医生们，都是绝不妥协的主使力量。如果你的戏变得跳跃或者静态了，那就看看对立统一建立得是否坚固。关键在于人物之间的联系不能被打破，除非人物的品质和个性发生了转变，或是人物本身死去了。

我们再回到娜拉那里，她一步接着一步地，达到了一个小的高潮。她在其上构建，又达到了另一个高潮，一个更高的高潮。她仍不止步，不断地斗争，扫清道路，实现了容纳在前提中的目标。

现在，你可以自己读一遍原始版本，我们在解释跳跃冲突时用到的句子用着重号标出。

## 玩偶之家

### 第三幕

**女佣** （披着衣服走到门口）有封给太太的信。

**海尔茂** 给我。（接过信，关上门）没错，是他的信。你别看，我读给你听。

**娜拉** 好吧，读吧。

**海尔茂** （站在灯边）我都不敢看了，说不定咱们都得完蛋。也罢，反正必须看。（撕开信飞速地浏览了几行，发现信纸夹着一张纸，高兴地叫了出来）娜拉！（娜拉不解地看着他）娜拉！不，我一定得再看一遍。是啊！千真万确！我得救了！娜拉！我得救了！

**娜拉** 那我呢？

**海尔茂** 你当然也是，我们得救了，你和我都得救了。你看，他把借据还给你了。他说他很后悔，请你原谅，还说他现在交了好运。管他说什么呢！我们得救了，娜拉！谁也不能把你怎么样了。哦，娜拉，娜拉！不，我先得把这可恨的东西毁掉。（看了一眼借据）不，不，我不能再看它，这一切只是一场噩梦。（撕碎了借据和信，扔进火炉，看着它们燃烧）好啊，它再也不存在了。他说自从平安夜起——娜拉，这三天你一定很难过。

**娜拉** 这三天，我真是费尽了心思。

**海尔茂** 而且苦恼极了，看不到出路。不，我们不该再想这些可怕的事了。我们只该高兴地喊，不住地说"结束了！结束了！"听我说，娜拉，你好像还没意识到这都结束了。你怎么了？冷冰冰地，绷着脸。我可怜的小娜拉，我完全明白了，你以为我还没原谅你。我发誓我原谅你做的一切，千真万确，我知道你做那事是因为爱我。

**娜拉** 这倒是实话。

**海尔茂** 你爱我，就像一个妻子应该的那样。你只是没有知识，用错了方法。难道你以为你自己没主意，我就不爱你了吗？不，不是的。只要你依赖我，我就会教导你，指引你。正是因为你这么手足无措，所以在我眼里你格外可爱，否则我还算什么男子汉？之前我说的话都是出于惊恐，我以为我要被压垮了呢。我已经原谅你了，娜拉。我发誓我已经原谅你了。

**娜拉**　谢谢你的原谅。（她出去了）

**海尔茂**　别，你别走——（往里面看）你在那儿干什么？

**娜拉**　（从里面）我在脱跳舞的裙子。

**海尔茂**　好，去吧。你得定定神，冷静冷静，我的唱歌的小鸟吓坏了。休息一会吧。你放心，我的翅膀宽，能够保护你。（在门口走来走去）咱们的家多温暖，多舒适啊，娜拉。这里就是你的庇护所，而我会保护你，就像保护一只从鹰爪下逃出来的受惊的鸽子一样。我会给你那颗扑通乱跳的心送去安宁。会好的，一点一点地，相信我，娜拉。到了明天早上，你就会重新看待的，一切都会复原。很快你就不用我再说已经原谅你了，你自己就能感觉到。你真的认为我要抛弃你吗？我连责备你的念头都没有。你不懂男人的真心啊，娜拉。如果一个男人明白他已经原谅了他的妻子，完全的、发自内心的原谅，他心里不知会有多么甜蜜、多么满意呢。就好像他已经让她完全属于自己，并且赋予了她新生，使她既是他的妻子，又是他的孩子一样。从今以后，你就是我的孩子，我的无助的、受惊的小心肝。别再为这事担心了，娜拉。只要你老实坦白地对我，我就会指点你的意志和良心。怎么？你不睡觉了，换衣服干什么？

**娜拉**　（上，穿着日常的衣服）是啊，托伐，我把衣服换了。

**海尔茂**　你要干什么？这么晚了。

**娜拉**　今晚我不睡觉。

**海尔茂**　可是，我亲爱的娜拉——

**娜拉**　（看表）现在还不算晚。坐下，托伐，咱们有好多事得谈谈。（她在桌子一边坐下）

**海尔茂**　娜拉，这算怎么回事？冷冰冰的，绷着脸。

**娜拉**　坐下，这得费点时间。我有好些话跟你谈。

**海尔茂**　（在桌子另一边坐下）你吓了我一跳，娜拉，我都不认识你了。

**娜拉**　是啊，你说对了。你并不认识我，我也不认识你——在今晚之前。不，你不要打断我，光听我说就好。托伐，咱们得算个总账。

**海尔茂** 你这是什么意思？

**娜拉** （沉默片刻）咱们这么坐着，难道你就没有感想吗？

**海尔茂** 什么感想？

**娜拉** 咱们结婚八年了。难道你没意识到，这是咱们俩，你和我，丈夫和妻子，第一次正经地坐下来谈话吗？

**海尔茂** 你说正经是什么意思？

**娜拉** 整整八年，如果从咱们认识算起还不止八年，咱们从未在正经事上谈过一句话。

**海尔茂** 你无法帮我分担的忧愁，我干吗要告诉你呢？

**娜拉** 我说的不是你业务上的事。我要说的是，咱们从来没有坐下来，真心地对什么事交过底。

**海尔茂** 可是，我最亲爱的娜拉，这对你有什么好处呢？

**娜拉** 问题就在这儿，你从未理解过我。我受尽了委屈，先是受爸爸的，然后又受你的。

**海尔茂** 什么?! 受我们俩，受我们俩？这世上还有谁比我们俩更爱你呢？

**娜拉** （摇头）你们从未爱过我，你们只是觉得爱我是件开心的事。

**海尔茂** 娜拉，你都在说些什么啊？

**娜拉** 千真万确啊，托伐。我还在爸爸家的时候，他凡事都告诉我他的意见，而我就听他的。即使我有不同的意见，我也瞒着他，因为他听了会不高兴。他把我叫做玩偶孩子，他跟我玩，正如我跟我的玩偶玩一样。后来我跟你一起住的时候——

**海尔茂** 哪有你这么说咱们的婚姻的？

**娜拉** （不为所动）我是说我只不过从爸爸手里到了你手里。凡事都由你安排，你喜欢什么，我就喜欢什么，或者说我就假装喜欢什么。我也不知是真是假，也许有时是真，有时是假。现在回头想想，我在这里过得像个穷女人，给什么吃什么。我靠耍把戏过日子啊，托伐。是你让我这样的，你和爸爸对我犯了大罪。我一辈子一事无成是你的过错。

**海尔茂** 你真是无理取闹，不知好歹，娜拉！你在这里从来没有幸福过吗？

**娜拉** 没有，我从来没有幸福过。我曾以为我幸福，但其实是假的。

**海尔茂** 不——不幸福？！

**娜拉** 不是幸福，只是高兴而已。你一直待我很好，但咱们家只是个游戏室。我是你的玩偶妻子，正如我在家里时是爸爸的玩偶孩子一样。现在我的孩子也成了我的玩偶。我觉得跟你玩很有趣，正如他们觉得跟我玩很有趣一样。咱们的婚姻就是这样，托伐。

**海尔茂** 你说的虽然夸大其词，但还有些道理。但是将来会不同的。游戏时间结束了，该上课了。

**娜拉** 上什么课？给我上还是给孩子们上？

**海尔茂** 既给你上，也给孩子们上，我亲爱的娜拉。

**娜拉** 哎哟，托伐，你可不配教我怎么做个好妻子。

**海尔茂** 你怎么这么说？！

**娜拉** 而我，我就配去抚育孩子吗？

**海尔茂** 娜拉！

**娜拉** 你刚才不是说，你信不过我抚育他们吗？

**海尔茂** 那是气头上说的，干吗老提那个呢？

**娜拉** 是啊，你说得太对了。我承担不了这个责任。但有个责任是我必须首先承担的，我必须教育我自己。这事你帮不了我，只能我自己去做。所以现在我要离开你。

**海尔茂** （站起来）你说什么？

**娜拉** 要了解我和我的一切，我就必须完全独立。我不能再留在你身边了。

**海尔茂** 娜拉，娜拉！

**娜拉** 我现在要离开这里，马上就走。克里丝汀会留我过夜的。

**海尔茂** 你精神错乱了！我不让你走！我禁止你走！

**娜拉** 你再也不能禁止我了。我只把属于我的拿走。你的东西我都不要，现在不要，将来也不要。

**海尔茂** 你怎么疯到这般田地？！

**娜拉** 明天我会回家,我是说回老家。在那里找点事做应该很容易。

**海尔茂** 你这个盲目的、愚蠢的女人!

**娜拉** 我必须试过才能知道我是不是,托伐。

**海尔茂** 抛弃家庭,抛弃丈夫,抛弃孩子!你不担心人家说什么闲话!

**娜拉** 我根本不担心。我只知道我必须这样。

**海尔茂** 真是荒唐!你就这样丢掉了你最神圣的责任?

**娜拉** 你认为什么是我最神圣的责任?

**海尔茂** 还用我说吗?丈夫和孩子不是你的责任?

**娜拉** 我还有同样神圣的别的责任。

**海尔茂** 你才没有!你说你有什么责任?

**娜拉** 对自己的责任。

**海尔茂** 不说别的,你首先是一个妻子和一个母亲。

**娜拉** 我不再相信这个了。我只相信,我首先是一个通情达理的人,和你一样。或者说,我必须尝试成为这样的人。大多数人都会认为你是对的,书本上也是这么说的。这个我清楚得很,托伐。但是我不能再听信大多数人说的话,还有书本上的话了。凡事我都要自己思考,把它们弄明白。

**海尔茂** 你难道不明白你在家里的位置吗?在这些事情上,你没有得到过可靠的指引吗?你不信宗教吗?

**娜拉** 托伐,我恐怕不知道宗教到底是什么。

**海尔茂** 你什么意思?

**娜拉** 除了行坚信礼时牧师说的那些话,我什么都不知道。他说宗教是这个,宗教是那个,宗教是其他的什么。等我离开这一切,一个人的时候,我会去弄清楚的。我会知道牧师说的是不是真的,所有这些对我是不是合适的。

**海尔茂** 你这个年纪的姑娘能说出这种话,真是前所未闻。如果宗教不能指引你走上正途,那我要唤起你的良心。你总还有点道德观念吧,要是没有,你就直说。

**娜拉** 我跟你说,托伐,这个问题不好回答。我真的不知道。这些事让我困惑。我只知道，你和我看待东西的眼光很不相同。我也听说，法律和我想象的不一样。不过，我没办法让自己相信这样的法律是对的。照它的说法，一个女人既没有权利放走她垂死的老父亲，也没有权利救她丈夫的性命。我不相信这个。

**海尔茂** 你说话像个小孩子，你不了解你生活的这个世界的状况。

**娜拉** 是，我是不了解，但我现在要去了解。我要弄明白究竟是世界正确，还是我正确。

**海尔茂** 你病了，娜拉。你在说胡话，我都觉得你精神错乱了。

**娜拉** 我从来没像今晚这么清醒过，这么坚定过。

**海尔茂** 你就是这么清醒而坚定地背弃你的丈夫和孩子是吗？

**娜拉** 是的，就是这样。

**海尔茂** 那么只有一句话能够说得通了。

**娜拉** 什么话？

**海尔茂** 你不再爱我了。

**娜拉** 不了，不再爱了。

**海尔茂** 娜拉！你忍心说这话！

**娜拉** 我也很难过，托伐，因为你一向待我很好，但我不能不说。我不再爱你了。

**海尔茂** （恢复镇静）你这么说也是清醒坚定的？

**娜拉** 是的，绝对是清醒的、坚定的。所以我不能留在这里了。

**海尔茂** 你可以告诉我，我做了什么事使你不再爱我吗？

**娜拉** 可以，我的确可以。就是今晚，好事没有出现，于是我便看清了你不是我想象的那种人。

**海尔茂** 说清楚点，我不懂你的意思。

**娜拉** 我耐心地等了八年，我当然知道好事不会天天都来。后来大祸临头的时候，我满怀信心地跟自己说"好事最终会来的"。柯洛克斯泰把信放在那儿的时候，我根本想象不到你会接受他的条件，我满以为你会跟他说"尽管昭告天下吧，到那时——"

**海尔茂** 是啊，到那时——我让我的妻子蒙羞受辱吗？

**娜拉** 到那时，我满以为你会挺身而出，把一切揽在自己身上，说"是我干的"。

**海尔茂** 娜拉——

**娜拉** 你以为我会让你替我背负罪责吗？不，当然不会。但是我的话哪里比得上你的话能让人信服呢？这就是我既盼望又恐惧的好事啊。为了阻止它发生，我已经想到了自杀。

**海尔茂** 我愿意日夜为你工作，娜拉，我愿意为你受穷受苦，可是男人不能为他的爱人牺牲名誉。

**娜拉** 千千万万的女人都为男人牺牲过名誉。

**海尔茂** 哦，你想的说的都像个傻孩子。

**娜拉** 也许吧。可你想的说的都不像我能够托付终生的男人。一旦你不再恐惧了——你不是怕我有危险，而是怕自己有危险——等一切过去了，你又装作没事似的，仿佛什么都没发生过。而我就又像从前一样成了你的云雀，你的玩偶。说什么将来要格外温柔地疼爱我，说什么我那么脆弱易碎。（站起来）托伐，就是在那时候，我恍然大悟，这八年来，我一直和一个陌生人生活在这里，给他生了三个孩子。哦，想想都受不了！我恨不得把自己撕成碎片！

**海尔茂** （悲伤地）我明白，我明白。在我们之间，裂开了一道深渊。可是，娜拉，我们就没有可能把它填上吗？

**娜拉** 照我现在这个样子，是不能做你妻子的。

**海尔茂** 我能够改变自己。

**娜拉** 也许吧，如果把你的玩偶拿走的话。

**海尔茂** 分手？和你分手？不，不，娜拉，我不能设想。

**娜拉** （从右边出去）那我就更加坚定，必须这么做。（回来时拿着她的外衣、帽子和一个小提包，把东西放在桌子旁的椅子上）

**海尔茂** 娜拉！现在别走！明天再走。

**娜拉** （穿上外衣）我不能在陌生人家里过夜。

**海尔茂** 我们不能像兄妹一样生活吗？

**娜拉** （戴上帽子）你知道那样长不了的。（围上披肩）再见，托伐，我就不去见小家伙了。我知道有人能比我更好地照顾他们，我对他们一点用也没有。

**海尔茂** 可是也许有一天，娜拉，有一天？

**娜拉** 我也说不好。我不知道自己会怎么样。

**海尔茂** 无论怎样，你还是我妻子。

**娜拉** 听我说，托伐。我听说如果一个妻子背弃了家庭，就像我现在这样，那么丈夫在法律上就对她没有义务了。不管怎样说，我都解除了你对我的义务。你不受我束缚，我也不受你束缚。双方都有完全的自由。拿去吧，这是你的戒指。把我的也还我。

**海尔茂** 这个也要还？

**娜拉** 要还。

**海尔茂** 给你。

**娜拉** 这就对了，现在结束了，我把钥匙放在这儿。家里的事佣人都清楚，比我还清楚。明天我动身以后，克里丝汀会到这儿来收拾我从家里带来的东西，我会让她寄给我的。

**海尔茂** 全完了！全完了！娜拉，你再不会想我了吗？

**娜拉** 我知道我会经常想你，想孩子们，想这个家。

**海尔茂** 我能给你写信吗，娜拉？

**娜拉** 不，不能，千万不要写。

**海尔茂** 至少让我给你寄点——

**娜拉** 什么也不要寄，不要。

**海尔茂** 如果你需要的话我可以帮你。

**娜拉** 我不接受陌生人的东西。

**海尔茂** 娜拉，难道我永远都只是个陌生人了？

**娜拉** （拿起包）啊，托伐，那得等到好事中的好事发生了。

**海尔茂** 告诉我那是什么事！

**娜拉** 你和我都得改变到——哦，托伐，我再也不相信有什么好事了。

**海尔茂** 可我相信。告诉我，要改变到什么样？

**娜拉** 改变到我们可以像真正的夫妻一样生活。再见。（她穿过门厅

出去)

  **海尔茂**　(倒在一把椅子上,把脸埋进手中)娜拉!娜拉!(环顾四周,站起来)空了。她走了!(心中闪过一线希望)好事中的好事?(从楼下传来关门的声音)

落幕

  再读一遍那个跳跃的冲突。我们应当能够弄明白,过渡的缺失怎样使一个升级的冲突变成了跳跃的。

## 3.5　升级冲突

  升级的冲突是形式清晰的前提同编排良好并牢固地建立起对立统一的具有三个维度的人物的共同结果。

  "自我膨胀会摧毁自身"是易卜生的《海达·高布勒》的前提。海达在剧终时自杀了,这是因为她无意地被自己编织的大网所捕获。

  该剧开场时,泰斯曼和他的妻子海达刚在前一夜度完蜜月回来,抚养他长大的姑妈泰斯曼小姐一大早就来探望他们。她和卧床不起的姐姐为了保住这对新人的房子,把自己的养老金都抵押了。她把泰斯曼看成自己的儿子,而他则把她既当父亲又当母亲。

  **泰斯曼**　(把帽子拿在手里,反复打量着)哦,您买的帽子多美啊。

  **泰斯曼小姐**　这是为海达买的。

  **泰斯曼**　哦?为海达买的?

  **泰斯曼小姐**　是啊,这样海达和我们一起出门的时候就不会觉得丢脸了。

  (泰斯曼放下帽子……海达终于进来了,她很烦躁。泰斯曼小姐把一个包裹递给泰斯曼)

  **泰斯曼**　嘿,怪了!您还真把这给我留着呐,朱莉娅姑妈!海达,这多让人感动是不是?

**海达** 哦，这是什么？

**泰斯曼** 我的旧拖鞋！我的拖鞋！

**海达** 没错，我记得在国外的时候你总是提起它。

**泰斯曼** 是啊，我很怀念它。（走到她面前）你现在见到了，海达！

**海达** （走向火炉）谢谢，我可不在乎这个。

**泰斯曼** （跟着她）你想想，莉娜姑妈病成那个样子，还给我绣鞋。唉，你不知这上面有多少情意。

**海达** （在桌子旁）对我可没什么。

**泰斯曼小姐** 当然对海达没什么，乔治。

**泰斯曼** 哦，可她现在是这个家庭的一员了，我觉得——

**海达** （打断他的话）我们不会和这个佣人处得好的，泰斯曼。（正是这个佣人带大了泰斯曼）

**泰斯曼小姐** 和柏莎处不好？

**泰斯曼** 干吗？亲爱的，你提这些干吗？

**海达** （用手指着）瞧，她把她的旧帽子搁在椅子上了。

**泰斯曼** （慌张得把拖鞋掉在地上）那怎么了，海达？

**海达** 光想想就够了，如果有人进来看到像什么样子。

**泰斯曼** 可是海达，那是朱莉娅姑妈的帽子！

**海达** 说的就是啊！

**泰斯曼小姐** （拿起帽子）没错，是我的。而且它也不旧，海达夫人。

**海达** 我看得没那么仔细，泰斯曼小姐。

**泰斯曼小姐** （系上帽子）我跟你说，这还是我头一次戴它呐，真是头一次！

**泰斯曼** 真是顶好帽子——太漂亮了。

**泰斯曼小姐** 哦，没你说的那么好，乔治。（四下张望）我的洋伞呢？哦，在这儿。（拿起来）这也是我的。（自言自语）不是柏莎的。

**泰斯曼** 新帽子，新洋伞！想想吧，海达！

**海达** 是挺气派。

**泰斯曼**　可不是吗？姑妈，您仔细看看海达再走。您看她多气派啊！

**泰斯曼小姐**　我的好孩子，这不算新鲜事儿，海达一向招人爱的。

（她走出去）

**泰斯曼**　（跟着她）是啊，可是你没注意她身体多健康啊，旅行让她丰满了不少吧？

**海达**　（穿过房间）哦，安静点！

开场寥寥数页，三个完整而丰富的人物就已经站在我们面前了。我们认识他们，他们在呼吸，在生活。而在《白痴的乐趣》中，作者却需要花上两幕半才能让他的两个主要人物联合起来，在终场的时候对抗敌意的世界。

为什么《海达·高布勒》中能有升级的冲突呢？首先，这里有对立统一，其次是完满而具有坚定信念的人物。海达轻视泰斯曼以及他赞成的一切。她是冷酷的，嫁给他只是为了生活的便利，为了利用他达到更高的社会地位。她能够腐蚀他，腐蚀这个纯洁的、恪守诚实的灵魂吗？

如果没有界定良好的前提，没有哪个剧作家能把所有这些截然不同的人物排列到一起。

通过毫不妥协、奋斗到死的人物可以获得张力。前提可以显示出目标，而目标则能够驱动人物，正如命运在希腊戏剧里所做的那样。

在《伪君子》中，冲突的升级要归功于奥尔贡。这个主使人物驱动着冲突，他是毫不妥协的。开始时，他宣称：

他（答尔丢夫）把我的灵魂从琐事中解脱出来，他教导我看淡世间的一切。现在，我可以目睹我的母亲、妻子或儿女死去而无动于衷。

能够作出如此陈述的人一定会创造出冲突，他的确创造出来了。正如海尔茂对恪守诚信和公民荣誉的信念加速了戏剧的进程一样，奥尔贡疯狂的褊狭使他祸不单行——我们必须强调这一"疯狂的褊狭"。《奥赛罗》中的伊阿古是无情；哈姆雷特斗犬一般的坚韧导致了他的苦涩结局；而俄狄浦斯那找出凶手的顽固欲望也令悲剧降临在他身上。所有这些具有钢铁般意志的人物，都被一个众所周知而且定义清晰的前提所驱动，并不由自主地把戏剧推向了最高音。

迫使两股意志坚定、毫不妥协的力量彼此争斗便会创造出强劲的、升级的冲突。

如果有人告诉你只有几种特定冲突才具有戏剧性和戏剧价值，那你绝对不要听信他。任何类型的冲突都可以，只要你有具备三个维度的人物和形式清晰的前提。通过冲突，这些人物将会揭示其自身，并且呈现出某些戏剧价值如悬念和其他所有的品质。用剧场里的行话讲，也就是"戏剧性"。

在《群鬼》中，曼德和阿尔文太太的对立一开始是和缓的，但随着冲突的升级得到了发展。

  **曼德** 啊！你就是因为看了那些书才这样的。都结了些什么好果子啊，这些可憎的、大逆不道的、讲自由思想的文学！

可怜的曼德，他的谴责多么义正词严。他觉得自己已经把该说的都说了，而阿尔文太太会被他压服的。他的攻击是谴责。现在要有反击了，这样才能建立起冲突。如果对象接受了谴责，那么光凭它是无法生成冲突的。阿尔文太太只有针锋相对地驳斥曼德。

  **阿尔文太太** 你恰恰错了，我的朋友。正是你让我开始思考的，为了这个我应该好好谢谢你呢。

曼德当然会惊呼道"我？！"，反击要比攻击更强，冲突才不会变成静态的。所以，阿尔文太太不仅承认了事实，而且反唇相讥。

  **阿尔文太太** 是啊！就是因为你逼着我屈从于你所谓的责任和义务，就是因为你对我深恶痛绝的东西大加赞誉，我才去批判地考察你的说教。谁知道我只拆下了一块，整块布都裂成碎片了，于是我才知道它不过是机织的劣品而已。

她迫使他转入防御,他犹豫了片刻。攻击,反击。

**曼德** (低声,伤感地)我一生最艰苦的斗争就是这种结果?

阿尔文太太曾在危难关头委身于他。他在提醒她,自己为了拒绝她作出过牺牲。这个委婉的问题其实是一种挑战,但阿尔文太太毫不回避。

**阿尔文太太** 不如说那是你一生最大的失败。

每句话都让冲突更进一步。

如果你说一个人是贼,这是在激发冲突,但仅此而已。正如女人要受孕必须要靠男人一样,挑战要变成冲突也需要某种东西。被指责的人可能只是回答"谁在胡说八道",但拒绝采取攻势,这样便只创造出一个就冲突而言的流产。但如果他反而称你是贼,那么冲突就一定会发生。

戏剧不是对生活的临摹,而是对它的提炼,我们必须进行浓缩。在生活中,人们可能年复一年地争吵,却从未下定决心去清除那些可能导致麻烦的因素。而戏剧必须提炼其精华,既给人以终日争吵的幻觉,也没有多余的对话。

有趣的是,《伪君子》和《玩偶之家》是用不同的方式达到冲突升级的。在易卜生的戏里,冲突就是人物之间的实际斗争。而在《伪君子》中,莫里哀让一组人联合起来反对另一组。奥尔贡坚持要毁灭自己不能算作冲突,然而,它也达到了张力的升级。我们来看。

**奥尔贡** 这是一份赠予的契约,上面列出了我把全部财产转让给您的一切必要手续。

[这一陈述当然不是攻击。]

**答尔丢夫** (退缩着)给我?哦,兄弟,兄弟,您怎么能这么想?

[这当然也不是反击。]

**奥尔贡** 为什么?说真的,您的故事让我难以忘怀。

**答尔丢夫** 我的故事?

**奥尔贡** 是啊，关于您在里昂的朋友的故事——我说的是利莫格斯。您一定不会忘的吧？

**答尔丢夫** 我想起来了。但我不是怂恿您这么做，早知道我就是把舌头割下来也不会告诉您。

**奥尔贡** 可您没割啊。您不会拒绝吧？

**答尔丢夫** 当然，我怎能接受如此重大的责任？

**奥尔贡** 为什么不呢？别人不是已经这样做了吗？

**答尔丢夫** 啊，兄弟，可他是个圣人，而我只是个卑劣的凡人。

**奥尔贡** 我不知道谁比您更圣洁了，除了您我谁也不会相信。

**答尔丢夫** 如果我接受这份委托，人们，邪恶的人们就会说我是利用了您的单纯。

**奥尔贡** 人们很了解我，我的朋友，我不是一个容易上当受骗的人。

**答尔丢夫** 人们不只要说您，兄弟，还要说我。

**奥尔贡** 驱走您的恐惧吧，我的朋友。他们要是喋喋不休，我反倒高兴。想想吧，这份赠予将使您获得权力去行善。凭借着它，你就可以把我这不守规矩的家庭改造一新，把那些长久以来困扰着您温柔灵魂的放纵和挥霍彻底清除。

**答尔丢夫** 这的确是个良机。

**奥尔贡** 哈！您承认了！接受它难道不是您的责任吗？为了他们，也为了我。

**答尔丢夫** 我从前可没想到。也许您说得对。

**奥尔贡** 确实如此。兄弟，拯救他们就要靠您了。您能够放任他们彻底毁灭吗？

**答尔丢夫** 您的论点说服了我，亲爱的朋友，我不该犹豫的。

**奥尔贡** 那么您接受委托了？

**答尔丢夫** 这是上天的意愿，一切都是上天的意愿。我接受。（他把契约放在胸口内）

到目前为止没有冲突，但是我们知道奥尔贡的上当受骗不止是毁掉了自己，而且毁掉了他那可爱的、体面的家庭。我们将屏住呼吸，静观答尔丢夫怎样运用他新取得的权力。这个场景其实是为冲突作准备，也就是预示冲突。

我们遇到了一种新的升级冲突，它与我们之前阐述过的不一样。哪一种方式更好呢？答案是：只要有助于冲突的升级，两种都是好的。莫里哀是通过使全家联合起来击败答尔丢夫（一组人对另一组人）来达到冲突的升级。答尔丢夫在接受奥尔贡提议时的那种勉强之态既虚伪又无力，它根本就不是冲突。但正是奥尔贡把财产转交给答尔丢夫的提议却建立起了张力，并且预兆了这一家人和他之间的殊死斗争。

再回到《群鬼》，曼德说：

> 啊！你就是因为看了那些书才这样的。都结了些什么好果子啊，这些可憎的、大逆不道的、讲自由思想的文学！

如果阿尔文太太回答"是吗？"，或者"这关你什么事呢？"，或者"你对这些书了解多少？"，或者任何一种不对曼德构成攻击的反驳，冲突就会变成静态的。但是她回答道：

> 你恰恰错了，我的朋友。

她首先给出一个总体上的否认，并加带了一句讽刺性的"我的朋友"。而下一句就是投到敌人领土上的炸弹了，这是一记几乎使人瘫痪的重击：

> 正是你让我开始思考的，为了这个我应该好好谢谢你呢。

曼德那句"我？！"相当于拳击台上的"哎哟！"或者"犯规！"。

阿尔文太太乘胜追击，连续给予倒霉的曼德重创，可惜她的上钩拳打错了地方。如果阿尔文太太成功地消灭了对手，戏就结束了。可曼德也不是一个普通的斗士，当他被击中了，他会蜷缩起来防守，并且凶猛地反击。这就是升级的冲突。

**阿尔文太太**　不如说那是你一生最大的失败。

这一拳打掉了曼德的下巴。

**曼德**　〔攻击〕这是我一生最大的胜利，海伦。对我自己的胜利。
**阿尔文太太**　〔虽然累了但继续比赛〕这是对我们两个犯下的罪恶。
**曼德**　〔看到破绽，冲上前去〕罪恶？你自己误入歧途，跑来找我，说什么"我来了，你要了我吧"。我恳求你这个做妻子的回到你合法丈夫身边。这叫罪恶吗？

冲突越来越高，揭示出人物最隐秘的感情、驱使他们行动的力量、他们现在的立场以及将来的方向。每个人物在其一生中都有界定良好的前提。他们知道自己要什么，并且为之斗争。

尤金·奥尼尔的《悲悼》也是一个升级冲突的杰出范例。唯一的问题在于，人物虽被卷入了殊死的斗争，却没有得到深层的推动。

如果你读一下该书结尾处的梗概，你就会发现一股充沛的、不可抗拒的力量驱动着人物走向其必然结局：莱维妮娅要为父亲复仇，而克里丝汀则要挣脱丈夫的奴役。

剧中的冲突如同海浪，一波高过一波，最终达到了可怕的高潮，并把一切淹没在它的伟力之中。但是我们要是细察一下人物，便会悲哀地发现，所有这些血雨腥风、电闪雷鸣都是虚假的。他们不是真实的人物，只是作者的创造。作者有着非凡的精力和能力，使他们能够像有意识的生物一样去行动。但是作者一旦离开，他们便被自身的重量压垮了。

作者要求他们做什么，这些人物便无情地去做，他们没有自身的意志。莱维妮娅对母亲恨之入骨，是因为这样能创造冲突。她曾经发现了父亲的往事，这使得她对他的那种狂热的、保护性的爱有所减弱，但是她很快又把这抛之脑后，仿佛什么都没发生。她必须这样，她必须履行作者安排给她的角色任务。

布兰特船长痛恨孟南一家，因为他们曾经听任他的母亲饿死。但是他自己也离开她很多年了,让她自生自灭,所以这理由有些牵强。但是冲突必须继续。

奥尼尔一定不愿泄漏自己的秘密:他并不认识自己,他没有前提。

他模仿了希腊模式,他以为可以用命运替代前提,他以为可以取得能与希腊戏剧经典相匹敌的驱动力。但他失败了,这是因为希腊戏剧在命运的伪装下亦有前提,而奥尼尔只有不可见的命运,没有前提。

正如我们所见,升级的冲突也可以由肤浅的、驱动不当的人物获得,但我们不能效仿这样的戏。这种戏在剧场里固然可以打动我们,甚至令我们恐惧,但它们很快就会成为回忆。它们和我们所知的生活没有相似之处,其人物也不是具备三个维度的。

再说一次:升级的冲突意味着形式清晰的前提、对立统一和具备三个维度的人物。

## 3.6 运动

把一场风暴看成一个冲突是很简单的,但是我们所经历并称其为"风暴"或"飓风"的东西实际上只是一个高潮,它是成百上千个小冲突的结果。这些小冲突每个都比上一个更大一些,更危险一些,并最终形成了危机——风暴来临前的平静。在这最后关头,决定被作出了:风暴要么路过,要么狂怒地破门而入。

当我们想到任何自然现象时,似乎总是认为它来自唯一一种可能的原因。我们说风暴是这样的是那样的,却忘记了每次风暴尽管结果都基本相同,但都有其各自的背景,正如每一种死亡都出自不同的条件,但从本质上说,死亡就是死亡。

每个冲突都包含攻击和反击,但每一个又和其他的不同。在每个冲突里都存在着微小的,甚至是不易察觉的运动即过渡。它们决定了你所使用的冲突类型,而其本身又被各个人物所决定。如果一个人物反应缓慢或者迟钝,他就会影响到冲突,使之变得迟缓。没有个体会完全相像地思考,因此也没有哪两个过渡或哪两个冲突是完全一致的。

我们再来看看娜拉和海尔茂。我们要弄明白他们自己并不知晓的动机。当海尔茂和他争吵的时候，娜拉为什么会让步？

海尔茂刚刚发现伪造的事，他火冒三丈。

**海尔茂** 你这个坏东西，你都干了什么？

这不是攻击。他很清楚她干了什么，但是他吓坏了，不敢相信那是真的。他在挣扎，让自己稍作喘息。但是这句话预示了接下来的恶毒攻击。

**娜拉** 让我走吧。你不该为了我的缘故受害，你不能把这事扛在自己身上。

这也不是反击，但是冲突仍在继续。她根本不知道到海尔茂并不打算自己背负罪责，也没有完全意识到他在生她的气。她觉得他虽然发火了，但并不是来真的。她保留了最后一丝天真，请求让自己去面对汹涌而来的危险。这句话虽不是斗争，但却是一个有助于冲突升级的过渡。

如果我们不了解海尔茂，不了解他的性格、他的道德心和他那狂热的诚实，那么娜拉和柯洛克斯泰的斗争根本就算不上冲突。那样的话，戏里就没有什么东西值得我们去期待，问题就会变成"谁能够凭借智慧战胜对方"了。小的运动之所以重要，是由于它们和大的运动有关。

《干草热》（*Hay Fever*）这部戏为我们的阐释提供了一些材料。我们选取的这个场景不包含大的运动，里面没有什么是关键的，没有什么能够使小的运动显示出其重要性。一个人物的失败并不造成伤害——明天又是新的一天。即使作为一部喜剧，出现如此严重的缺陷也不可原谅，而且事实也证明它不是一部好喜剧。

插在每句台词后面的注解，诸如攻击、升级、反击等，都指示出它们发展成冲突的潜力。

节选自诺埃尔·考沃德的《干草热》。

这是一个四人家庭，每个成员都颇有魅力：母亲是个退休的演员，父亲是个小说家，还有两个孩子。他们各自邀请一个客人来共度周末。母亲朱迪丝、父亲戴维、女儿索蕾尔都邀请了各自的情人，而儿子西蒙邀请的人则悬而未知。这些客人都是普通人，只是这家人的陪衬。在客人到来之前，一家人为晚上就寝的安排争吵不休。

**索蕾尔**　我早该想到，这个既愚蠢又肤浅的年轻人不过是迷恋你的名声，而你不仅怂恿他，而且还——［攻击］

**朱迪丝**　也许是这样吧。但除了我自己，谁也不准说。我希望你能做个好女儿，而不是个刻薄的婆姨。［反击，升级］

**索蕾尔**　他太下贱了。［攻击，升级］

**朱迪丝**　下贱？胡说！你的这个外交官又算什么？［反击］

**索蕾尔**　当然不一样了，对吗，亲爱的？［静态］

**朱迪丝**　你以为自己青春年少，精力旺盛，就该垄断一切爱情冒险吗？我觉得我绝对有责任令你醒悟。［攻击］

**索蕾尔**　可是，母亲——［升级］

**朱迪丝**　人人都和你一样，觉得我好像已经八十岁了似的。我没把你送到寄宿学校真是个巨大的错误，那样一来，等你回家，我就可以成为你的姐姐了。［静态］

**西蒙**　你这样是没用的，谁都知道我们是你的儿子和女儿。［静态］

**朱迪丝**　就是因为我傻，才把你们抱到摄影机前逗着玩。我就知道我会后悔的。［静态］

**西蒙**　你让自己变年轻有什么好处呢？［攻击，升级］

**朱迪丝**　亲爱的，你这个年纪这么说太不妥当了。［反击］

**索蕾尔**　可是，亲爱的母亲，你难道不知道，你和一个年轻人这么招摇，实在是不成体统吗？［攻击］

**朱迪丝**　我可没有招摇，从来没有。我这一生中一直很守妇道，或多或少吧。不过如果下水试试能给我快乐的话，我看也未尝不可。［静态］

**索蕾尔**　可这会让你不再快乐的。［攻击］

**朱迪丝**　你知道，索蕾尔，你越来越有女人味了。我真希望当初没

这么养你。[反击]

**索蕾尔** 我很高兴自己有女人味。[攻击]

**朱迪丝** 你是个小可人,我真喜欢你。(吻她)可你又太美了,我疯狂地嫉妒你。[静态]

**索蕾尔** 真的吗?这多好玩啊。[静态]

**朱迪丝** 你会待桑迪好的,对吗?[静态]

**索蕾尔** 他不能到"小地狱"去睡吗?[静态]

**朱迪丝** 我亲爱的,他是个运动员,而那些水管子会损耗他的体力的。[静态]

**索蕾尔** 可它们也会损耗理查的体力的。[静态]

**朱迪丝** 他不会在意的,说不定他曾在热带国家做过使节,习惯了扇子什么的。[静态]

**西蒙** 他可是死定了。[静态]

**索蕾尔** 你变得太冷漠,太排外了,西蒙。[跳跃]

**西蒙** 没这回事,我只是讨厌对你的男朋友献殷勤罢了。[攻击]

**索蕾尔** 只要是我的朋友,不管男的女的,你都没对人好过。[反击]

**西蒙** 不管怎么说,日本房间是女人的房间,也应该给女人住。[试图过渡,但依然静态]

**朱迪丝** 我答应过桑迪要把那间留给他的,只要是日本式的东西他都喜欢。[静态]

**西蒙** 麦娅也喜欢啊。[跳跃]

**朱迪丝** 麦娅?![升级]

**西蒙** 麦娅·阿伦德尔,我要请她来。[升级]

**朱迪丝** 你要什么?[升级]

意外啊意外!除了观众,谁都没想到西蒙也会邀请人来。这个场景只达到这一点——由于没有大运动赋予小运动以意义,这几页纸显然全浪费了。而且,由于人物是透明的、二维的,这里也没有什么过渡。

你要想发动汽车(就是说你的前提),就得先点火,让一滴汽油产生爆炸。而没有进一步的爆炸（冲突），车就会原地不动。如果汽油流淌得很顺畅，每个爆炸都会导致下一个爆炸（冲突创造冲突），这样引擎才会震颤着发出轰鸣，车（你的戏）才会动起来。许多小的爆炸会使汽车前进。必须有很多小运动，不止是一两个小运动，才能使车轮的大运动成为可能。

在戏剧中，每个冲突都导致了下个冲突，每一个又比前一个更紧张。戏剧的运动是被冲突驱动的，冲突是被人物创造的，而人物又有其目标即对前提的证明。

还是回到我们的老朋友娜拉和海尔茂身边吧，我们来看看他们的冲突是怎样运动和变化的。

**海尔茂**　别装悲情了好吗？（锁上通门厅的门）你得待在这里解释给我听。你明不明白自己干了什么？告诉我，你明不明白自己干了什么？

这段台词暗示着节奏的加快。锁门的动作加强了他的话。整段话都是攻击。

**娜拉**　（盯着他，脸上的表情越来越冷静）是的，我现在才开始完全明白了。

娜拉的回答不是反击。攻击和反击的确是最直接、最便捷地建立冲突的方式。但是如果运用在全剧中，必然会造成观众的厌倦和戏剧的过快结束。

娜拉的回答是消极的，但我们要理解其原因。她是在拒绝服从她那不耐烦的夫君啊。她什么也没解释。这是她觉醒的第一道光芒，也是海尔茂咎由自取的第一个征兆。那么娜拉的台词是一种斗争吗？绝对是。她的冷静、她的语气都在警告我们危险正在临近。可是海尔茂正在气头上，他不仅没有注意到，反而一步步地把自己推进了失控的狂怒中。

**海尔茂**　（在房间里走来走去）简直是一场噩梦！整整八年！我曾为她快乐，为她自豪！可她竟是个伪君子，是个撒谎的人！不！比那还

不如！是个罪犯！丑陋至极！我为你感到羞耻！感到羞耻！（娜拉沉默着，紧紧地盯着他。他停在她面前）

海尔茂的攻击如此恶毒，以至于娜拉的任何打断都会毁掉易卜生创造出来的效果。但是，她的沉默反而是十分雄辩的，即使莎士比亚也无法构思出什么台词，能够比这更好地让她表达自身。

我们如此便发现，冲突在这里发生了变奏，基于直接攻击和反击的变奏。娜拉的沉默是一种微妙的反击，或者说是行动之前的准备和防御。

**海尔茂**　我早该料到事情会闹到这一步，我早该预料到啊。你父亲的坏德行——你别说话！你父亲的坏德行你全沾染上了。不信教，没有责任感。当初我对他的所作所为装看不见，现在终于遭了报应！我是为了你才那么做的，而你竟这么报答我。

海尔茂的攻击是直接的、压倒性的，而娜拉的回答很值得玩味。

**娜拉**　是啊，就是这么报答你的。

她赞同了他的观点，这也正是她希望离开的原因。她第一次发现这八年是一场噩梦。她的回答还是消极的，但这不是保守的反击，而是奋起反抗的第一个征兆。而且它还更加激怒了海尔茂。一个想争斗却找不到对手的人更加危险。我们并非暗示娜拉在故意激怒丈夫。恰恰相反，她是对和海尔茂在一起生活感到绝望。她之所以赞同他的观点，是因为他的确说得对。直到现在她才明白了真相，并因此坚定了离去的决心。易卜生用她的陈述深化了冲突。

我们越看越明白，海尔茂是怎么用压倒性的言辞践踏娜拉的。这场战斗看似是一边倒的，如同在一场大奖赛里，一个斗士不断给予毫无反抗能力的对手以重击一般。但实际上，娜拉并未被削弱，她只是在耐心地等待转机罢了。每一次打击都使她更加稳固了自己的位置，她的防御本身就是反击。

这种类型的冲突和前面我们讨论过的那种不同。尽管不同，它的效果却一点不差。

▍课堂讨论

问：它的确是有效，但我看不出"不同"。

答：还记得我们引用过的《群鬼》里的场景吗？曼德和阿尔文太太的那场戏包含了直接冲突的一切因素。整场戏都是以"攻击—反击"的线索写成的，极少例外。但是我们不能干脆说，所有优秀的戏剧都是构建在这一原则之上的。它只是在《群鬼》中是成功的。

问：为什么？

答：因为情景和人物各不相同，而每一种冲突的处理都要视情景和人物而定。《群鬼》是从一个高点上开场的。阿尔文太太是一个悲苦、世故、幻灭的人，她和轻信、骄纵、幼稚的娜拉截然相反。这些人物自然会生出不同的冲突类型。阿尔文太太的冲突在全剧开始就有了，随着她的耐心，随着她竭力保留体面而升级。而娜拉的大冲突直到全剧结束时才出现，随着她对借贷的忽视而升级。它们当然需要进行不同的处理。不过，虽然冲突的类型随人物而变，但它们必须都一贯到底。

## 3.7 预示冲突

如果你觉得有必要把你的剧本读给亲戚朋友听，那就读吧。但是，不要让他作出评论。他知道的绝不会比你多，这么做弊大于利。要给出专业的建议，他还不够资格，你强迫他就是把他往一个倒霉而痛苦的位置上推。

如果你一定要把你的作品读给别人听，那么要请他在感到厌倦乏味的时候明说，因为这表示你的戏缺乏冲突。缺乏冲突绝对是你人物编排糟糕的后果：他们并不积极，他们没有对立统一；你的创作里没有坚定的主使人物。如果这些你都没有，你的作品就不是一个整体，只是一些词汇的堆砌。

你可以辩称读者知识水平不够，而你写的东西是给聪明人欣赏的。然后呢？前面的陈述不再成立吗？它依然成立，因为读者越聪明，他就会越快地感到乏味,如果他在一开始没有发现"预示的冲突"的话。

冲突是一切写作的心脏。没有任何冲突不预示其自身,它就像蕴藏着巨大能量的原子,能够制造出连锁爆炸。

没有黄昏便没有夜晚,没有黎明便没有清晨,没有秋天便没有冬季,没有春日便没有夏天:它们全都在预示着即将到来的事件。预示不必相同,事实上,从没有两个春天或者两个黄昏是完全一样的。

而没有冲突的戏剧则会造成一种荒芜的、衰败来临的气氛。

没有冲突,世间便不可能有生命。就此而论,宇宙也是一样。写作的技巧不过是支配着原子乃至星群的普遍法则的一种摹写而已。

让任何两个或两组狂热的人彼此敌对,你便会预示出令人窒息的冲突。

电影《东京上空三十秒》(Thirty Seconds Over Tokyo,1944)完美地解释了我们的意思。影片的前三分之二没有发生任何冲突,但观众还是牢牢地坐着,仿佛被催眠了一般。怎么回事?作者们对观众施了什么魔法,驱走了他们那永恒的烦躁?很简单,他们预示了冲突。

一个军官把飞行员们召集起来,告诉他们:"小伙子们,你们全都是自愿执行这个极端危险的任务的。为了安全起见,你们不要向旁人谈论此行的目的,即便彼此之间也不要谈论。"

这一警告就是故事的起点。接下来,这些人物便为那既定的危险旅程进行准备,忙于漫长的训练。

预示实际上是一种允诺,对我们而言,它是对冲突的允诺。

我们不必讨论在这一故事里延长等待是否有其意义,重要的是记住,观众们为了那既定的东京上空三十秒,屏住呼吸等待了两个小时。

当一对势均力敌的斗士面对面地站在竞技场时,便引起了期待。在舞台上也是如此。

你承认这没错,但是怎么把两个强大的、坚定的人物放在舞台上,并在戏剧或者故事的一开始就预示出冲突呢?

我们认为,作家需要面对的种种工作里,这是最容易的一个。举《玩偶之家》的海尔茂为例,哪怕对最微小的失职,他的态度都是毫不妥协的,这就预示着冲突将像死亡一样无可回避。当他发现娜拉冒用他的名义伪造签名会怎样？会怜悯她吗？我们还不知道。但有件事是确定的，一定会有麻烦。任何坚定的人物都能够创造出期待。

《埋葬死者》中那六个死去的士兵抗议了不公，他们的这一行为预示了冲突，也表明他们是坚定的人物。

预示冲突其实就是戏剧术语"张力"。

公众通常把心理学看做"常理"或"常识"，所以任何作者要是低估了观众的"常识"，他一定会追悔莫及。

从来没听说过弗洛伊德的人和训练有素的批评家都可以对你的戏发表评判。如果你的戏缺乏冲突，它将会无所遁形；如果你的对话陈腐，哪怕普通观众也会感觉出来。他知道这戏不好。为什么？因为他觉得乏味。常识、天生的素质足以分辨出好坏，并把这告诉他。他会睡着的，不是吗？这是一个确切的信号，说明这部戏对他而言糟糕非常。而对我们而言，他的反应就意味着戏里缺乏冲突，甚至连冲突的预示也没有。

人们总是不相信陌生人。你只能在冲突里"证明"你自己，揭示你真实的自我。无论在舞台上还是生活里，在"证明"自身之前，每个人都是陌生人。能够和你共患难的人才是一个得到了证明的人。不，你不能愚弄观众，即使文盲也知道彬彬有礼、谈吐机智并不是真诚和友谊的表示，牺牲才是。对人物品质的预示如同呼吸之于人一样必要。

如果预示了冲突，你便是作了一个有根有据的允诺。我们中大多数人都会在世人面前伪装和隐藏真实的自我，正因如此，我们很愿意目睹人们如何应对特殊事件，并在冲突的压力下表现其真实性格。预示冲突虽然还不是冲突，但会让我们热切地盼望着允诺的实现。在冲突中我们将被迫揭示自身，这种对他人和自我的揭示似乎令每个人都心醉神迷。

我们认为没必要向作家们兜售"预示是绝对必要的"这一观念，因为最重要的也是最困难的在于如何运用它。例如在克利福德·奥德茨的《等待老左》中，第一行就允诺了一种持续增加的张力：

**法特**　你绝对弄错了，我可没笑。

法特和那些平台上的匪徒都是反对罢工的。观众们和剧中的人物，都在等待着罢工发生。

贫穷迫使那些愿意参加罢工的人必须为自己做点什么了。他们饥饿难耐、两手空空、满腹牢骚，他们要想活命就必须罢工。

对立的一边则是法特和其他匪徒——如果工会继续罢工的话，这帮打手就失去了自己的用处。你知道他们不是一般的匪徒，他们要更恶劣些。他们代表着变质的工会首脑。罢工一旦被唤起，法特这帮人就输定了。这场罢工绝不是普通的、平常的罢工，它是一场革命。

双方都面临着要么大获全胜，要么一败涂地的境地。两派人都形成了坚定的组织，并创造出张力，用我们的行话说就是预示了冲突。

不屈不挠的人物、一决胜负的斗争能够预示无情的冲突和悲惨的结局。

坚定的对手不论在何种环境下都不能也不会妥协。为了生存，一个必须摧毁另一个。把他们加在一起，冲突当然就预兆出来了。

## 3.8 切入点

应当何时启幕？什么叫做切入点？一旦幕布升起，观众就会想尽快地了解在台上的这些人都是谁，他们想做什么，他们为什么在那里，他们之间的关系如何。然而在一些戏里，人物总是唠叨得太多，却迟迟不给我们了解他们是谁以及他们想做什么的机会。

《乔治与玛格丽特》（*George and Margaret*）是20世纪30年代一部很平常的戏，作者在里面花了四十几页向我们介绍一个家庭。到了第四十六页，我们得到了一点关于某个儿子进了女佣房间的暗示，主题这才露出来。这家人过着死气沉沉的生活，每个人脑子都不太灵光，从来没有谁抱怨过别人。到了第八十二页，我们终于知道那个儿子的确进了女佣的房间。没有什么要紧的事，都是些鸡毛蒜皮。

尽管人物得到了漂亮素描般的细致描绘，但我们还是奇怪他们为什么会出现在台上。他们希望完成什么呢？这部戏有些夸张，但毕竟小心翼翼地描绘出了一个祥和家庭的肖像。作者懂得如何去描写，却对编排一无所知。

描写一个不知道自己的追求或者三心二意地追求某种东西的人是没有意义的。即使一个人知道自己需要什么，如果没有内在和外在的必然性迫使他立刻实现其欲望，这样的人也会成为你戏里的累赘。

什么能够让一个人物引发一连串的事件并最终归于毁灭或成功呢？只有一个答案：必然性。必须要有某种意义重大、得失攸关的东西。

如果你有一个或更多这样的人物，那么你的切入点一定差不了。

　　一部戏可以在冲突即将导致危机的点上切入。
　　一部戏可以在人物的人生转折点上切入。
　　一部戏可以在决定沉淀为冲突的点上切入。
　　好的切入点就是说，在全剧的一开始就有某种重要的东西处于得失攸关的境地。

在《俄狄浦斯王》的开始，俄狄浦斯就决定找出凶手。《海达·高布勒》中，海达对丈夫和他支持的一切的蔑视也是一个很好的开场。她的蔑视如此顽固，以至于她决定对这个可怜人的一切所为都表示不满。出于对泰斯曼性格的了解，我们就希望知道他能够忍受这种凌辱多长时间，希望知道他会为爱情屈服还是起而反抗。

在《安东尼与克莉奥帕特拉》（*Antony and Cleopatra*）中，我们听到安东尼的战士们在为克莉奥帕特拉对其统帅的支配感到担忧，于是我们立刻便看出他的爱情和领导地位之间存在冲突。这两者在他的事业达到巅峰时发生了碰撞，并使这成为他一生的转折点。作为执政官之一，安东尼曾经就克莉奥帕特拉援助卡西乌斯和布鲁图斯一事向她问罪。他是原告，她是被告，可他却爱上了她，甚至于弃自己和罗马的利益于不顾。

在这些戏中的每一部中，或者说在任何一部无愧于戏剧称号的作品中，当幕布升起的时候，至少会有一个人物来到了其命运的转折点。

在《麦克白》中，一个将军听到了他自己将成为国王的预言。这个预言俘获了他的心智，令他杀死了合法的国王。戏剧开始于麦可白对王权的觊觎。（转折点。）

《一生一次》（*Once in a Lifetime*）开始于主人公们决定结束原先的工作并前往好莱坞。（这是个转折点，因为他们押上了所有的积蓄。）

《埋葬死者》开始于六个阵亡士兵决定不让自己的遗体下葬。（转折点——关乎人的幸福。）

《客房服务》（*Room Service*）开始于旅馆经理决定让他的内兄支付因剧院生意拖欠的账单。（转折点——工作不保。）

《他们将会永生》（*They Shall Not Die*）开始于一个警长说服两个姑娘提出强奸的指控。而作恶多端的被告，斯科茨博罗家的男孩们，则决定以可憎的谎言使自己免除牢狱之灾。（转折点——他们的自由悬于一线。）

《利力姆》（*Liliom*）开始于男主人公同自己的雇员作对，不顾一切地和一个女佣一起生活。（转折点——工作不保。）

马达奇的《人的悲剧》（*The Tragedy of Man*）开始于亚当违背向上帝许下的诺言偷食禁果。（转折点——幸福不保。）

歌德的《浮士德》开始于浮士德把灵魂出卖给魔鬼。（转折点——灵魂不保。）

《卫士》（*The Guardsman*）开始于一个身为演员的丈夫在嫉妒的驱使下，决定假扮卫士考验妻子的忠诚。切入点都在于人物作出重大决定的时刻。

## 课堂讨论

问：什么叫做重大的决定？

答：就是说能够构成他人生转折点的决定。

问：但是还是有些戏不是如此开场的，例如施尼茨勒①的戏。

答：是这样。在我们所讨论的戏剧中，运动都经历了两极——比方说爱和恨——之间的所有步骤。在两极之间有许多步骤，你可以决定用一、二甚至三步来达成一个大的运动，但即使如此你也得先有决定才行。在大的运动中，决定的类型或者仅仅为一个决定所作的准备必然不会像运动本身那样重

---

① Arthur Schnitzle（1862—1931），奥地利剧作家、小说家、批评家，作品多以幻想和现实的关系为主题。——译者注

要。看看下面关于过渡的那一节，你就会明白一个人在作出决定之前，还得应付很多琐事——怀疑、希望、犹豫。如果你要利用这些精神状态，围绕过渡写一部戏，你就必须放大这些琐事，使他们大到足以被观众看到。对人类行为的透彻了解对写作这样的戏是十分必要的。

问：那你会建议我写这种戏吗？

答：你应当有自知之明，清楚自己是否有能力处理这一问题。

问：换句话说，你不鼓励我这么做。

答：我也没有阻止你啊，我的职责只是告诉你怎样去写作和批评一部戏，而不是告诉你应当选择哪个题目。

问：确实如此。把准备决定和紧急决定的类型结合在一起，有没有可能写出戏来？

答：运用每种结合都写出过伟大的戏。

问：好吧，你看我这么说对不对：我们必须让戏在某个决定点上开场，因为正是在这一点上才冲突开始了，人物也才有机会去显现其自身和戏的前提。

答：正确。

问：切入点必须是决定点或者准备作出决定的点。

答：是的。

问：好的编排和对立统一确保了冲突，而切入点使冲突开始。对吗？

答：对，接着说。

问：你认为冲突是一部戏最重要的部分吗？

答：我们认为，没有冲突，人物就无法揭示自身，而没有人物，冲突就无关紧要。在《奥赛罗》中，光是对人物的选择就能产生冲突——一个摩尔人希望娶贵族元老的女儿为妻。对莎士比亚来说，以叙述身份的方式开场是毫无意义的，而在《白痴的乐趣》里，舍伍德却这么干了。我们必须在奥赛罗和苔丝狄蒙娜恋爱时才开始了解他们，而他们的对话就将其背景和性格告诉了我们。因此，莎士比亚是用伊阿古开场的，因为他的性格能滋生出冲突。通过一个简单的场景，我们知道了他痛恨奥赛罗，知道了奥赛罗的地位，也知道了奥赛罗和苔丝狄蒙娜曾经私奔过。换言之，我们了解到奥赛罗和苔丝狄蒙娜的缱绻深情，预见到这份感情将面对阻碍，并且意识到伊阿古要毁掉奥赛罗的幸福和地位的企图。如果某人只是个潜在的凶手,那么他不会特别令人感兴趣。但是如果他在同别人或者独自密谋,并决定行凶杀人,那么好戏就上场了。如果一个男人向一个女人求爱,他们可以成天保持这种心境不变。但是如果他说"咱们私奔吧",那就会是一部戏的开场了——这句话暗示了很多东西。他们干吗要私奔?如果她回答:"那你妻子怎么办?"我们便清楚了这一情景的关键所在。如果这个男人有足够的意志力执行他的决定,那么冲突就会接踵而至了。

问:那么易卜生为什么不从娜拉为海尔茂的病惊慌失措、殚精竭虑时开始这部戏呢?当她决定伪造父亲的签名时,就产生了大量的冲突。

答:是有冲突,但那仅限于她心中,因此就是不可见的。她还没有对手。

问:不是有海尔茂和柯洛克斯泰吗?

答:柯洛克斯泰知道签名是伪造的,很愿意把钱借给她。他想要控制海尔茂,没有给娜拉设置障碍。而海尔茂本身就是伪造签名的理由,而非障碍。他所做的就是受罪,正是这个促使娜拉去弄钱。

尽管如此,在《玩偶之家》中,易卜生对切入点的选择仍是令人遗憾的,他应当让戏在柯洛克斯泰感到不耐烦并前来要钱的时候开场,这一压力将会使娜拉揭示她的性格并加速冲突。

一部戏应当从第一句台词就彻底开场。在冲突的过程中,涉及的人物自会暴露其天性。如果你上来先罗列证据、描绘背景、制造气氛,然后再开始冲突,那你就是个糟糕的编剧。

无论你的前提是什么,也无论你的人物天性如何,戏里的第一句话就得开启冲突,开启通向对前提的证明的必然旅程。

问:你知道,我在写一部戏,一部独幕剧。我有前提,我的人物也排列组织完毕。我写了梗概,但还是有些地方不对——我的戏里没有张力。

答:说说你的前提。

问:绝望导致成功。

答:再说说你的梗概。

问:一个极为害羞的大学生疯狂地爱上了一个律师的女儿。她虽然爱他,但她同样也很敬爱父亲。她让这个小伙子知道,如果父亲不同意,她是不会嫁给他的。于是小伙子就去求亲。姑娘的父亲是个才智非凡的人,把小伙子狠狠地取笑了一番。

答：然后呢？

问：她很为他难过，并且宣称她还是会嫁给他。

答：告诉我你的切入点在哪儿？

问：姑娘试图说服小伙子去她家拜见父亲，后者对受到长辈干涉而颇为不快。

答：什么是得失攸关的呢？

问：当然是那姑娘了。

答：不对。如果她要听从父亲对婚姻的安排，那么她就不是真的在恋爱。

问：可这却是他们人生的转折点啊！

答：怎么会呢？

问：如果父亲不同意，他们可能就会分手，幸福是得失攸关的。

答：我才不信。既然她拿不定主意，她无法导致升级的冲突。

问：可这里有冲突啊，小伙子不想去——

答：那只是一小会儿而已。如果我没记错，你建立的前提是"绝望导致成功"。你知道，前提就是戏的微型梗概。你之所以没有张力是因为你忘了前提。这一前提指示着"某人的生活得失攸关"，但它还不是梗概。你干吗不让戏在姑娘家里开场呢？让小伙子等待姑娘的父亲，并且提醒姑娘他在启幕前发过誓。

问：他发了什么誓？

答：说如果她父亲不同意，他就自杀，让她内疚一辈子。

问：然后呢？

答：你可以延用你的梗概。父亲足智多谋，并以此闻名。他把小伙子贬得一钱不值。现在，小伙子真的是绝望了，他决定如果失败就连命也不要了。命都要没了，当然称得上是转折点。父亲和小伙子说的每句话都很重要。毕竟，小伙子是为自己的性命斗争，说不定会干出什么来的。面临着危险，他的羞怯可能会烟消云散，他可能会反击并挫败姑娘的父亲。而姑娘也被他所打动，公然反抗父亲。

问：他非得威胁要自杀吗？就不能干点别的？

答：是啊，如果我没记错，是你在抱怨戏里没有张力的。

问：是的。

答：没有张力是因为没有得失攸关的东西。切入点也错了。无数的年轻人都面临着同样的困境。有些人过段时间就把自己的糊涂抛之脑后，还有些人一面假装服从长辈一面狡猾地私下相会。在这两种情况里，都没有什么得失攸关的东西，他们还没有准备好去做一部戏的主人公。而你写的这对情侣却必须极端认真才行。至少，这个小伙子要达到他人生的转折点，他把一切都押在了一张牌上。这样他才值得一写。

即使你的前提很好，即使你的人物得到了良好的编排，没有正确的切入点，戏也会变得拖沓。拖沓的原因就在于戏一开始时没有什么意义重大、得失攸关的东西。

你一定听过这句老生长谈："一个故事必须要有开头、中间和结尾。"

任何作家如果幼稚地真把这当回事，那他一定会陷入麻烦。

如果真的是每个故事都有开头，那么每个故事都要以人物的概念开始，并以他们的死亡结束。

你可能会反对这种对亚里士多德过于刻板的阐释。也许吧，但是很多戏正是因为作者有无意识地遵循了亚里士多德的戒律而遭遇了滑铁卢。

《哈姆雷特》并不是在幕布升起之后才开始的，而是早就开始了。在此之前早已有过谋杀，而被害者阴魂不散，要讨还公道。

这部戏的启幕不是在故事的开头，而是在中间，在早先发生的卑鄙行为之后。

你可能会争论说，亚里士多德的意思是"中间"必须有开头和结尾。也许吧，可是如果他真是这个意思，他一定会更清楚地表达出来的。

《玩偶之家》不是从海尔茂生病时开始的，也不是从娜拉为筹钱挽救他性命而殚精竭虑时开始的。它甚至不是从娜拉伪造父亲签名时开始的，也不是海尔茂康复后返回家乡但工作没有着落时开始的。即使在娜拉节衣缩食偿还欠款时，戏还是没有开始。实际上，戏是在柯洛克斯泰得知海尔茂当上银行经理时才开始的。柯洛克斯泰开始敲诈，戏便开始了。

《罗密欧与朱丽叶》不是在蒙太古和凯普莱特两家发生不和时开始的，也不是在罗密欧爱上罗瑟琳时开始的。当罗密欧不顾安危前往凯普莱特家并见到朱丽叶时，它才真正开始。

《群鬼》不是从阿尔文太太离开丈夫去找曼德，献身于他并哀求帮助时开始的，也不是从吕嘉纳的母亲因阿尔文上尉怀孕时开始的。即使在阿尔文上尉去世的时候，戏还是没有开始。当欧士华身心俱疲地回到家中，父亲的鬼魂再次"出没"时，戏才真正开始。

作者必须找到一个绝望地渴求某种东西的人物——他不能再等待了，他马上就要。

为什么？当你能够确切地回答为什么某人必须急切地去做某事时，你的故事或戏剧就有了。无论动机是什么，它都必须发源于故事开始前已经发生的事件。事实上，你的故事只能由于这一事件才可能存在。

务必使你的故事从中间开始，无论如何不要让它从开始时开始。

## 3.9 过渡

二十到三十亿年前，地球曾是一个绕轴自转的火球，它用了数百万年才在持续不断的瓢泼大雨中冷却下来。这个过程是缓慢的、不易察觉的，然而却始终在逐步改变着，过渡最终实现了。地壳变硬了，滔天的洪水创造出峡谷和沟壑，使河流得以穿行其间。然后，单细胞生物出现了，生命体布满了整个星球。

在生命形式的最底端有一种被称作藻类植物的东西，它缺少茎和叶。接着是顶生植物或者无花植物，比如有茎有叶的蕨类。再往上是开花植物和多叶树，然后才是我们所说的乔木和果树。

大自然从不跳跃，她总是从容不迫地工作着，不断地试验着。在哺乳动物身上，我们也能看到相同的自然过渡。

在陆生和海生哺乳动物之间，有一条由麝鼠、海狸、水獭和海豹架起的桥梁。这些生物把陆地和水都当做它们的家。

伍德拉夫在《动物学》中这样说道：

在鱼和哺乳动物之间，在鸟和哺乳动物之间，在穴居人和现代人之间都存在着联系。逐步的变化——过渡到处在发挥着作用。它悄悄地制造着风暴，甚至能够摧毁太阳系。它帮助人从胚胎变成婴儿、少年、青年、中年和老年。

**莱昂纳多·达·芬奇在他的笔记里写道：**

有个老人在去世前几小时告诉我，他已经活了一百岁，却从未感到任何身体上的疾病和虚弱。然后，他竟坐在佛罗伦萨新圣母医院的病床上无疾而终了，连发病的征兆也没有。为了探明他平静死亡的原因，我进行了解剖，发现这是由于缺血以及供给心脏的动脉以及其他次级器官的衰竭而导致的。这些器官都已经干燥、收缩、枯萎得很厉害了。根据这次解剖的结果，我怀着宽慰的心情，谨慎地认为，体内缺乏脂肪和水分是其主要原因……安详离世的老人死于营养不足。这也显示出，主动脉的通道不断地受到血管表层增厚的限制（动脉硬化）。此过程一直会持续并影响到毛细血管，而毛细血管又是其中最早闭合的。这也就使得老年人比青年人更为怕冷。高龄者的皮肤之所以看上去带有木头或干栗子的颜色，正是几乎完全丧失养分的缘故。

过渡又在隐秘地进行了。由于动脉经年累月地堵塞，皮肤枯萎并失去了自然的颜色。

人的生命存在着两极——出生和死亡，在其之间则是过渡：

出生—童年
童年—少年
少年—青年
青年—壮年
壮年—中年
中年—老年

老年—死亡

我们再来看看友谊和谋杀之间的过渡：

友谊—失望
失望—厌烦
厌烦—恼火
恼火—愤怒
愤怒—诋毁
诋毁—威胁（做出更大的伤害）
威胁—预谋
预谋—谋杀

而在"友谊"和"失望"之间以及其他各项之间，仍然存在着更小的两极和其间的过渡。

如果你的戏是由爱及恨，你就必须发现通向恨的所有步骤。

如果你试图从"友谊"蹦到"愤怒"，你就必须略过"失望"和"不满"。这是个跳跃，你就像舍弃身体中的肺和肝一样舍弃了戏剧结构中的两个步骤。

下面是《群鬼》里的一个场景，在这里过渡以一种精巧的方式得到了处理。

曼德牧师被安格斯川极大地激怒了，后者是一个可爱然而无可救药的骗子。曼德发现自己上了他的当，想一劳永逸地把这事扯平。

可能的过渡是：

愤怒—批判
或
愤怒—原谅

出于对曼德性格的了解，谁都知道他一定会原谅安格斯川。我们来看看在这场小冲突中的过渡是多么自然而顺畅。

> **安格斯川** （出现在门口）我谦恭地请求宽恕，可是——
> **曼德** 啊哈！哼——
> **阿尔文太太** 哦，是你啊，安格斯川！
> **安格斯川** 佣人们都不在，我便冒昧地敲门了。
> **阿尔文太太** 没关系，进来吧。你是找我吗？
> **安格斯川** （进来）不是，非常感谢您，太太。我是想和曼德先生说会儿话。
> ……
> **曼德** （在他面前停下）好吧，你想说什么？
> **安格斯川** 是这样，曼德先生。我们的工钱已经算清了——多谢您了，阿尔文太太。这些日子来，我们这些人一直在这儿老老实实地干活。现在活也快干完了。我觉得要是今晚能做点祷告，应该算是个既高兴又妥当的结束吧。

真会撒谎啊！他对曼德有所求，也知道假装虔敬才能得手，于是便提出做祷告。

> **曼德** 祷告？到孤儿院去做吗？
> **安格斯川** 是啊，先生，要是您觉得不合适，那就——

他假意退缩，这足以让曼德知道他是好意。

> **曼德** 哦，当然合适，不过——唔——

可怜的曼德！他虽然很愤怒，可当他恼恨的人跑来请求祝祷，又怎能拒绝呢？

**安格斯川** 我每天夜里也试着念几句祷文——
**阿尔文太太** 是吗？

阿尔文太太很了解他的本性，她知道他在撒谎。

**安格斯川** 是啊，太太，偶尔积积德而已，算不了什么。我只是个凡人，没有什么德行，唉——我想既然曼德先生在这儿，也许——
**曼德** 你听着，安格斯川。首先我要问你，要做这事，你的心绪合适吗？你的良心干不干净？有没有受到困扰？

曼德还没有完全被安格斯川请求祝祷的虚伪叫嚣所蛊惑。

**安格斯川** 上天怜悯我这罪人吧！我的良心不值一提，曼德先生。
**曼德** 我们必须要考虑这个。你怎么回答我？
**安格斯川** 我的良心？哦——当然有时会不安了。
**曼德** 啊，你全都承认了。那你马上告诉我，不许有任何隐瞒，你和吕嘉纳是什么关系？

安格斯川总是宣称吕嘉纳是他女儿，而实际上她却是去世的阿尔文上尉的私生女。安格斯川在和吕嘉纳的母亲结婚时，收了七十镑作补偿。

**阿尔文太太** （急切地）曼德先生！
**曼德** （让她冷静）让我来说！
**安格斯川** 和吕嘉纳？上帝啊，这可把我吓坏了！（看着阿尔文太太）她没闹出什么事吧？
**曼德** 希望没有。我想知道的是，你和她是什么关系？你算是她父亲，是不是？
**安格斯川** （不安地）啊——嗯——我和可怜的乔安娜的事，您是知道的，先生。

**曼德**　别再歪曲事实了！你妻子在辞工前对阿尔文太太全都坦白了。

**安格斯川**　什么?!您是说——她终究还是说了？

**曼德**　你知道这是瞒不住的，安格斯川。

**安格斯川**　您是说她——她还正经立过誓呢！

**曼德**　她立过誓？

**安格斯川**　哦，不，她只是向我保证，不过那是很认真的保证。

**曼德**　这么多年，你一直对我隐瞒事实，而我竟完全彻底地相信了你。

**安格斯川**　对不起，先生，我是瞒过您。

**曼德**　你凭什么瞒我，安格斯川？难道我不曾尽心尽力地帮过你？回答我！是不是？

**安格斯川**　的确，好多次要不是您帮忙，我就惨了。

**曼德**　而你就这么报答我！你害得我在教会登记簿上写了假资料。这么多年来，你本应告诉我，你凭良知也该告诉我，而你竟然瞒着我！你的所为绝对不可宽恕，安格斯川，从今天起，我们之间算完了。

**安格斯川**　（叹息）是啊，只能如此了。

**曼德**　是啊，你有什么法子替自己辩护？

**安格斯川**　可是我就该把这事说出去，让那苦命的姑娘多出点丑吗？您想想吧，先生，就想一下，要是您老落到苦命的乔安娜那种地步——

**曼德**　我?!

他后来的确落入了相似的可悲境地中，所以这个场景与他将来的行为有直接的关联。

**安格斯川**　上帝啊！我不是说要和她一模一样。我的意思是，比方说，您老丢人现眼了，曼德先生。咱们总不能对那苦命的女人太过责备不是？

**曼德**　我根本不会那样，我要责备的是你。

**安格斯川**　我想斗胆问一句，您准许吗？

**曼德**　问吧。

**安格斯川**　您老觉得应不应该帮助堕落的人？

**曼德**　当然应该。

**安格斯川**　那一个人说话是不是应该算数？

**曼德**　当然，可是——

**安格斯川**　乔安娜在那英国人身上倒了霉之后——也有人说是美国人或者俄国人（他不知道那人就是阿尔文上尉）——她就进城来了。可怜的女人啊，她从前拒绝过我一两次，那时她只盯着那些漂亮男人，而我却长着这条瘸腿。您老应该记得，我有一回闯进一家舞厅，看见一帮水手在喝酒胡闹，我就上去劝他们改邪归正——

**阿尔文太太**　（咳嗽）嗯哼！

这谎话说得太明显，连阿尔文太太都忍不住要吭声了。

**曼德**　我知道，安格斯川，我知道——那帮粗野的畜生把你从楼上扔下来了。你以前跟我说过这事，你腿上的毛病就是你的功绩。

只要有宗教意图的东西，曼德就会买账。

**安格斯川**　您老明察啊，我不是要表功。我只想告诉您，乔安娜来找我的时候，一边流着泪，一边咬着牙，把她的事全告诉我了。我跟您说，先生，我听了心里可难受了。

**曼德**　真的么，安格斯川？那后来呢？

曼德忘记了愤怒，过渡开始了。

**安格斯川**　我跟她说"那个美国人是个四海为家的人，而你呢，乔安娜，是个犯了罪的堕落女人。不过有我雅各·安格斯川在，我这两条腿结实着呢。"当然，您老明白，这只是打个比方。

**曼德**　我明白得很，你接着说。

**安格斯川**　我就这么救了她，让她当了我合法的老婆，这样谁也不知道她曾经和陌生人出过荒唐事。

**曼德**　你做得很好。我只是不赞同你收下那笔钱——

**安格斯川**　钱？我一个子都没拿。

**曼德**　可是——

**安格斯川**　啊，对了！等一下，我想起来了。乔安娜是有点钱，您说得没错。可我才不想要呢。我跟她说"呸！这都是昧心财，是你造孽换来的！这些脏金子，或是纸币，管它是什么，我非把它扔到那美国人脸上！"不过后来那人走了，冲进风浪里没影了，您老。

**曼德**　真是这样吗，我的好伙计？

曼德的态度明显软下来了。

**安格斯川**　真的，先生。乔安娜和我觉得应该把这钱留着养孩子用。后来那钱就是这么花的，我都记着账呢，一个子也不差。

**曼德**　照这么说，事情就大不一样了。

**安格斯川**　真的，您老。我敢说我这当爸爸的从来没亏待过吕嘉纳，只要我力所能及。可惜我是个爱犯错的凡人，唉——

**曼德**　很好，很好，亲爱的安格斯川——

**安格斯川**　是啊。我敢说是我把孩子养大了，我敢说我一直很疼苦命的乔安娜，就像圣经上说的那样。可我就算做了善事，也从来不会跑到您老面前表功或者吹嘘，不会的。要是雅各·安格斯川做了善事，他就绝口不提。可惜啊，这种事不常有。只要我来找您老，总是说些麻烦事、坏事，这个我清楚得很。因为——我刚才说了，现在再说一遍——有时良心也不安呐。

**曼德**　把手递给我，雅各·安格斯川。

运动完成了。两极分别是"愤怒"和"原谅"，其间则是过渡。

两个人物都绝对清晰。安格斯川除了会说谎，还是个很好的心理学家。而曼德则很天真。当安格斯川离开以后，阿尔文太太说曼德"你还是个大孩子"。

相反，娜拉却是个成长了的孩子。在她和海尔茂的那个场景里，我们已经见识过了。一个技巧逊色一些的作者会把《玩偶之家》的终场变成一次盛大的烟火表演，就是说在娜拉这个角色上制造出跳跃的冲突。这样的话，我们就看到海尔茂的缓慢发展，却看不到娜拉的发展。如果她没有经过一个合适的过渡期就表示出离开的意图，我们就会被她吓一跳。在生活中，的确有可能经过眨眼之间的思考便作出这样的过渡，但易卜生把这思考翻译成了行动，才使得观众能够看到并且理解它。

一个人可能因受到侮辱而在瞬间暴怒。不过，即使是下意识的，人也会经历心理的过渡。头脑接收到侮辱，便会衡量一下侮辱者和自身的关系，结果发现这个人不仅忘恩负义、滥用友情，甚至得寸进尺侮辱自己。对双方关系的这一闪电般的回顾使他的态度转为恼火，接着便是愤怒和爆发。这一心理过程可能眨眼之间就发生了。但是我们知道，这一瞬间的暴怒并不是跳跃，而是心理过程的结果，尽管它非常迅速。

自然界没有跳跃，舞台上也不应当有。一个好的编剧会把头脑中微小运动全部记录下来，正如地震仪能够把千里之外最轻微的振动画下来一样。

在海尔茂因发现柯洛克斯泰来信而大发雷霆后，娜拉决定离开他。在真实生活中，她也许会惊恐万状、一言不发，也许会抛下语无伦次的海尔茂一走了之。这都有可能，但那就会造成跳跃的冲突和糟糕的剧作。不管冲突就是如此发生还是仅仅存在于人的头脑中，作者都必须展示导致结局的所有步骤。

你可以就单一的过渡写出一部戏，《海鸥》和《樱桃园》就是用这样的素材写出来的。我们通常把它们中的一极看作戏剧的一步。当然，这种过渡的戏剧都是运动缓慢的，但它们依然包含着冲突、危机和高潮，只是规模较小而已。

比如，在"野心遭到挫败"和"怨恨"之间就存在着过渡。许多作者觉得这一反应是立即产生的，因此便不间断地从一个蹦到另一个。但是即便怨恨是自然而然的，也得有一系列的微小运动——一个过渡才能导致这一反应。

我们所关心的正是这些微小的、瞬间的运动。通过分析过渡，你会发现自己对人物有了更好的理解。

在《伪君子》中就有一个精妙的过渡。那个彻头彻尾的恶棍终于有机会和奥尔贡的夫人单独相处了。他伪装成一个圣人，却对可爱的欧米尔抱有图谋。我们来看看，他是怎么在保持其性格的前提下，从伪装圣洁过渡到勾引女人的。

在对欧米尔垂涎已久后，答尔丢夫发现自己正和她共处一室，他再也无法控制自己的感情。他神不守舍地摸着她的衣服，但欧米尔很警惕。

**欧米尔** 答尔丢夫先生！

**答尔丢夫** 这是缎子的，除非我搞错了。多么芬芳而柔软的织品啊！难怪在所罗门的雅歌①里新娘要穿着这个了——

**欧米尔** 她是穿着这个，可是，先生，这和我们有什么关系！

这句回绝的话使他的情欲冷却了一点，答尔丢夫变得谨慎了。

**欧米尔** 我们有比花边更重要的事要商量。我想听您亲口告诉我，您是不是要向我的继女求婚？

**答尔丢夫** 而我想反问，这门婚事是否会招致您的反对？

第一次失望让他仔细了很多，他小心地行动着。

**欧米尔** 怎么？您难道觉得我会同意不成？

**答尔丢夫** 说实话，夫人，我当然会怀疑。请准许我拿脑袋向您保证。没错，奥尔贡先生是向我提出了联姻。但是，夫人，不用说您也知道，我所渴望的远不止是这个，那是更高的幸福！

**欧米尔** （放心地）啊，是啊，当然了。您的意思是，令您心所向往的喜乐并不在这尘世之中。

**答尔丢夫** 不要误解我，或者我该说，不要假装误解我，夫人。我不是这个意思。

---

① 《圣经》中的一卷，全部为爱情诗歌，传说由所罗门王所作。——译者注

他推测欧米尔还不明白他的意图。没有跳跃，他顺畅地转向其目的——向她求爱。

**欧米尔** 您也许愿意告诉我，您是什么意思吧。
**答尔丢夫** 我是说，夫人，我的心也不是石头做的。
**欧米尔** 这还值得一说吗？
**答尔丢夫** 它真的不是石头做的啊，夫人，尽管它向往着天国，却也无法抗拒对尘世间幸福的渴望。

他正在行动。

**欧米尔** 即使它不是，您也应该让它是才对，答尔丢夫先生。
**答尔丢夫** 这并非人力所及啊。当我们看到造物主的完美创造时，我们忍不住要以他自己的形象而崇拜他啊，难道不是吗？我们很可以说，忍耐就是不虔敬的。

基础打好了，现在他要进攻了。

**欧米尔** 我明白了，您真是多情啊。
**答尔丢夫** 我热情如火啊，夫人。您那非凡的仪态、您那醉人的美貌真是蒙尽了上天的恩宠，令我目眩神迷。我曾和您的魅力搏斗，就像要摆脱魔鬼为了毁灭我而设下的陷阱一般。然而，我后来才明白，既然我的激情是纯洁的，我便可以问心无愧地让它纵情奔流。我要为您奉上这颗心，尽管它微不足道。夫人，我拜倒在您秀美的脚下，不管您要使我升入无穷的极乐，还是要把我打入无底的绝望，我都期待着您的判决。

他正视自己遭到拒绝和毁灭的可能，这可以让他不那么丢面子。答尔丢夫这家伙当然很了解自己的心理。

**欧米尔** 说实话，答尔丢夫先生，我有点意外。像您这样严守信条的人——

**答尔丢夫** 啊，夫人，什么信条能抵挡住如此的美貌呢？唉！我又不是约瑟①！

他很巧妙地责怪她，但是女人受到赞美的时候是不会生气的。

**欧米尔** 很明显你不是。但我也不是波提反夫人，虽然您暗示说我就是。

**答尔丢夫** 您是的，夫人，您就是！不知不觉中，我愿意相信您是。可美人就是美人，我用绝食去抗拒，我跪下双膝去祷告，却一点用也没有。现在，我那压抑已久的激情终于奔涌而出了。我恳求您不要蔑视它。回想一下吧，我所奉献给您的只是无与伦比的忠诚。您放心，你的芳名绝对不会为此玷污。我不是那种爱吹嘘的人，您不用害怕。

保守秘密的诺言反而暴露了答尔丢夫的确是个有所图谋的无赖，而这就是他的性格。

**欧米尔** 可您就不怕我把您的这番话告诉我丈夫吗，答尔丢夫先生？这可会改变他对您的看法的。

**答尔丢夫** 夫人，我高估了您的判断力。我是说，您这么慈善，一定不忍心伤害一个不过是情不自禁地爱慕您的人。

**欧米尔** 好吧，我不知道别的女人会怎么做，但我不会把这场——意外——告诉我丈夫的，答尔丢夫先生。

**答尔丢夫** 在目前的局面下，我建议您最好不要。

**欧米尔** 但我应该为自己的沉默开个价钱。作为回报，不管我丈夫

---

① 《圣经》中的人物，雅各之子，曾被卖往埃及为奴，在法老的卫队长波提反家中做管家。波提反夫人因约瑟貌美而勾引他，遭其拒绝。——译者注

## 第三章 冲突

怎么催促，您都必须放弃和我的继女成婚。

**答尔丢夫** 啊，夫人，我必须再次向您保证，只要您——

**欧米尔** 等等，您要做的还不只是这些。您必须运用您的影响力，促成她和瓦莱尔的婚事。

**答尔丢夫** 如果我，夫人，如果我这么做，我能得到什么回报呢？

**欧米尔** 那还用问？当然就是我的沉默了。

在这个过渡之后，场景自然进入到冲突的爆发中。达米斯，奥尔贡的儿子，突然从他们身后走了出来。他听到了他们的谈话，怒火中烧。

**达米斯** 不，现在瞒不住，将来也瞒不住！

**欧米尔** 达米斯！

**答尔丢夫** 我——我亲爱的年轻朋友。你误解了我纯洁的话语——

这个攻击太突然了，让答尔丢夫心绪不宁、言行失态。

**达米斯** 误解？！我每个字都听见了，我的父亲也会听见的。感谢上苍，我终于能够让他睁开双眼了。我要让他看看他包庇了一个多么可憎的叛徒和伪君子！

**答尔丢夫** 您冤枉我了，亲爱的年轻朋友，您真的冤枉我了。

他似乎又从容不迫了，再一次退回伪善中。

**欧米尔** 听我说，达米斯。你一定不能声张。我不希望有人谈起这事。我已经答应原谅他了，只要他将来守规矩。我觉得他会的。我不能收回诺言。这事的确是太荒唐了，但是不值得让你父亲，让所有人大惊小怪。

**达米斯** 您是这么看，可我不是。我受够了这个假道学、阴谋家！他就想着控制父亲，反对我以及瓦莱尔的婚事，他都快把这个家变成密谋会了！机不可失啊！

**欧米尔**　可是，达米斯，我向你保证——

**达米斯**　不，我说到做到。他作威作福也该是个头了！鞭子如今在我手上，我用起来快活得很呢！

**欧米尔**　达米斯，亲爱的，你能不能听我一言——

**达米斯**　抱歉，我不能听。必须让父亲全知道。

这时，奥尔贡从左边的门上。

**奥尔贡**　（边走边说）要让我知道什么啊？

在这一过渡中存在着微妙的冲突，张力逐渐地聚集，速度逐渐加快，终于到达了爆发点。第一个高点是答尔丢夫公开求爱，第二个则是达米斯指责他的背信弃义。

奥尔贡进来之后，我们可以不止一次地见证答尔丢夫的过渡。他阴险地承认了所有的指控，在奥尔贡眼中，这竟成了真正的基督徒精神。奥尔贡对他越发敬重，反而把自己的儿子逐出家门。

冲突不断加强，而在一个冲突和下个冲突之间，又存在着无穷的过渡，这才使爆炸性的冲突成为可能。

多年以前，我们的一位朋友遭遇了丧父之痛。葬礼之后，我们来到他家中时，全家人愁眉不展地坐在一起。我们觉得气氛很压抑，便出去走了走。半个小时之后，我们推门而入，竟发现哀悼者陷入一片喧哗——他们正开心地大笑。看到我们进来，他们马上停住不笑了，而且羞愧不已。发生了什么呢？他们怎么会从如此真切的哀痛中笑了起来呢？

我们都曾见过类似的情景，也会发现其中的过渡非常有趣。以下是考夫曼和费伯合写的《八点钟的晚宴》中的一个场景。我们来试着追寻其中的过渡，它们是从"激怒"到"暴怒"。这是第三幕第一场的结尾。

**派卡德**　（急步走进房间）你最近的行为太可笑了，我的好小姐，我受够了，烦透了。

**姬蒂**　[恼火,开始还不生气,但越来越生气]是吗?那又怎样?

**派卡德**　[无意造成伤害,认为她的顶撞只是嘴硬]我告诉你:是我工作,是我付钱,你得听我的。

**姬蒂**　[把这看作挑战,并且反击](站起来,刷子悬在手里)你以为你在跟谁说话呢?你在蒙大拿的前妻吗?

**派卡德**　[把这看成嘲弄,不喜欢这样]你别把她扯进来!

**姬蒂**　[闻出了血腥味,这是他的弱点,而且宿怨使她丧失了谨慎]那个粉脸的可怜虫!就凭她那种货色,哪儿敢和你这么说话!

**派卡德**　[仍不想闹大,他转向愤怒的过程是缓慢的,需要助长]闭嘴!我告诉你!

**姬蒂**　[助长他]给你洗那油腻的工作服,给你做饭,住在小屋里给你当奴隶,怪不得她死了!

**派卡德**　[变得暴怒,这是个跳跃]你才该死呢!

**姬蒂**　(拿发刷比划着)哼,你才不敢把我怎么样呢!你才不敢踩着我的脸往上爬呢!你这个脓包!(转身背对他,把发刷扔在梳妆台上的瓶瓶罐罐里)

**派卡德**　你这个人渣,怎么这么下贱?!我从哪里把你拾起来,就该把你扔回到哪里去!我该把你扔到霍屯督俱乐部的衣帽间或者别的什么肮脏旮旯里!

**姬蒂**　哼!你敢![上升的运动过快,过渡完成得太仓促。]

**派卡德**　你回去和你那浑身蜜味的家里人过吧,回你那帕塞伊克城边上的铁路去吧。你那酒鬼老爹和笨蛋哥哥还不是靠着我?我看他就快进牲口栏里去了。

**姬蒂**　你会比他先去的——你这个大骗子!

**派卡德**　你听着,要是你那财迷老娘再敢到我的办公室抹鼻子流眼泪,我就把她从六十级台阶上扔下去,让她滚进地狱里,上帝保佑!

(丹快要说完的时候,蒂娜走进来。她手里拿着姬蒂那个珠光宝气的晚装手包,里面装着粉盒、唇膏、烟盒之类的东西。当她发现自己夹在一场风暴中间时,犹豫了一下。话音一落,丹便从蒂娜的手里抢过手包

扔在地上，并把她推出了房间）

**姬蒂** ［过渡完成了，她达到了第一次真正的怨恨。从此她必须运动得更快了，她的过渡可以达到更高的音符］你给我捡起来！

（作为答复，丹用力把那手包踢进了她旁边的角落里）

**姬蒂** 手镯，哼！（摘下那三寸宽的珠宝圆环，扔在地上，恶毒地踢过房间）你多了解女人啊！你觉得你送我个手镯——你送我干什么？你觉得自己做成了个肮脏的勾当，你就可以让我戴着它四处显摆，让你觉得自己是个大人物是吗？你送给我根本不是为了我，而是为了你自己！［她不知自己的愤怒会把自己带向何处，只能一头扎进了黑暗里］

**派卡德** 哦，是啊，是啊。那这房子呢？这些衣服呢？这毛皮大衣呢？这汽车呢？你想去哪儿就去哪儿，想怎么花钱就怎么花钱！这世上哪家人的老婆像你来钱这么容易！我把你从贫民窟里捡起来，就得到这样的感谢吗？！

**姬蒂** ［像一条优秀的猎犬，终于闻出了味道。她知道自己要往哪里去了］我为什么感谢你？为了你把我穿成一匹长毛马，把我一个人扔在这里，日复一日、夜复一夜地干坐着谢你吗？你哪儿也不带我去！你永远和你的男性朋友吃晚餐，打扑克，或者号称是这样！［她转向新的目标了，留意她］

**派卡德** 你嘴巴厉害得很啊。［仍未怀疑，他准备安慰］

**姬蒂** 你总是来来去去，吹嘘自己是个多么大的人物，或者即将成为大人物。你从来没想过我，从来不做那些讨女人喜欢的小事——你这辈子从来没给我送过花！我想要花的时候得自己出门去买！（指指蒂娜刚进来的那扇门边的兰花）什么女人自己去买花啊！你从来没有坐下来跟我说过话，也不问我干了什么，不问我好不好，什么也不问！

**派卡德** 你自己去找点事做嘛！我又不会拦着你！

**姬蒂** 你最好别拦着！你以为我整天坐着看手镯吗？！哈！那些呆瓜！你在忙活那骗人勾当时，你知道我在干什么？等爸爸回家吗？！［现在，冲突上升为危机］

**派卡德** 你什么意思，你这个小——

**姬蒂** 你以为你是我唯一认识的男人吗，大人物？告诉你，你不是！明白了吧，我认识了个男人，我认识了他才知道你是个傻瓜！〔过渡再次完成——高潮〕

**派卡德** 〔迷惑——反击〕你为什么——你——

**姬蒂** 〔帮助他弄明白，她想看他发怒。他们朝着更高一级的新过渡和新冲突运动〕你不喜欢是吗？内阁成员先生？

**派卡德** 〔仍在惊愕之中，从受到打击向意识到"这还没完"过渡〕你是说你一直瞒着我和别的男人在一起？

**姬蒂** 〔豁出去了，非要闹到底〕是！你能怎么着？你这个受气包！

**派卡德** （抓住她的手腕，姬蒂尖叫）说，他是谁？！

**姬蒂** 我不说。

**派卡德** 告诉我！否则我把你的每块骨头都敲碎！

**姬蒂** 我不说，你杀了我我也不说！

**派卡德** 我会查清楚的。我要——（扔开她的手腕）蒂娜！蒂娜！

**姬蒂** 她不知道。

（在蒂娜进来之前，两人沉默了一会。门慢慢地开了，蒂娜走进来一两步。她装出一副懵懵懂懂的样子——显然，她一直在偷听。她走到两个沉默的身影面前。）

**派卡德** 谁来过这所房子。

**蒂娜** 啊？〔接下来，过渡顺畅地形成了〕

**姬蒂** 你不知道的，对吗，蒂娜？

**派卡德** 你还有脸？你这个荡妇！（转向蒂娜）你知道的，你也会说的。什么人来过这所房子？

**蒂娜** （拼命摇头）我谁都没见过。

**派卡德** （抓住她的肩膀轻轻摇了摇）你见过！说啊，谁来过？上周谁在这里？我去华盛顿的时候谁在这里？

**蒂娜** 没人——没人——只有医生来过。

**派卡德** 我不是说这个，什么人背着我来过这儿？

**蒂娜** 我鬼也没见过。

**姬蒂**　〔一石二鸟，既让他嫉妒，又没让他怀疑医生，她爱的就是医生〕哈！我说什么来着！

　　**派卡德**　（看着她，好像要从她眼里套出真相似的，又觉得这样没用，把她往门外推）出去！

　　（姬蒂站着静观其变。派卡德大步在房间里走来走去，突然转过身。）

　　**派卡德**　我要和你离婚！我就要这么干。我要和你离婚，你一分钱也拿不到。你做出了这种事，就活该如此。

　　**姬蒂**　你什么也证明不了，你得先证明才行。

　　**派卡德**　我会证明的，我要去找侦探。他们会发现他的。只要让我逮到一回，我就掐断他的脖子。我会的，我会捉到他的。我要杀了他，再把你像野猫一样扔出去。

　　**姬蒂**　是吗？你是能把我扔出去。不过，你在扔我之前得好好想想，因为我不用找侦探也能抓住你的把柄。

　　**派卡德**　我可没有什么把柄在你手里。

　　**姬蒂**　没有吗？你很想去华盛顿是吗？你要当个大员，要告诉总统怎么怎么着是吗？你想从政是吗？（她的语气变得狂暴起来）哼，我懂政治。我知道你整天吹的尽是些骗人的勾当。老天有眼，我烦死这些了——汤普生的生意、老骗子克拉克，现在又是乔丹那套玩意儿。剥了他的皮！我要是把这捅出去，那可叫臭气熏天啊。政治！你可干不了政治。你哪儿也去不了，你连阿斯特的男厕所都进不去。

　　**派卡德**　你这条毒蛇，你，你这条毒辣的响尾蛇。我受够你了。我现在得去费恩克利夫家参加晚宴。过了今晚，我们就算完了。要不是因为和他会面很重要，我才不会带你去的。今天晚上让我清静清静，明白吗？明天我会派人来取我的衣服。你就好好待在这里，等着你的情人送花吧。（走进自己的房间，摔上门）〔过渡完成了〕

　　这个场景以"激怒"开始，以"暴怒"结束。从第一步到最后一步，都是逐个导致而成。

　　平庸的作家常犯的一个错误就是忽略过渡却相信他们的描写在生活中是

真实的。过渡的确可以在非常短的时间内发生，可以在人物的头脑中发生，并且不为他们所意识。但是它就在那里，作者必须把它呈现出来。情节剧和俗套的人物中没有过渡，而对真正的戏剧而言，这正是命脉。

尤金·奥尼尔为使其人物对观众传达他们的思想而发明了很多方法，但是没有一个像易卜生和其他伟大作家运用过的过渡方式那样既简单又成功。

契诃夫有部很好的独幕剧《熊》，其中有一个非常明显的过渡。贵妇波伏娃，因为侮辱了谢苗诺夫而同意与他决斗。

**谢苗诺夫** 是把那套理论扔掉的时候了！谁说只有男人应该为侮辱付出代价？该死的！你想要平等的权利，给你好了！咱们出去打个明白！

**波波娃** 用手枪吗？好极了！

**谢苗诺夫** 就现在。

**波波娃** 就现在?！我丈夫有几把手枪，我去拿过来。（正要去，突然转身）我恨不得把子弹打进你的呆脑瓜里！你去死吧！

**谢苗诺夫** 我要把她弄死，就像杀鸡一样！我不是小孩，也不是多愁善感的小青年，我才不管什么"柔弱的性别"呢！

**卢卡（仆人）** 亲爱的小老爹呀！（跪下）可怜可怜我这老头子吧，求您快走吧。您已经快把她吓死了，现在还要杀她！

**谢苗诺夫** （置之不理）她要是害怕才好呢，这就是平等的权利——什么解放之类的。可是，她是个多好的女人啊！[明显的过渡开始了]（学她的腔调）"你去死吧！我要把子弹打进你的呆脑瓜里！"嗯？她怎么脸红了，她怎么双颊放光了?！……她接受了我的挑战！依我说，我这辈子还没见过哪个女人——

**卢卡** 您走吧，先生！我永远祈求上帝保佑您！

**谢苗诺夫** 她是个女人！我就是这么看她的！一个真正的女人！她可不是个酸溜溜的果汁袋①，而是火焰、是炸药、是爆竹！要是杀了她我会后悔的！

---

① 做果酱时过滤果汁用的袋子。——译者注

**卢卡** （抽泣）亲爱的——亲爱的先生啊，您走吧！

**谢苗诺夫** 我绝对是喜欢她的！绝对是的！她脸上有个酒窝，我喜欢她！我都打算不让她还债了！我再也不生气了——多么美妙的女人！

结尾时的过渡过于明显，不够精巧，不像《玩偶之家》里的过渡那样能和全剧融为一体。

没有过渡就没有发展和成长。T. A. 杰克逊（T. A. Jackson）在他的《辩证法》（*Dialectics*）中说：

> 从本质上说，宇宙从来没有在两个连续的时刻中保持不变，这是不言而喻的。

我们把这话换一下为自己所用，就变成了：戏剧从来没有在两个连续的时刻中保持不变，这是不言而喻的。

如果一个人物要从一极向相对的一极行进，比方说从宗教到无神论或者相反，那么他就要在剧场里、在两小时的指定时间内不断运动，方能跨越这一巨大的空间。

我们身体内的每个组织、每块肌肉、每块骨骼每隔七年都要更新一次。我们的人生态度和观点、我们的梦想和希望也在不断地改变。这一过渡是如此细微，以至于我们几乎意识不到它在我们的身体和心灵里发生。由于这一过渡，我们从来不会在两个连续的时刻中保持不变。过渡是一种要素，它能够保证戏剧在不中断、不跳跃、不破裂的情况下向前运动。过渡把看似毫无关联的要素联系在一起，比如冬和夏、爱和恨。

一、二、三、四、五、六、七、八、九、十——这是一个完美的升级冲突。而跳跃冲突却是飘忽不定的：一、二、五、六、九、十。

生活中没有像跳跃冲突这样的东西，"跳至结局"意味着加速，而非心理过程的中断。

下面是彼得斯和斯科拉合写的《斯蒂夫多雷》（*Stevedore*）的开场。虽然场景较短，但还是有跳跃。试着把它找出来。

**弗洛蕾** 老天啊，比尔，咱们这是怎么了？咱们干嘛要老吵架呢？以前从来没有这样啊。（把手放在他胳膊上）

**比尔** （把她的手推开）你省省吧！省省吧！

**弗洛蕾** 你这头猪！（开始抽泣）

**比尔** 你们都一样，你们这些已婚的荡妇！你们从来不知道什么时候收手。

**弗洛蕾** （扇他的脸）不许你和我这么说话！

**比尔** 好吧，好吧。这对我正合适。我们现在完了，你别忘了。我再也不想见你，你也不要再到我办公室来。回到你那傻丈夫身边吧，试着爱他看看，他一定喜欢的。（转身要走）

**弗洛蕾** 你等一下，比尔·拉金。

**比尔** 哦，闭嘴吧！也别打电话告诉我什么要事，你别再打了！

**弗洛蕾** 我现在就是有要事告诉你。我已经写信给海伦了，如果你想知道的话。我还不止是写信，我要好好惩罚你。你就等着瞧吧。我要去找海伦，我要告诉她，她要嫁的人是怎样一头猪。你不能这样对我，你不能一走了之。你这一套可能对别的女人管用，可这回你打错算盘了，小亲亲！我和你没完，没完。完不了的，到了阴间也完不了的。

**比尔** 你，该死的——（暴怒地掐住她的喉咙。她打他的脸，尖叫。他疯了似的打她，她叫得更响，然后倒在地上。比尔摔上门，跑出去了）

**弗雷迪** （在台下）弗洛蕾，是你吗？弗洛蕾，你在哪儿？

回去看看比尔说"哦，闭嘴吧！"和弗洛蕾说那番话的地方。她宣称给比尔要娶的姑娘写了信，我们因此会期待比尔被激怒。但她继续说着长篇大论，而比尔什么都没做，这就是静态的。这番话只有第一句是致命的，但它却没有引起反应。激怒他的东西微不足道，而他的反应也是跳跃的。

作者本能地感到需要作过渡，但并不理解其原理。他们把过程弄反了，于是便创造出一个静态的冲突，紧接着又是一个跳跃的冲突，而这就是人物出现问题的征兆。从他警告"哦，闭嘴吧！"到弗洛蕾说完那番话，比尔的心理过程是空白的，然而观众却很想知道它。如果她以"你不能对我这样，你不能一走了之"开场，比尔就有机会以反威胁做出反应，而她可以回答"你这一套可能对别的女人管用，可这回你打错算盘了，小亲亲！"比尔于是就会不耐烦，就会发脾气，就会使她接着说"我要去找海伦，我要告诉她，她要嫁的人是怎样一头猪"。这样，比尔才有机会威胁说如果她去找海伦，他就打她。这一攻击将会导致她说出最有分量的话"我已经写信给海伦了，如果你想知道的话"，而他的暴怒和对她的殴打就可以理解了。

这样我们便能见到从"激怒"到"暴怒"的过渡。而这个已有场景里最强有力的台词则是在一通长篇大论里展示出来的，比尔被迫站在那里盯着她发呆（静态的），接着在一句既苍白又不合逻辑的台词后，突然掐住了她（跳跃）。

我们再来读读马尔茨的《黑暗的深渊》中的一个场景，看看另外一种跳跃的冲突——缺乏过渡。这种缺点比我们刚才讨论的那种更严重，这是因为，在这里，本来要为人物的未来行为打基础。

**普雷斯科特**　［他希望乔当密探］……我告诉你，要想喝汤，就得跟厨子做朋友。是的，先生！当然了，你可能不在乎。不过，我跟你说，我老婆可不再挨饿，我儿子也不用下井干活。想想吧，小伙子。(他站起来)我猜这对你可能有点难，伊奥拉。好吧——(他耸耸肩，向门口走去)你要是生了，告诉我一声。如果你改主意了，小伙子——明天之前这位子还空着。(他出去了，沉默)

**伊奥拉**　乔——(乔没回答，她站起来走到他跟前，把手放在他胳膊上)乔——俺不在乎。你别难过，俺不用大夫。俺不担心。(她开始哭泣)俺不会担心的，乔——(她哭得颤抖起来)

**乔**　(试图控制自己)别哭，伊奥拉！别哭！我不要你哭！

**伊奥拉**　(把泪水咽下去)俺不哭，乔，俺不哭。(她攥着拳头坐下，全身颤抖。)

(乔在屋里走来走去，四下看看，又走)

**乔** （突然转身喊）你要我当个密探吗？

**伊奥拉** 不，俺不要，不要。

**乔** 你觉得我不想干活吗？我不想吃吗？我不想要大夫吗？我不想让孩子——活命吗？

**伊奥拉** 不，乔，不——

**乔** 基督啊，我都造了什么孽啊！（沉默，他走来走去，又坐下。他攥着拳头敲着桌子，越来越用力。终于他全力敲了一下，然后又是沉默）人就是人，人就得像人那么活。人就得吃，就得要女人，就得要房子——（他跳起来）人不能像畜生那么活——

**玛丽** （打开门从另一间屋子进来，睡眼惺忪）怎么了？我听见有人喊。

**乔** （控制着自己）没人喊，玛丽。那是外面喊，我们在说话呢。

**玛丽** 快睡觉吧。

**乔** 我们就睡。

**玛丽** 别担心了。一切都会好的。（犹豫了一下）我为你们祈祷。（她出去了，沉默）

**乔** （带着一丝笑）她为我们祈祷。（停顿）公司的老板来了，伊奥拉！人就得顾着点儿自个儿，嗯，伊奥拉？不能让托尼住在煤炉里，不能让他住在山窝里。（低声道）没人能让你，小家伙，没准儿——你能一直盖着围巾呢，伊奥拉。（他向她走去）你不想把肚子盖上吗？你害臊——为小家伙害臊对吗？可我不害臊，我喜欢小家伙——你觉得他醒着吗？（他把耳朵贴上她的肚子）不，他睡着呢！他很早就睡了。汽笛一响他就睡了。（他咯咯地笑了起来，然后用手摸着她的脸）你喜欢我吗，伊奥拉？

**伊奥拉** 乔，你就不能骗他一回吗？骗普雷斯科特先生？你就不能接了这活，但什么也不跟他说吗？

（停顿，乔的手从她脸上拿下来）

**乔** （缓慢地，静静地，似乎在讲他们都知道的事情）是啊，当然，当然，伊奥拉。我可以骗他。接了这活，告诉他点儿不伤人的东西。当然了。

**伊奥拉**　（激动地）谁也不会知道。我们用不着告诉他们——只要一小会儿。我们也用不着告诉托尼。

**乔**　（还是缓慢地）当然，当然。我骗他，接了活，请了大夫，挣点小钱。等过一阵子——再见，走人！当然了。（停顿一下，把头压在她胸前，然后恐惧地，似乎要说服她）人就得活得像人，伊奥拉。（他抬起头，以越来越痛苦而坚定的语气）人不能像畜生一样活在洞里！

落幕

我们回去看看乔的那番话，当他问"你喜欢我吗，伊奥拉？"时，她建议他欺骗普雷斯科特。她可能已经盘算了好久了，但观众并不知道。当普雷斯科特离开的时候，她告诉乔说她不希望乔作出牺牲，然而两页之后，她又反悔了。这一反悔是合理的，但我们必须要清楚其中发生了哪些变化。

乔把这个明显的跳跃变得更明显——他立刻就同意了她。这一决定迅速得令人难以置信。乔难道不知道迈出这一步会带来什么后果吗？他难道不知道他一定会变成流氓甚至可能送命吗？他难道觉得自己比公司的朋友们更精明吗？我们根本不知道他在想什么。

如果我们能知道乔的心理变化，知道他如何看待老板、监工、黑名单和遭人排斥，那么他的毁灭对我们就更具悲剧性。

由于这个跳跃的冲突，由于缺乏过渡，这部戏的命运便被注定了。乔从来不是一个具备三个维度的人物。作者从来没有给他斗争的机会——他决定了乔的命运，而不是让乔自己去发现。

如果乔经过深思熟虑，经过与伊奥拉多次斗争，经过更多的拖延之后才作出决定，那么它就是一个会导致升级的冲突。

再看看娜拉吧。她从绝望到决定离开的过渡虽然短暂，但却是合理的。马尔茨尝试了一两次过渡，可他处理得太拙劣了。当乔说"人就得顾着点儿自个儿"时，我们意识到他准备屈服并去做密探了。但是几行之后，他又说他并不为伊奥拉没有围巾可以盖在肚子上而感到害臊。伊奥拉和观众都清楚他不想接受那份工作，可她为什么又作出了相反的建议，让他接受工作并欺骗老板呢？

这种忽前忽后、忽正忽反的跳跃不仅阻碍了乔的发展，而且混淆了该剧所传达的信息。毫无疑问，乔是个软弱的人物，从来不知道自己要什么。要是作者说"正因如此他才做了密探"的话，我们建议他看看"人物的意志力"那一节。

▎课堂讨论

问：你教给我说戏剧的运动是至关重要的。可是，当汽车行驶时，我们能看清车轮的每次旋转吗？不能。对我们而言，最重要的是车在动。我们知道车轮在旋转是因为我们感到车在运动。

答：一辆汽车可以不断地跳跃、停止、跳跃、停止。这也是运动啊，可这种运动能在半小时内把你颠得魂飞魄散。汽车里的换挡装置可以与戏剧里的过渡相比，因为它同样是两种速度之间的过渡。正如颠簸的汽车使你的身体在晃动一样，一系列跳跃的冲突也使你的情感在晃动。你的问题很有趣。我们应该把过渡中的每个运动都记录下来吗？答案是否定的，这没有必要。如果你在过渡中暗示出一个运动，那么这一暗示就是一道投向人物心理活动的光芒。我们认为，这就足够了。能否制造出或暗示出整个运动依赖于剧作家的能力，依赖于他能否成功地压缩用于过渡的素材。

## 3.10 危机、高潮和结局

产时的疼痛是危机，生产本身则是高潮，而无论是死是活的结果，则是结局。

在《罗密欧与朱丽叶》中，罗密欧为了看他钟情的罗瑟琳一眼，戴着面具去了仇敌凯普莱特家，却在那儿遇到了另一个女郎。她美艳动人，令他一见倾心（危机）。后来，他沮丧地发现朱丽叶是凯普莱特家的继承人（高潮）。凯普莱特夫人的侄子提尔伯特发现了罗密欧并试图杀死他（结局）。

与此同时，朱丽叶也发现了罗密欧的身份，对着月亮星星倾诉她的哀愁。而罗密欧难耐胸中的爱火潜回她家听到了她的诉说（危机）。他们决定结婚

（高潮）。第二天，在罗密欧的朋友劳伦斯修士的修道院里，他们真的结婚了（结局）。

在每一幕中都有危机、高潮和结局，一个接着一个，如同夜晚接着白天。我们再来仔细考察其他的戏，看看是否如此。

在《玩偶之家》中，柯洛克斯泰威胁娜拉，这是个危机。

> 让我告诉你吧，要是有人两次把我推到沟里去，我要拉你做伴儿。

柯洛克斯泰的意思是如果娜拉不能说服海尔茂保住他的工作，他就会把她当做一个伪造者揭露出来。

这一威胁，不管结果如何，会成为娜拉一生的转折点，的确是个危机。如果她能影响海尔茂，使柯洛克斯泰留在银行里，那么这就会成为过去的一切的顶点，也就是高潮。而如果海尔茂拒绝留下他，也同样会达到这个场景的高潮。海尔茂宣称：

> 我告诉你，我绝不可能和他一起工作。只要一看到这种人，我真是觉得浑身都不自在。

他的宣言使这一场景达到了最高点——高潮。他很强硬。这样，柯洛克斯泰就会揭露娜拉，而海尔茂也说过，伪造签名的人是不适合做母亲的。除了出丑以外，娜拉还会失去她所爱的海尔茂和孩子。结局：恐慌。

在下一场景里，她又一次尝试，但海尔茂还是不为所动。她指责他心胸狭窄。这话伤到了他的要害——危机。海尔茂似乎下定决心了，他说：

> 好吧——我一定要把这事做个了断。

他叫来女佣，给她一封信，叫她立刻寄出去。她去了。

**娜拉** （屏住呼吸）托伐——那是什么信？

**海尔茂**　柯洛克斯泰的辞退信。

**娜拉**　快叫她回来，托伐！现在还来得及。哦，托伐，为了我——为了你自己——为了孩子们，快叫她回来！你听见吗，托伐？叫她回来！你不知道这封信会给咱们带来什么样的灾祸。

**海尔茂**　太迟了。

这是高潮，结局则是娜拉的顺从。这是比原来更高一层的危机和高潮。海尔茂本来只是威胁，而现在他把威胁付诸行动了，柯洛克斯泰遭到了辞退。

以下是后面的一个场景，其中的危机、高潮和结局在更高程度上再次出现。注意在上个危机和下面的危机之间的完美过渡。

柯洛克斯泰从厨房偷偷进来，他已经收到了辞退信。海尔茂在另一间屋子里。娜拉很害怕他发现柯洛克斯泰在这里。她把门闩上，告诉柯洛克斯泰"说话小声点——我丈夫在家里"。

**柯洛克斯泰**　那对我无关紧要。

**娜拉**　你来干什么？

**柯洛克斯泰**　我来说点事。

**娜拉**　那你快点说，什么事？

**柯洛克斯泰**　我觉得你应该知道，我被辞退了。

**娜拉**　我拦不住他，柯洛克斯泰先生。我已经尽可能帮你了，但是没有用。

**柯洛克斯泰**　你的丈夫这么不在乎你吗？他知道我会揭露你，他还敢——

**娜拉**　我怎么能把那事告诉他？

**柯洛克斯泰**　我想你也没有。咱们亲爱的海尔茂先生还没那么大的胆量——

**娜拉**　柯洛克斯泰先生，请对我丈夫尊重一点。

**柯洛克斯泰**　当然——他应该得到尊重。不过既然你这么小心地瞒着这事，我斗胆猜测，你现在对自己的所作所为总该比昨天知道得清楚一点了吧?

**娜拉**　不用你教也知道。

**柯洛克斯泰**　是啊,像我这么个坏律师。

**娜拉**　你到底要来干什么?

**柯洛克斯泰**　只是来探望你一下,海尔茂太太。我想了一整天。你知道,虽然我只是个出纳员、抄写员,唔——但像我这么个人总还是有点感情的。

**娜拉**　有就拿出来,替我的孩子想想。

**柯洛克斯泰**　可你和你丈夫替我想过吗?算了,不提这个了。我来只是告诉你,你还不用把这事看得太认真,我现在还不会控告你。

**娜拉**　不,当然不,我知道你不会。

**柯洛克斯泰**　我们可以友善地解决这件事,用不着让别人知道。这是我们三个人的秘密。

**娜拉**　千万别让我丈夫知道。

**柯洛克斯泰**　那你有什么办法?你能还清剩下的债务吗?

**娜拉**　现在还不清。

**柯洛克斯泰**　那你有办法尽快筹到钱吗?

**娜拉**　有办法,但是我不想用。

**柯洛克斯泰**　现在有办法也没用了。就算你手里有这么多钱,我也不会把借据还给你。

**娜拉**　你拿它做什么?告诉我。

**柯洛克斯泰**　我只要留着它,好好地守着它。无关的人不会知道的。如果你想不开,做了什么傻事的话——

**娜拉**　那怎么样?

**柯洛克斯泰**　如果你想撇开家里人一走了之——

**娜拉**　那又怎么样?

**柯洛克斯泰**　或者更糟糕的事——

**娜拉**　你怎么知道?

**柯洛克斯泰**　我劝你别那么做。

**娜拉**　你怎么知道我那么想过。

**柯洛克斯泰**　我们很多人上来就会那么想，我就想过——但我没有胆量。

**娜拉**　（虚弱地）我也没有。

**柯洛克斯泰**　（宽慰的语调）不能，不能这样，对吗？你也没有胆量吧？

**娜拉**　我没有，我没有。

**柯洛克斯泰**　再说，有又能怎样，最多在家里弄场闹剧出来，一下就过去了。我兜里有封信给你丈夫。［危机开始了］

**娜拉**　里面全都写了？

**柯洛克斯泰**　我尽量说得委婉。

**娜拉**　（急切地）一定不能把信给他。把它撕了，我会想法弄到钱的。

**柯洛克斯泰**　抱歉，海尔茂太太，我想我已经告诉过你——

**娜拉**　我不是说我欠你的。告诉我，你想问我丈夫要多少钱，我会弄到的。

**柯洛克斯泰**　我一分钱也不想向你丈夫要。

**娜拉**　那你想要什么？

**柯洛克斯泰**　我告诉你，海尔茂太太，我想恢复名誉，我想发迹，你丈夫必须帮我。一年半以来，我一件坏事也没做。虽然日子一直不好过，可我挺过来了。我很高兴自己在一步步地往上爬，可现在我被轰走了。光恢复原职是不能让我满意的，我还要往上爬。告诉你，我要回到银行里，职位还要高，你丈夫会让位给我的——

**娜拉**　他不会的！

**柯洛克斯泰**　他会的，我了解他，他不敢反对。只要我一回到银行，不出一年，经理就是我的囊中之物了。到时候就是尼尔斯·柯洛克斯泰而不是托伐·海尔茂在管理银行了。［危机转向高潮］

**娜拉**　你休想！

**柯洛克斯泰**　你是说你要——

**娜拉** 我现在有胆量了。

**柯洛克斯泰** 哦,你吓唬不了我的,像你这么个养尊处优的女士——

**娜拉** 你等着瞧,你等着瞧。

**柯洛克斯泰** 也许你要躺到冰底下?沉到冰冷漆黑的水里?等明年一开春,你就浮上来了,面目全非,让人毛骨悚然,头发也掉了——

**娜拉** 你吓唬不了我。

**柯洛克斯泰** 你也吓唬不了我。谁会干那种事啊,海尔茂太太。再说,做了又有什么用?你丈夫还不是在我手心里?

**娜拉** 那样还会吗?我都已经不在了——

**柯洛克斯泰** 你是不是忘了,你的名誉也在我手心里?(娜拉站着看他,一言不发)好吧,我已经警告过你了,别做傻事。我想海尔茂一收到信就会答复我的。你要记住,是你丈夫自己逼我又走这条路的。我绝不原谅他。再见,海尔茂太太。(从门厅出去)

**娜拉** (跑到门口,打开一条缝,听着)他走了。他没把信放到信箱里。哦,不,不!不可能!(慢慢打开门)怎么了?他站在外面,他没下楼。难道他犹豫了?他不会——?

(一封信掉进信箱里。柯洛克斯泰下楼的脚步声慢慢地远去了。娜拉低低地叫了声苦,跑到沙发旁的桌子处,停顿片刻)[高潮]

**娜拉** 在信箱里了。(蹑脚走到门厅门口)它就在那儿——托伐,托伐,咱们没指望了![结局。她屈服了,但这还不是绝对的屈服,只要生活在继续,她就会不断尝试。]

高潮发生的确切时刻是柯洛克斯泰把信放在信箱里时。

死亡是一个高潮,而在此之前就是危机,那时还有希望,不管它多么渺茫。在两极之间存在着过渡,病人状况的改善或恶化会填补这一空间。

如果你想描写一个人不慎把自己烧死在床上,那么你首先要展现他抽烟、瞌睡以及香烟点燃了床帷等情形。此时你就到达了危机。为什么这么说呢?因为这个粗心的人也许会醒来把火扑灭,或者别人会闻到燃烧的气味。而如果这两种情况都没发生，他就会被烧死了。在这个例子里时间是很紧迫的，但是危机也可以被延长。

所谓危机，是这样一种事物状态，即或此或彼的决定性变化即将在其中发生。

现在我们来考察一下危机和高潮的成因。我们还是举读者们非常熟悉的《玩偶之家》为例。高潮内在于前提"婚姻中的不平等孕育不幸"之中。在全剧的最开始，作者就已经看到了结局，因此他可以有意识地选择人物去践行这一前提。在"人物生发剧情"那一节，我们已经论述了"情节"问题，也展示了娜拉为了挽救海尔茂的性命向柯洛克斯泰借钱并伪造父亲签名的必然性。如果柯洛克斯泰仅仅是个放贷者，那么戏剧就会熄火。但他不是，他是个阻挠者。为了挽救自己的家庭，他也曾像娜拉一样伪造签名。虽然事情不了了之，但他却被打上了烙印——他的人品受到了质疑。为了家庭，他必须给自己正名，而且无所不用其极。为了在世人面前恢复自己的名誉，他艰苦地工作，而受雇于银行就是他重获尊敬的途径。

当娜拉找他借钱时，柯洛克斯泰再高兴不过了。他本来就放贷给别人，因此没有理由不借给她，而且海尔茂曾是他的同学。不过，这两人之间没有什么好感。海尔茂冷落柯洛克斯泰，甚至以认识他为耻——这很大程度上是由于柯洛克斯泰被人传言伪造过签名。让这个谨言慎行、受人尊敬的人的妻子遭遇自己同样的窘境，对柯洛克斯泰而言实在是甜蜜的复仇。海尔茂当上经理后解雇柯洛克斯泰主要是出于原则，但也有娜拉的原因——她胆敢认为自己或别的什么人可以对说一不二的海尔茂施加影响。柯洛克斯泰斗争的怒火就这么被点燃了。现在，他要的不仅是钱了，他要羞辱和摧毁海尔茂，然后自己向上爬。他手里的武器有了用武之地。

正如你所注意到的，对立统一在这里是完美的。娜拉现在明白了自己的所为意味着什么，但她太害怕了，不敢告诉海尔茂，她知道海尔茂会把这看成是伤天害理的行为。另一方面，柯洛克斯泰不仅受到了羞辱，而且知道他孩子的名声会再次受损，因此他不惜毁灭别人也要斗争到底。

要是有妥协，冲突就不可能建立。娜拉提出，不管柯洛克斯泰要多少钱她都会给，但是柯洛克斯泰被彻底地激怒了，他要的不止是钱。他必须为自己复仇。海尔茂想毁了他，他也想毁了海尔茂。

人物之间不可分割的联系确保了冲突的升级，确保了危机和高潮。危机从全剧的一开始就存在了，对特定人物的选择为其打下了基础。但是，如果人物遭到了削弱，不论出于何种原因，都会毁掉高潮。如果海尔茂对娜拉的爱超过了他的责任感，他就会接受娜拉的恳求，保留柯洛克斯泰在银行里的工作。但海尔茂就是海尔茂，一如既往。

我们看到，危机和高潮环环相扣，后一个的程度永远高于前一个。

每个场景本身就包含了对这一特定场景前提的呈现，对人物、冲突、过渡、危机、高潮和结局的呈现。这一过程重复的次数和你戏里场景的数量是成正比的。我们来考察一下《群鬼》，看看是否如此。

幕启后，我们看到安格斯川站在通向花园的门口，吕嘉纳拦住了他。

**吕嘉纳**　（低声）你干什么？站在那别动，你身上在往下滴水呐。

**安格斯川**　上帝的好雨啊，闺女。

**吕嘉纳**　这是魔鬼的雨，就是的。

一上来的三行台词就建立起了两人之间的对立。随着台词的深入，我们对他们之间的关系以及其生理、社会、心理特征更加了解。我们知道吕嘉纳健康、美貌，而安格斯川是个跛子，会吹牛、爱喝酒。我们也知道安格斯川一直想找个更好的营生却总是失败，知道他当下的前提是开一间水手客栈，心怀鬼胎地要吕嘉纳当他的幌子。我们还发现他一怒之下差点把老婆给杀了。后来，我们还知道吕嘉纳因侍奉阿尔文一家得到了更好的教育，爱上了欧士华，并且将要到安格斯川工作的孤儿院里教书。

在这五页剧本里，我们看到了之前提到的元素得到了完美的组合。安格斯川的前提是不惜一切把吕嘉纳领回家，而吕嘉纳的前提却是留下。他的动机是用她做生意，而她的动机是嫁给欧士华。通过冲突，人物便为我们所知（展示）。每句台词都向他们的性格和关系上投射着光芒。第一行台词引发的冲突以吕嘉纳获胜而告终。

在吕嘉纳要留同安格斯川要她走的小冲突里，过渡完美地实现了。仔细看看从开场到安格斯川暴露出要带吕嘉纳走的意思之间的那段台词。从那时开始,到吕嘉纳生气为止,探寻其中的运动,并记住安格斯川从开场到告诉吕嘉纳开"上等饭店"的计划之前是怎么称呼她的,以及在建议她像其母一样向水手要钱之前又是怎么称呼她的。在他提出建议后,危机马上就建立起来了,高潮也很快到来。

  吕嘉纳  (逼近他)出去!
  安格斯川 (后退)啊?啊?你不会打我吧??
  吕嘉纳  对!你再敢这么说母亲,我就打你。出去,听见没有?(把他推向花园门口)

  高潮发生得很自然,其结局显然是安格斯川的离开。他提醒她,按照户籍登记,她还是他女儿,因此他有权强迫她回家。我们先前讨论过的所有因素在这里又出现了。
  紧接着是曼德和吕嘉纳的场景,它同样包含了一切的必要性。高潮发生在吕嘉纳提出要委身于他的时刻。可怜的曼德害羞不已,惊慌地说道:"请告诉阿尔文太太我来了好吗?"
  你会发现《群鬼》里到处都是这种既尖锐又隐秘的冲突。
  大自然辩证地活动着,从不跳跃。在自然界中,所有的"剧中人"都得到了良好的编排,对立统一牢不可破,危机和高潮一浪高过一浪。
  细菌遍布人体,而白细胞则阻止它们造成伤害。健康的身体就是一个充满着危机和高潮的场景。如果抵抗力减弱,白细胞的数量就会减少,细菌就会以惊人的速度繁殖并使人感到它们的存在。这就是细菌和防御性血球之间不断升级的冲突。当防御力量受到全面威胁时,危机就到来了,身体将面临死亡。就像一部戏一样,最大的问题在于主使人物(身体)是否会遭到毁灭。白细胞尽管遭到了削弱,但仍会采取攻势。身体整装待发,准备决战。与此同时,细菌当中最拼命的战士也出阵了,它们制造出了发烧,使身体危在旦夕。最后的危机导致了高潮,身体必须拼死抵抗。如果身体死了,我们就有了结局——葬礼;如果身体复原了,我们同样有结局——康复。

一个人偷窃——冲突；他被人追捕了——升级的冲突；他被抓获了——危机；他被法庭宣判——高潮；他被送进监狱——结局。

　　有趣的是，"一个人偷窃"自身就是一个高潮，"求爱"和"受孕"也是如此。无论在戏剧还是在生活里，即使一个微小的高潮都会导致一个更大的高潮。

　　没有开始，也就没有结束。自然界的万物都是生生长流的。在戏剧中，开场并不是冲突的起点，而是另一个冲突的顶点。作出决定时，人物就经历了一个内在的高潮。他把决定付诸行动，便开启了另一个冲突，冲突升级、变化，成为危机和高潮。

　　我们确信，宇宙与其组成部分是同构的。星星、太阳乃至千万里之外的无数其他的星球都是由和我们的地球同样的元素组成。所有九十二种元素都可以在来自三千光年以外的射线中找到。一个人也包括这些元素，蛋白质亦是如此，自然界的万物都是如此。

　　星与星之间的差异在于年龄、光线的充足程度、热量等等，这和人与人之间的差异并无不同，它们都取决于各种元素的比例。每认识一颗星，我们对所有星的认识就更进一步。从大海里取一滴水，你也会发现它包含着构成大海的一切元素。

　　这一原则对人类、对戏剧都同样正确。最短小的场景里也包含着和三幕剧同样的元素。它有自己的前提，并通过人物间的冲突得以显现。冲突经由过渡上升为危机和高潮。正如我们反复阐述的，危机和高潮在一部戏里是周而复始的。

　　我们再问一遍："什么叫危机？"也再回答一遍："即转折点，或曰即将到来的对事物状态的决定性改变。"

　　在《玩偶之家》中，主要的危机发生在海尔茂看到柯洛克斯泰的信并了解到事实的时候。他会怎么做呢？他能理解她这么做的动机吗？他会帮助娜拉解脱困境还是按照他的本性谴责她呢？我们都不知道。尽管我们知道他对这种事的态度，但我们同样也知道他非常爱娜拉。危机就存在于这种不确定性中。

　　而剧中的高潮或曰顶点发生在海尔茂暴跳如雷而非理解娜拉的时候。而结局就是娜拉决定离开海尔茂。

《哈姆雷特》、《麦克白》和《奥赛罗》的结局都很短,几乎紧接着高潮。对惩罚和公正的允诺使幕布迅速落下。而在《玩偶之家》中,结局几乎占了最后一幕的一多半。哪种更好呢?在这一点上不存在什么规则,只要编剧能够保持冲突就行,易卜生在《玩偶之家》里就是这么做的。

# Chapter 4
# 总　　论
## General

## 4.1　必备场景

某天，一个科学家去世了，他曾给这个世界增添了知识。我来告诉你他的一生，然后我希望你告诉我其中哪个阶段最重要。

母亲怀上了他。他降生的时候很健康，但四岁的时候得了伤寒。结果，他的心脏受到了损害。七岁的时候，他的父亲去世了，母亲被迫到工厂上班。尽管有好心的邻居照顾，但他还是因营养不良受了不少苦。

一天，他在街上闲逛，不小心冲到了汽车前面，把腿撞断了。即使在出院回家后，他也只能躺在床上。他不能像正常的同龄人那样玩耍，只能把时间都花在读书上。十岁时，他就读哲学书了。到了十四岁，他决定做个化学家。可是，母亲虽然拼命工作，却无力送他进学校读书。

他现在很健康，为了挣出夜校的学费，他找了份差事。十七岁时他因一篇生物化学论文赢得了二十五块钱奖金。十八岁，他遇到了伯乐，走进了大学。

他学得很快。但后来他恋爱、结婚了，这让赞助人很恼火。他失去了经济来源，只能到化工厂谋了份体力活。二十岁时，他当上了父亲，但是他那微薄薪水却不够全家人过活。他只能加班挣钱，结果累垮了。妻子带着孩子回了娘家。他苦不堪言，甚至想到了自杀。但在二十五岁，他又回到夜校完成学业。妻子和他离婚了，脆弱的心脏也来给他找麻烦。

三十岁，他再婚了。这个女人大他五岁，是个理解他的志向的教师。他在家中建起了小实验室，继续研究他的理论。成功很快就到来了，一个大公司鼓励并资助了他的发明。他六十岁去世时是当时最多产的发明家。

现在来看，他一生中最重要的阶段是哪一个呢？

**女学生**：当然是和那个教师相遇的时候了，这给了他试验和成功的机会。

**我**：那么那场撞断腿的事故呢？他差点就没命了。

**女学生**：也对。如果他死了，就不会有这成功的故事了。这个阶段也很重要。

**我**：那妻子和他离婚呢？

**女学生**：我明白，如果她不和他离婚，他也没有机会再婚。

**我**：他累垮过一次，还记得吗？如果这没发生，妻子就不会想到离婚。如果他的心脏没有因伤寒受过损害，他也许有能力同时做几份工作，妻子也不会离开他。他可能会多生几个孩子，并一直是个工人。现在你再说，哪个阶段最重要呢？

**女学生**：他的出生。

**我**：那么受精呢？

**女学生**：我明白。当然，这才是最重要的阶段。

**我**：等一下，假设他母亲在怀孕的时候就不幸去世呢？

**女学生**：你想说什么？

**我**：我只是想找出此人一生最重要的阶段罢了。

**女学生**：好像没有所谓最重要的阶段。每个阶段都来自前一个，每个阶段都同样重要。

**我**：每个阶段都是许多事件在特定时期内共同产生的结果，对不对？

**女学生**：对。

**我**：每个阶段都取决于前一个，对吗？

**女学生**：似乎是这样。

**我**：那么我们就可以放心大胆地说，没有哪个阶段比其他的更加重要，是吗？

**女学生**：是，要讨论必备场景何必绕这么大的弯子？

**我**：所有的教科书作者都认为必备场景是一部戏里的最重要的部分。它是被期待的，是被所有人等候的，是从头至尾得到允诺的，不可被去除的。换言之，戏剧就是为这一胜过其他一切的必然场景所建立的。《玩偶之家》中海尔茂从信箱拿信就是这样的场景。

**女学生**：那么你赞同吗？

**我**：我不赞同这个概念，这是因为，一部戏里的每个场景都是必备的。你明白为什么吗？

**女学生**：为什么？

**我**：如果海尔茂没生病，娜拉就不会伪造签名，柯洛克斯泰就没有理由上门要钱，纠纷就不会发生，而柯洛克斯泰就不会写那封信，海尔茂就不会打开……

**女学生**：你说得是没错，但我还是同意劳逊所说的"为了唤起观众最大限度的期待，任何戏剧都不得不提供一种注意力的焦点"。

**我**：这是没错，但容易引起误解。如果一部戏有了前提，那么只有前提的证明才能创造"注意力的焦点"，才能"唤起观众最大限度的期待"。我们所感兴趣的，是必备场景还是前提的证明呢？既然戏剧是从前提生发出来的，自然前提的证明就是所谓的"必备场景"。很多必备场景正是由于前提模糊或者根本没有前提而熄了火，观众什么也没等到。

"冷酷的野心摧毁其自身"是《麦克白》的前提。对这一前提的证明就会提供"注意力的焦点"，会"唤起观众最大限度的期待"。每一个行动都会带来反应。冷酷将把自己带向毁灭，以证明这是必然。如果这一自然的顺序遭到了延误或者遗漏，不论是何种原因，戏剧就会受害。

在一部戏里，从来不会有无端产生的时刻，它一定来自前一个时刻。任何场景在它发生的时刻都是至关重要的。只有当场景和全剧融为一体时，它才会具有活力，才能令我们盼望着下一个场景。场景之间的不同在于，每个都要比上一个更激烈。如果只考虑必备场景的话，我们很可能会把注意力全部集中在全剧唯一具有张力的场景上，并因此忘记给予其他场景同等的注意。而每个场景都和整体具有同样的因素。

作为整体的戏剧将会持续地上升，一直达到作为全剧顶峰的某一时刻。这一场景应比其他的场景更具张力，却不应损害任何先前的场景，否则全剧就要受害。

我们前面谈到的那个科学家的成功必须以导致它的所有步骤去衡量。他一生中任何一个阶段都可能成为最后一个，以失败或死亡告终。劳逊写道："必备场景是戏剧最迫切的目标。"这是错误的。最迫切的目标是前提的证明，而不是别的，劳逊的陈述将会混淆问题。

那个科学家希望成功，正如一部戏必须证明前提一样，但他还是得先处理手头的事才行。必备场景必须不被当做一个独立的问题去处理。必须要重视人物和他们的决定。"高潮根植于社会观念之中，必备场景根植于行动中，它是冲突的自然产物"，劳逊如是说。

所有的活动，不管是体力的还是别的，都必须根植于社会观念中。花朵并不被埋在土壤里，但如果没有从土壤里生长出来的茎，它就不会存在。不是一个，而是多个必备场景创造出了最终的冲撞，也就是最主要的危机——对前提的证明，而劳逊等人却将前提的证明错误地称作必备场景。

## 4.2 展示

有一种错误的观念认为，展示（exposition）就是戏剧开场的别名。教科书作者们告诉我们必须要在行动开始之前先建立情调、气氛、背景。他们还告诉我们，人物应当如何上场、应当如何说话、应当如何行为才能给观众以深刻印象，才能把他们留住。这些东西似乎非常有用，但也会引起误解。

《韦氏词典》怎么说的呢？

> 展示：阐释作品的含义或目的，有目的地传达信息。

而《马奇辞典》的解释为：

展示：呈现的行动。

那么，我们想要呈现的是什么呢？前提？气氛？人物背景？情节？场景？情调？答案是，我们必须把所有这些立刻呈现出来。

如果我们只选择"气氛"，问题几乎立刻就出现了：谁生活在这一气氛里？回答了这一问题，我们就离建立气氛更近了一步。比方说，我们的回答是"一个纽约的律师"。

进一步追问"这个律师是个什么样的人"。我们得知他诚实、坚定，但却是个失败者。他的父亲是个裁缝，为了供儿子立业，一直节衣缩食。我们问的这些问题里根本没有涉及气氛。但是，只有这些问题得到回答，我们才算是走到了建立气氛的正道上。如果我们对这个律师越来越好奇，我们就能发现他的一切：他的朋友、他的志向、他的地位、他当下的前提以及此刻的心情。

我们对一个人的了解越多，我们对情调、场所、气氛、背景和情节的了解也越多。

看来，我们所要展示的似乎就是笔下的这个人。我们希望观众了解他的目标。通过了解他的需求，观众们就会了解他的为人。我们根本不需要展示情调或其他的常规项目，它们都是整部戏的组成部分。只要人物试图证明前提，这些东西自然会得到建立。

"展示"本身就是戏剧整体的一部分，它不能只出现在开始，过后又弃而不用。尽管如此，很多写作教科书还是把它当做戏剧结构中一个割裂的要素加以探讨。

此外，"展示"应当持之以恒，不可中断，直到戏剧结束为止。

在《玩偶之家》的开始，娜拉通过冲突展示出她的幼稚、骄纵和不谙世事。易卜生没有以佣人向新管家介绍家里规矩的方式来告诉观众这家的主人是什么人，也没有用电话中的交谈告诉观众某先生脾气火爆："天知道他得知真相后会怎样"。

用大声念信来展示人物背景也是一种拙劣的把戏。所有这些都是权宜之计，不仅糟糕，而且毫无必要。

当柯洛克斯泰上门问娜拉要钱时，接下来的威胁以及娜拉面对威胁的反应,准确无误地揭示出两人的本性。他们通过冲突揭示自己,而这一揭示是贯穿全剧的。

乔治·皮尔斯·贝克说:

> 我们首先用实际的形体动作唤起观众的情感。通过形体动作,或者使故事得到发展,或者使人物得到阐明,或者兼而有之。

在一部好戏里,形体动作必须做到的不止这些,而是多得多。

珀西瓦尔·王尔德在他的《匠艺》中这样论述"展示":

> 建立情调和创造气氛是极为相似的。

把这一意见阐释得更具体些,可以这么说:"如果你的戏描写饥饿的佃农,就一定不能让他们盛装打扮。为了建立气氛,你最好让他们衣衫褴褛,住在摇摇晃晃的斗室里。切记不要让服装设计师使用钻石,以免给人以富裕的印象,从而令观众迷惑。"

王尔德先生还大言不惭地说:

> 如果展示和行动同等重要,甚至更加重要,那么行动总是可以被它打断。

但如果你读过好戏,就一定会注意到,展示总是不间断的,一直持续到幕落为止。此外,他所说的行动指的就是冲突。

人物做什么或不做什么,说什么或不说什么,都在揭示他自身。无论他是否决定隐瞒身份,无论他撒谎还是讲实话,无论他偷盗与否,他永远在揭示自身。你停止展示的时刻就是人物停止发展的时刻,也就是戏剧停止发展的时刻。

"展示"这个词虽然用得很广,但却被误解了。如果伟大的剧作家们接受了那些"权威"们的意见,把戏剧的开场局限在展示上,或者在行动中间添点零头,他们笔下那些伟大的人物就会立刻死亡。对海尔茂最大的一次展示发生在全剧结尾而非其他的地方。在《群鬼》结尾时,阿尔文太太杀死了自己的儿子,因为我们已看到她在不断展示中得到的发展。这还没完,阿尔文太太在她的余生中,还会不断地展示自己。每个人都是如此。

大多数教师把这叫做"展示",而我们宁愿把它叫做"切入点"。

### 课堂讨论

**问**:我个人接受你的意见。但我觉得使用"气氛、情调、设定"等术语是无害的,如果它们能帮助初学者澄清一些东西的话。

**答**:可是它们什么也没澄清,反而混淆了。如果你关心情调,你就会忽视人物研究。威廉·阿契尔在他的《剧作法》中说:

> 巧妙地展开关于过去的戏,使逐步的揭示不仅成为当前的戏的引子或序幕,而且成为其必要的组成部分。

如果你按照他的建议去做,便不能停下。这里不行,那里不行,哪里都不行。这是因为,你的人物永远会卷入生死攸关的行动中,而行动,无论它是任何类型的行动(冲突),都是对人物的展示。只要你的人物没有处在冲突中,展示以及剧中其他的一切立刻就会停止。换言之,冲突本来就是"展示"。

## 4.3 对话

(我的剧作班上的学生曾就"对话"这一问题提交过论文。简妮·迈克尔小姐的那篇论文清晰而扼要地指出了我们的想法。我们有必要在这里引用一下。)

在戏剧里,对话是证明前提、揭示人物、执行冲突的主要方式。对观众而言,对话则是一部戏里最明显的部分,因此写好对话是极为关键的。

对编剧而言,既然承认"如果对话糟糕,戏就不会是好的",就必然也承认"除非清晰而合理地采用人物惯用的语言,除非自然而不加歪曲地呈现出对戏剧动作至关重要的人物的遭遇,否则写出真正好的对话就是不可能的"。

只有升级的冲突能够制造出健康的对话。我们都曾体验过那种漫长和乏味的过程——人物坐在台上无休止地谈话,试图填补一个冲突和下一个冲突之间的空隙。如果作者提供了必要的过渡,那就不用这种闲聊来搭桥了。无论联系性的对话多么机智,它都必定是摇摆不定的,因为它没有牢固的基础。

另一方面,浅薄的对话则是静态冲突的结果。在一场静止的战斗中,对立的双方都无法获胜,他们的对话也漫无目的,一句机智的话立刻被另一句盖过,双方毫发无损。在"机智"的戏中,生动的人物是极为罕见的。人物都被冷冻成了从不发展的标准类型。高度喜剧化的人物和对话往往就是这种。因此,极少有社会戏剧能常演不衰。

对话必须揭示人物。每句话都应发自具备三个维度的人物的口中,告诉我们他是谁,并暗示出他发展的方向。莎士比亚的人物始终在发展,而且不会让我们感到吃惊,这是因为他们的第一句话就暗示出形成他们最后一句的材料。夏洛克一出场就展现出他的贪婪。我们由此猜想到,他最终的行为就将是其贪婪的结果,而其贪婪又和周围的势力发生着冲突。

莎士比亚和索福克勒斯未曾留下过笔记去阐释怎样描写主使人物,我们也没有丹麦王子和底比斯国王的日记。不过,我们却能通过这些跃然纸上、充满生气的对话,对哈姆雷特的思绪,对俄狄浦斯的麻烦得到透彻的了解。

对话必须揭示背景。在索福克勒斯的《安提戈涅》中,第一句台词是:

哦,伊斯墨涅!我亲爱的妹妹啊!在俄狄浦斯诅咒的灾祸里,有哪一件宙斯未在我们有生之年内加倍降下呢?

这句话立刻把人物的关系、血统、宗教信仰和此刻的心情全部传达了出来。

克利福德·奥德茨在《醒来歌唱》(*Awake and Sing*)的开场里,娴熟地运用了对话的功能。拉尔芬说道:"简直荒唐。我这辈子一直想要双黑白拼花的皮鞋,可从来没弄到过。"这句话让你了解了他的经济背景,还让你对他的性格略知一二。对话必须从幕启之时就传达出这些东西。

对话必须预示出即将到来的事件。比如在关于谋杀的戏里，就必须要有动机，必须要有同真实犯罪一样的准备信息。举例而言：

一个可爱的年轻姑娘用指甲锉刀杀死了一个恶棍。够简单吧？但是，你必须合理地展示出这个姑娘知道刀的存在，知道刀的锋利，否则她就不能把它用做武器。而且，必须要有说服力地展现她是如何发现刀和它的潜在用途的，不能随意为之。她的性格中也必须要有能用刀的因素——她甚至还拿刀扎了自己两下作为试验。观众希望了解事情的原委，而对话就是传达信息的最好手段。

对话来自人物和冲突，又反过来揭示人物、推进行动。这些是它基本的功能，但这只是开启了这个问题而已。为了不让对话干瘪，还有很多事是剧作家必须知道的。

简而言之，艺术在于选择而不在于照搬。只有去掉不必要的空话，你才能表达出观点。一部"话多"的戏说明它存在内在的麻烦——由糟糕的准备工作引起的麻烦。戏里话多是由于人物停止了发展，而冲突停止了运动。如果这样，对话就只能原地打转，令观众厌烦。而导演就被迫给演员找些附加动作，徒劳地去愉悦那些倒霉的看戏人了。

如果有必要的话，你可以为人物而牺牲"才智"，但绝不要为才智牺牲人物。对话必须发自人物。你所创造的人物不应为名言警句而死。在不损失任何人物发展的前提下，你依然可以写出生动、巧妙、感人的对话来。

要让人物说出符合其身份的话，要让一个技工满口机器术语以及赌注、马匹等等赛马场上的小道消息。不要把对职业性的描写扩展到荒谬的程度，但也不能完全没有，不然你写出来的任何对话都会是浅薄而无价值的。混淆描写是一种在滑稽剧中运用得十分成功的手法。古板的米兰达姨妈居然说出歹徒的黑话，这在低俗的戏剧中能令人捧腹大笑，但在严肃的戏剧中只能令人厌烦。

不要卖弄学问。你的戏不是肥皂盒，信息一定要自然而巧妙地传达出来。不要让你的主使人物脱离性格来一通演讲，观众对此会因尴尬而浑身发冷，从而以嘲笑来逃避。

从伊丽莎白时代到今天，改革社会不公和阶级压迫的呼声从来没有停止，并且越来越响亮。但是这样的呐喊必须来自行动的人物，来自时机的刺激。在《埋葬死者》中，反战的号召来自一个由贫穷造就的泼妇——玛莎·韦伯斯特。这并非不相宜，相反，它不仅恰当而且令人心碎。

在保罗·格林（Paul Green）的《旭日颂》（*Hymn to the Rising Sun*）里，我们可以看到有效的展示如何使说教成为毫无必要的东西。格林先生简单而富有张力的对话本身就是对人物和情景进行尖锐讽刺的载体。

行动发生在七月四号独立日的黎明前，地点是一个苦役营。绰号"矮子"的囚犯因手淫被关了十一天的禁闭，只能靠定量的面包和水过活。一个新来的囚犯因害怕"矮子"的命运会降临在自己身上而害怕得既不能工作，也不能入睡。行动和讽刺的高潮发生在新囚犯不顾队长的命令，在遭到鞭笞时叫出声来的时候。而他之所以遭到鞭笞，只是由于队长要"让他坚强些"，要让他有点美国气质。后来矮子死了，被人从箱子里抬了出来，死亡报告上写着"自然死亡"。囚犯们拖着脚步去上工了，而那个冷漠的老厨师则嘀咕着"美国"。这里没有一句话是对鼓吹冷酷的法律进行谴责的，相反，队长还以生硬而粗暴的方式做了一番演说，解释为何要对苦役犯如此严苛。然而这部戏却是对美国刑事法规最尖锐的控诉。

你不必演讲也能进行抗议。

要让巧妙的语言真正成为戏剧的一部分。切记戏剧不是杂耍小品，自顾自的插科打诨将会摧毁连贯性。它们只有与说话者完全协调时才能成为必要，而且必须承担"搞笑"之外的其他功能。在写《错误的喜剧》时，莎士比亚让德洛米奥兄弟说的都是相当糟糕的双关语，对戏剧的本身没有任何益处。而等到写作《奥赛罗》时，他已经学会了让俏皮话成为整体的一部分。奥赛罗在杀人之前说"先熄灭这盏灯，再熄灭这盏灯"，他所说的不仅是事件本身，也是自己对事件的反应。

20世纪30年代有部名叫《孩子学得快》（*Kids Learn Fast*）的戏因滥用幽默而被打上了污点。什夫林先生确实有话要说，但他把自己的话放到了孩子的口中。"警长总是在执行私刑的次日才来"、"密西西比、田纳西、佐治亚、佛罗里达，到处都一样，总有黑鬼被人追捕什么的"，这些都不是他所刻画的孩子们的自然语言。

我们已经讨论过对话的辩证法了。也就是说，产生对话的人物和冲突必须是辩证存在的。但是，对话本身也应当是辩证的，它很少能和对象分离。在它的内部，缓慢升级冲突的原则同样起作用。当你列举事物时，你总会把给人印象最深刻的东西留到最后。你会说："市长在那儿，还有州长——还有总统！"光听嗓音也能听出其中的发展。我们会说"一！二！！三！！！"，而不会说"一！！！二！！三！"。有一个经典的倒置语式——凶杀会导致酗酒，酗酒会导致抽烟，抽烟会导致不遵守安息日。这是个有趣的幽默，但却是个糟糕的戏剧。

对话中辩证发展的一个最好的例子却出自一部乏味的戏剧——《白痴的乐趣》，它在剧中的第二幕第二场。

**艾琳娜**　（对军火大王说）我不能再杞人忧天了，所以我通过观察人的面孔来自娱自乐。那些平平常常、单调乏味的人的面孔。（她用一种甜蜜而残酷的腔调说）比方说那对英国夫妇，晚餐的时候我一直在看着他们。他们坐得很近，手拉着手，膝盖在桌子底下互相摩擦着。然后我看到他身穿整洁而漂亮的英国军服，用一只小手枪向巨大的坦克射击。结果坦克从他身上碾过去了。他那美妙而强壮的身体曾经令人想入非非，可现在却骨肉模糊了。那摊血肉，就像一只被人踩死的蜗牛。不过，垂死前他安慰自己道"感谢上帝！她还是安全的。她怀着我的孩子。而我的孩子可以生活在一个更美好的世界上"……但我知道她在哪儿，她正躺在被空袭所毁坏的地窖里。她那年轻而坚实的乳房和一个被肢解的警察的肠子混在一起，而她腹中的胎儿则被溅到一个死去的主教的脸上。我就是用这种方式娱乐我自己的，阿基里。只要想到我和你如此亲密，我就感到无比自豪。正是你，令这一切成为可能。

舍伍德用"甜蜜而残酷的腔调"构建了一出悲剧。然后，他又在其上加入了一丝希望，使讽刺立刻变得更具悲剧性。这一讽刺在于，后面的描述比前面的描述更可怕。最后的高峰则是自我憎恶、自甘堕落和有意识地参与恐怖。反高潮是合理而且悲惨的。

正如冲突必须发自人物一样，语言的意义必须发自于冲突和人物，而语言的腔调又必须发自于冲突、人物和语言的意义。要像构建一部戏那样构建一个句子,用声音和意义传达出每个情景的节奏和内涵。在这一点上,莎士比亚再次成为了最好的例证。在他的哲思段落里,句式是简洁而有力的;而在他的爱情场景里,台词又是抒情而流畅的。随着行动的加剧,句式越来越短促,越来越简单。因此,不仅是句子的意指,就连词语和音节的意指也随着戏剧的发展而改变。

  辩证的方法并非是要剥夺编剧创造的特权。一旦你的人物投入了运动,他们的行为和语言方式在很大程度上便被决定了,但对人物的选择则是你自己能做主的。因此,你要考虑到人物的习惯用语、他们的语调和说话的方式,要顾及他们的个性、背景以及这些东西对他们语言的影响。如果你的人物得到了编排,那么他们的对话就会油然而生。当你看《熊》大笑的时候,你要记住,契诃夫正是让一个夸夸其谈的人物和一个自命不凡的人物对抗,才取得了夸夸其谈和自命不凡的效果。而在《蹈海骑手》(*Riders to the Sea*)中,约翰·米灵顿·辛格(John Millington Synge)用一种悲惨而又有趣的节奏影响了我们。人物都用一种和谐的节奏说话,然而又各不相同:莫里亚、娜拉、凯瑟琳和巴特利都有岛民的口音,但是巴特利是傲慢的,凯瑟琳是耐心的,娜拉显得年轻而迅速,莫里亚显得苍老而迟缓。这堪称英语中最美妙的组合之一。

  还有件事就是不要过分强调对话。要记住,它只是戏剧的媒介,绝不比整体更重要。它必须与戏剧融为一体,不能喧宾夺主。在《铁人》(*Iron Men*)的制作中,诺曼·贝尔·戈茨(Norman Bel Geddes)反而因出色的布景饱受指摘——他真的在舞台上建起了一座摩天大楼。这对戏剧来说好得过分了,观众本该投向人物的注意力全被分散了。对话也时常会这样——脱离人物并把注意力全部引向其自身。例如,《失乐园》(*Paradise Lost*)就让很多崇拜克利福德·奥德茨的人失望了。全剧充斥着毫无意义的语言。这些语言脱离了人物真实的用语,它们被插入到剧中完全是为了使对话带有口音。结果,人物和对话都因此而受害。

  总之,好的对话是精心选择人物的结果,并且它们在证明前提的缓慢升级冲突中得到辩证的发展。

## 4.4 试验

问：在你制定的严格规则下，我看谁也无法进行试验（experiment）。按照你的告诫，如果一个倒霉的编剧遗漏了任何一种你所谓的戏剧必要成分，那么后果将是很可怕的。难道你不知道，人类制定规则就是为了打破它，并且总想着逃脱它吗？

答：是的，我们知道。你可以用这种方式做任何事情，你可以尽情地试验，正如人可以潜水、飞行、在极地和热带生活一样。但是，没有心和肺，他就活不了。同样，没有基本的成分，你就写不出好戏来。莎士比亚是最大胆的试验者之一。在他那个时代，打破亚里士多德三一律中的任何一项都是严重的罪行，但莎士比亚把时间、地点、行动三项全打破了。每个伟大的作家、画家、音乐家都打破了某些曾被奉为神圣的、铁一般的规则。

问：你这不是在支持我的论点吗？

答：考察一下这些人的作品，你就发现其中所有人物都是通过冲突得到了发展。除了保留基本的规则，他们把其他的都打破了。他们在人物之上构建，具备三个维度的人物是一切好戏的基础。你可以在他们的作品里看到无穷的过渡。最重要的是，你会发现方向，即形式清晰的前提。此外，如果你知道自己要找什么，你也会同时找到尖锐的编排。他们都是在不知不觉中使用了辩证法。

没有哪两个人会同样地交谈，同样地思考，同样地讲话，也没有哪两个人会同样地写作。如果你认为辩证的方法是试图把每个人的戏剧都变成一个模式，那你就错了。相反，我们希望你不要把创意和诡计混为一谈。不要去寻找特殊效果、惊奇、气氛、情调，要知道凡此种种乃至更多的东西都是存在于人物中的。你可以选择试验，但要在自然法则之内。在这些法则中，创造是无限的。有趣的是，天体的诞生和人的是一样的：异性相吸使星云成为物质，一旦条件合适便开始演化。过渡在那里也是无处不在的。每一片星云、每一颗恒星、每一个太阳都是不同的，但其元素构成却是相同的。天体像人一样彼此依赖。如果它们的关系不是固定的，它们就会时时刻刻地发生冲撞，毁灭彼此。星系中也有流浪汉——彗星，但它们被同样的法则所控制。如此说来，既然万事万物都是相互依赖的，那么人物也是相互依赖的。它们必须具有确切的基本元素即三个维度。只要在此之上，你就可以随便去试验。你可以强调一种特征甚于其他，你可以放大细节，你可以处理潜意识，你可以尝试各种形式的效果。你可以用尽一切手段，只要你表现着人物。

问：你怎么评价威廉·萨洛扬的《我的心在高原》（My Heart's in the Highlands）?

答：它当然是一个试验。

问：你认为它是部好戏吗？

答：不，它脱离了生活，人物都生活在真空中。

问：那么你不赞成这样了？

答：绝对不赞成。每项试验，不管其结果多么糟糕，以长远的眼光看都有其价值。大自然永远都在试验。如果试验性的创造出了错误，它就会被废除，但必须是在用尽了所有改进可能性之后才被废除。如果你了解自然史的话，你就会对大自然千方百计表达自我的企图而感到吃惊。

当马蒂斯、毕加索、高更在绘画上进行试验的时候，他们没有抛开创作的基本原则。相反，他们是在重新确认这些原则。他们一个强调色彩，一个强调形式，一个强调设计。虽然在笔触和色彩上各不相同，但这三点共同构成了创作的牢固基础。

在糟糕的戏里，人物的生活似乎是脱离世界、自给自足的。彗星不能自给自足，流浪汉也不能。他必须乞讨、偷窃、借贷才能生存。自然和社会中的一切都依赖于其他事物，不论演员也好，太阳也好，昆虫也好，都是如此。

这里有自然对树木做过的一个试验。如你所知，树不论障碍如何，都向着太阳生长。如果一粒橡子掉进了岩石的陡峭裂缝里，它会发芽，会长成幼苗，除了不向着太阳而是水平生长之外，它一切正常。岩床完全没有给它垂直生长的机会。但过了一段时间，它还是会向上生长，并且从坚硬的顶层钻了出来。不过它变得头重脚轻，看起来一定会折断。然后，不可思议的事情发生了。树梢里的一根枝条向岩石顶端倒长了回来，并且钻进了另一条裂缝里。接着一根又一根的枝条都跟着第一条倒长，直到树干得到了良好的支撑为止。这一所谓的自然试验其实根本不是试验,它不过是在无法逃脱的必然性的驱使下发生的。必然性也会让人物做出从未设想过的、在一般的条件下根本做不出来的事情。

艺术家和作家进行试验是出于必要,是由于他们感到非此不足以表达其人物。而他们的试验,即使我们无法接受,也会是好的,因为我们可以从中学习到东西。

我们希望不断地强调,大自然在其一切表现形式中都存在着不变的辩证法,连我们前面说到的那棵树都有其自己的前提。树和地心引力之间有编排,树的生存意志和地心引力之间有冲突,在树的成长中有过渡,即那些枝条的行动。危机和高潮也存在,而结局则是树的胜利。大自然让树做的,正是剧作家可以让人物做的。只要遵循辩证法的基本原则,他就可以试验。

## 4.5 戏剧的时效性

问:你告诉我的这些有关戏剧的东西,我大部分都同意。但对选择有时效性的主题你怎么看呢?我们可以找到一个形式清晰而且合理的前提,制造出足够的冲突,但剧院经理还是会把它退回来,因为它不具备时效性。

答:一旦你为经理们对你的戏持有何种看法感到担忧,你便迷失了。如果你有某种根深蒂固的信念,便把它写出来,不要管公众和经理怎么看。一旦你用别人的头脑思考,你就可能会停止写作。如果你的戏足够好,公众会喜欢的。

问:是否的确有些主题符合时宜,而另一些就不合时宜呢?

答:只要写得够好,一切都是符合时宜的。如果它是从周围的各种力量中自然生长而出的话,那人的价值观是不变的。人的生命总是珍贵的,并且永远如此。如果一个亚里士多德时代的人物连同他所处的环境得到了如实的描绘,那么他就和今天的人物一样令人兴奋。而且,我们还将有机会把他所处的时代和今天的进行对比,进而发现从那时到现在取得的进步,并且推测我们未来的前途。

你难道从未看过如同两个母亲列举各自子女优点一般乏味的应景戏吗?

而罗伯特·E·舍伍德的《亚伯·林肯在伊利诺斯州》(*Abe Lincoln in Illinois*)在今天具有重要的地位;莉莲·海尔曼的以20世纪早期为背景的《小

狐狸》则是当年最好的收获之一，其原因很简单：人物得到了进展的机会。《家庭画像》（*Family Portrait*）涉及耶稣的家庭，它也不算最新的新闻，但却令人兴奋。

另一方面，也有考夫曼和哈特合写的《美国的方式》（*The American Way*）、S. N. 贝尔曼（S. N. Behrman）的《笑脸难开》（*No Time for Comedy*）这样的戏。它们虽然都涉及了当时实际的、热点的话题，但没有一个是新鲜的、生动的。只有像《玩偶之家》那样根据充分、写作精良的戏才能反映其所处的时代，并且流传千古。

问：我还是觉得有些话题比其他的更具时效性。例如，诺埃尔·考沃德有部戏，描写那些对进步主流漠然视之的无用者。这样的人不值得写吗？

答：值得写，但要比他写得更好才行。考沃德的戏里连一个真正的人物都没有。如果他创造了具备三个维度的人物，如果他看透了他们的背景、动机、与社会的关系、前提和挫折的话，他的戏就值得一看。

尽管数百年来，文学一直在和人物打交道，但它真正理解人物却是从十九世纪才开始的。莎士比亚、莫里哀、莱辛甚至是易卜生对人物的认识都是本能的而非科学的。亚里士多德宣称人物次于行动。阿契尔说，作者必然是洞悉人物的。而另有很多权威承认，人物对他们而言是神秘的。

我们很高兴地看到，我们和亚里士多德及其阐释者的争执在科学上已经有了类似的先例。密立根①，美国最伟大的科学家之一、诺贝尔奖得主，若干年前曾经声称，用以分裂原子的能量将远大于原子产生的能量，因此转化原子能是妄想。但是另一位诺贝尔奖得主阿瑟·H·康普顿②则宣称放射性铀如果完全转化，每个原子产生的能量将达 2350 万伏之巨。在一个只带有 0.25 伏能量的中子轰击下，放射性铀被分裂成两个巨大的核子弹，每个携带有 1 亿伏的能量。这样，其释放出的能量就相当于原始输入能量的 80 多亿倍。

人物也拥有无限的能量，只不过很多编剧不知道怎么有目的地将其释放

---

① Robert A. Millikan（1868—1953），美国物理学家，1923 年诺贝尔物理学奖得主。——译者注
② Arthur H. Compton（1892—1962），美国物理学家，1927 年诺贝尔物理学奖得主。——译者注

出来罢了。不管是过去、现在还是未来，哪里有人，哪里就能出现重要的戏剧——如果人物得到了三个维度的描绘的话。

**问**：如果我意识到具备三个维度的人物的话，那么无论我处理什么时代都并无区别了？

**答**：当你说具备三个维度的人物的时候，我们希望你能理解这其中也包括了环境。它对你而言，就意味着有关那个时代的风俗、道德、哲学、艺术、语言的全面知识。例如，如果你要写公元前 5 世纪，你就必须像了解自己的时代一样了解那个时代。作为个人建议，我们希望你能留在 20 世纪，也许就留在你的城或镇上，写写熟知的人物。这样你的任务将会容易许多。如果你从生理、社会和心理的维度上意识到了你的人物，那么你戏的时效性就会变成永恒的。

## 4.6 上场和下场

**问**：我有个朋友，一个编剧。他在处理上场和下场的时候总感到十分困难，你能给予他一些指点吗？

**答**：告诉他，要把所有的人物比以往更彻底地结合在一起。

**问**：你怎么知道他没有把人物结合在一起呢？

**答**：当你发现窗边的地板在暴风雨后被打湿了，你很自然地会想到窗户在下雨时被吹开了。上场和下场的问题表明编剧对其人物的了解还不够。当《群鬼》幕启的时候，安格斯川和女儿吕嘉纳在台上，吕嘉纳是阿尔文家的佣人。她几乎是立刻就警告父亲不要说话那么大声，免得把欧士华吵醒了。后者刚刚从巴黎回到家中，现在很累。当父亲发议论的时候，她觉得欧士华睡多久不关他的事。安格斯川狡猾地暗示，她可能对欧士华有打算。吕嘉纳生气了，这就说明了他点到了要害。且不论其他的长处，这段对话便为后来欧士华的上场作了准备。我们从安格斯川口中知道了曼德就在城里，又从吕嘉纳口中知道了曼德随时可能到来，于是曼德的登场也被打好了基础。这不是什么鬼把戏，全剧中有很多理由使得曼德在此刻出现。吕嘉纳把安格斯川推了出去，曼德上场了。她有很多话要和曼德说，而且其中没有一句是闲谈。

这段对话和前面的场景有着深入的结合并且对其有所发展。为了避开吕嘉纳的暗示，曼德被迫把阿尔文太太叫来。在她上场前的间隙中，他拿起了一本书，而正是这一举动引发了将来的一个重要场景。随后阿尔文太太上场，作为对曼德的回应。到目前为止，我们已经有了两次上场和两次下场，每一次都是全剧必要的一部分。在欧士华真正上场之前，我们已经听了那么多关于他的谈话，于是便期待着他的上场。

问：我明白了。可并非所有人都能成易卜生的，而且我们今天的写法与他很不一样。我们的戏剧速度更快，因此没有时间作出如此精巧的准备。

答：在易卜生那个时代，编剧和现在一样多。但是有几个你能说出名来？有些作者的戏虽然风行一时，但却很糟糕。其境遇如何呢？他们早已被人遗忘了。那些像你这样思考的人都会如此。是的，时代在变，风俗也在变，但人却还是有心有肺的。你的速度可以改变，也应当改变，但是动机不能改变。原因和结果可能和一个世纪以前不同了，但它们仍然应当被清晰而合理地呈现出来。例如，环境曾经有着至关重要的影响，今天也仍是如此。一个人物只是为了拿杯水而离开房间，以便另外两人能私下谈话；过了一会他又回来，因为他们已经谈完了。这仍然是极为糟糕的、不可原谅的写法。

人物不能像《白痴的乐趣》里那样莫名其妙地晃来晃去，戏剧的上场和下场就如同房子的门框和窗框一样重要。如果有人来或有人去，那么他就必须是出于必然。他的行动必须帮助冲突发展，并成为人物揭示自身过程的一部分。

## 4.7 为什么糟糕的戏也能成功

自称为编剧的家伙时常会考虑，为了闯出一条自己的路，为了写出好戏，要不要花钱去学习？与此同时，有些废纸都不如的戏却赚了大钱。这些"成功"的背后隐藏着什么呢？

我们来看一部取得了巨大成功的戏《艾比的爱尔兰玫瑰》（*Abies's Irish Rose*）。这部戏虽然有其缺点，但却具有前提、冲突和编排。作者对观众们在生活和歌舞剧中颇为熟悉的一些人物进行了处理，薄弱的人物描写被这种熟知平衡了。观众们认为人物是真实的，而他们只是与其似曾相识罢了。同样，他们对剧中涉及的宗教问题也很熟悉，并因为"知情"而有了优越感，这在高潮时更得到了加强。他们为"孩子将信什么教"的问题着迷不已，并且选择了自己的精神立场。当结局到来，那对双胞胎出生时，各方都皆大欢喜。父母、祖父母、观众们都很高兴。我们认为，这部戏的成功在于使观众积极地参与到人物的生活中。

《烟草之路》的情况截然不同。毫无疑问，这是一部糟糕的戏，但它有人物。我们不仅能看到他们，甚至能闻到他们。他们的性堕落、他们如同动物般的存在令我们浮想联翩。观众们看着他们，就好像看到来自月球的人在舞台上展览一样。最赤贫的纽约观众都会认为自己的命运比莱斯特不知好了多少。又是因为优越感。但是，对人物的过分曲解掩盖了关键的问题——社会的再调整。这部戏有人物，但没有进展，因此它便是静态的，其主要目的只是展示这些残酷的、消沉的生灵。而观众不过是被蛊惑到一起，参观这些看似像人的动物而已。

诺埃尔·考沃德取得非凡成功的原因在于，他所恐惧的东西其实是愉悦：谁要和谁睡？是他得到她？还是她得到他？要记得考沃德刚刚用他那颇为英国式的世故挨过了世界大战，并迫不及待地要大捞一笔。而厌倦了战争的观众，对鲜血和死亡早已失去了胃口，于是便把他的闹剧狼吞虎咽地吃了下去。台词是机智的，它能够帮助观众忘却世界刚刚经受的打击。考沃德以及很多和他一样的人，只是在哄骗受惊的观众进入一种麻木的放松状态罢了。而今他已不那么受欢迎了。

考夫曼和哈特合写的《你不能带走》（*You Can't Take It with You*）不是一部糟糕的戏，它根本就不是戏，只是一个具有前提的、构建得很巧妙的杂耍表演。人物都是滑稽的、漫画式的，彼此毫无关系。每个人都有自己的嗜好、需求和怪癖。作者要把他们塞到一个设计里得花不少工夫。而它的成功在于，它是任何人都会接受，却无需遵守的一堂道德宣讲。而且它让观众发笑了，这就是它的目的。

别忘了大多数成功的戏并不糟糕。像舍伍德的《亚伯·林肯在伊利诺斯州》、金斯利的《死路》、豪斯曼的《维多利亚女王》（*Victoria Regina*）、贝因的《让自由长鸣》（*Let Freedom Ring*）、卡罗尔的《影子与实体》、莉莲·海尔曼的《守望莱茵河》。这样的戏虽然都有明显的缺陷，但应当得到认真的对待，它们都是构建在人物基础上的。真正糟糕的戏都是奇怪的戏，是用稀奇古怪的东西掩饰瑕疵的戏，具备三个维度的人物可以让它们变得成功得多。

如果你的兴趣不在于写出好戏，而在于尽快地赚到钱，那么你就是没有指望的。你不仅写不出好戏，而且也赚不到钱。我们见过数以百计的年轻编剧飞速地写出那些消化不良的戏，好像制作人都在排队抢他们的戏似的，最终却只能为手稿被打回来而感到灰心丧气。就算是在生意场上，也是那些能够让顾客喜出望外的人才会征得上游。如果写戏的唯一目的是为了赚钱，那么戏就一定缺乏诚意。诚意是无法制造出来的，也是无法注射到你没有感情的戏里去的。

我们建议你去写你真正相信的东西。而且，看在老天的份上，不要着急。和你的剧本好好玩玩，让自己乐在其中。要观察你人物的进展，要描绘生活在社会里的、被必然性驱使的人物，你会发现你卖掉戏的机会将更大。不要为制作人或公众写作，要为你自己写作。

## 4.8 情节剧

现在该谈谈戏剧和情节剧的区别了。在情节剧里，过渡是虚假的或者根本就是缺乏的，冲突则被过分强调。人物以闪电般的速度从一个情感顶峰移向另一个，这正是他们只有一维的结果。正在被警察追捕的冷酷杀手会突然停下来帮助盲人过马路，从表面看上这也是虚假的。即使是常人，在逃命时看到盲人也不会停下，更别说帮忙了。一个冷酷的杀手更可能做的是一枪把盲人打死免得他挡路，而非做出友善的举动。过渡必须代表一个可信的、具备三个维度的人物。缺乏过渡就会制造出情节剧。

## 4.9 论天才

我们来考察一下天才的定义。

> 天才就是能首先解决掉麻烦的卓越能力。
> ——托马斯·卡莱尔,《腓特烈大帝》

我们同意。

> 人才从最多的观察得出最少的结论,而天才从最少的观察得出最多的结论。
> ——奥西亚斯·L·施瓦茨,《杰出人物的一般类型》

我们也同意。

> 天才是多种条件结合而成的理想结果。
> ——哈佛洛克·埃利斯,《不列颠天才研究》

这个我们回头再谈。

> 天才:个体在智力上的特殊天赋;使人能够为了特定目标采取特定行动并取得特别成功的心智上的素质和才能;智力上的非凡优越性;各种不寻常的发明创造力。
> ——《韦氏词典》

"天才"能够比常人学习得更快。他富于创见,做出普通人所不能的事情。他在智力上更为优越,但是这并不意味着"天才"不经认真学习就能成为天才。平庸的人能够赶超懒于学习和工作的天才,这样的事例我们不是没见过。可以用"半天才"这个词来称呼他们。为什么天资聪颖的人籍籍无名？为什么他们大多郁郁而终？看看他们的背景和生理，你就能找到答案。很多人没有机会上学（贫穷）；另外一些结交了损友，把非凡的天赋浪费在无用或邪恶的投机上（环境）；还有些人虽然学习了，但却对其科目有着错误的认识（教育）。你可能会宣称，真正的天才总能找到成功的路。但是每个成功的人，不管他是否处于逆境，都必须有机会才行。

天才的非凡智力未必足以使其成功。首先，一个人必须有一个起点，一个在选定的事业中深化知识的机遇。一个天才的能力在于比其他人工作得更长、更耐心。

我们的意思是，天才并不罕见。《韦氏词典》说天才是"使人能够为了特定目标采取特定行动并取得特别成功的心智上的素质和才能"。某些人有才能，却拒绝采取"特定行动"。如果这种类型的人在环境的逼迫下，不得不为他有能力去实现的"特定目标"采取行动呢？如此说来，"特定"这个词就意义重大了。天才只在一件事上是天才，那就是"特定行动"。这当然也有例外，莱昂纳多·达·芬奇、歌德，人类历史上的很多奇人都不止在一个领域内出类拔萃。但我们这里要说的是莎士比亚、达尔文、苏格拉底、耶稣，他们都是各自领域的天才。莎士比亚和剧院的关系给他带来了好运，可是这种关系一开始只是低层次的。达尔文出身富家，虽然他取得了大学学位，可家里人却把他看成废物。后来他参加了热带的探险，这颗"能够采取特定行动"的头脑才有机会显示其才能。其他人也是如此。

没有人生下来就是伟大的，我们总是对某一科目怀有更多的热爱。如果能供我们全部所需以拓展知识，我们就会大步向前；而如果我们被迫去做别的事情，我们就会满腹怨言、灰心丧气，最后以失败收场。

在苹果树未结果时，我们也称它为苹果树。但天才难道也是一样么？天才就是取得成就的人，而非几乎取得成就的人，亦非希望取得成就却半途而废的人。我们能不能这样说？

如果前面的引文都对，我们便不能这么说。它们都没有谈及成就，只是对形成天才的要素进行了分析。成功就是多种条件的理想结合，使一个天才得以阐述或创造出某种他所擅长的东西。哈佛洛克·埃利斯所说的就是这个意思，奥西亚斯·L·施瓦茨说"天才从最少的观察得出最多的结论"也没有错，但是这些只有在天才碰巧取得成功的时候才对，不是吗？如果一粒苹果种子被带到城市中心，落在坚硬的柏油路上，最后被沉重的车轮碾碎，它就不再是苹果种子了吗？不，它还是一粒苹果种子，只是没有机会去完成它的命运罢了。

一条鱼产下数百万的卵，但只有千分之一能够孵化。而在那些孵化的卵中，又只有少数能够成熟。每个卵都是真卵，具有长成鱼的一切必要属性，但是它们会被其他的鱼吃掉，那些存活下来的鱼卵只是够机灵罢了。埃利斯说得没错："天才是很多条件结合而成的理想结果。"生存是第一个条件，遗传是第二个条件，摆脱贫穷是第三个条件。我们知道很多天才是来自社会底层，他们艰难地奋斗前行，最终闯出了一片天地。贫穷没能束缚这为数极少的一群人，但的确有数以千计的、本来得到"多种条件的理想结合"恩宠的人却被贫穷束缚而未能取得成功。

总有些自大狂东奔西走地拍着自己的胸脯声称自己是天才，我们一时半会还赶不走他们。这种人令人生厌，虽然其中有些人确有真才实学。据说所有的杀人犯都声称自己是无辜的，或者是被迫的。人们时常嘲笑道"我们比你更清楚"。不过，犯罪史告诉我们，其中有些的确是无辜的。我们不能忘记，天才有一项重要素质是在他钟爱的领域里忍受痛苦的无限能力。而大多数自大狂却把时间花在说大话上，而不是埋头于艰苦的工作。

我们不能过分强调的一个事实是，尽管天才在他们的特定领域内具有非凡的精神吸收能力，但他们往往没有得到实现其兴趣的机会。要记得大多数天才都是单面的。你会发现，在相异的环境下他们根本没有机会去发展。

鱼离开了水就变成死鱼，天才离开了他的艺术就变成傻瓜。

## 4.10 关于"什么是艺术"的对话

问：能不能说一个人身上同时包含着好与坏、高贵和堕落的思想呢？是否每个人物都既可以成为烈士，也可以成为叛徒呢？

答：是的。一个人不仅代表着他的自身和种族，而且代表了整个人类。从母亲的子宫内开始，他经历了各种的变形，走过了始于细胞质的漫长旅程。

这一法则适用于人，也适用于国家。人在迷雾中摸索前行、开辟道路，部落、团体乃至种族也是如此。从童年到青春期，再到成年，他都经历着和一个国家同样的磨难，为了幸福做着同样的斗争。一个人就代表了全体，他的弱点就是我们的弱点，他的伟大就是我们的伟大。

**问**：我必须做我兄弟的监护人吗？我并不想为他的行为负责。我是一个个体。

**答**：猫也是，狗也是，狮子也是，虫子也是。拿白蚁来说：雌蚁只负责产卵；还有工蚁、兵蚁、警卫蚁；另外还有一些，其唯一功能就是做整个蚁群的胃，它们咀嚼、消化着粗糙的纤维质食物，因为只有这个适合它们。而这一昆虫社会里的其他成员则聚集在这个活动的胃周围，吮吸由它们准备好的食物以维持生命。所有的个体都有其特殊的、不可或缺的功能。摧毁一个组织严密的社会中的任何分支，整个社会就会毁灭。把这些昆虫个体放在一起，那就又构成了一个个体——社会。你的身体也是一样，每个部分各具功能，将所有分离的部分协调在一起，便形成了一个人。而人也只能是人类这一整体的一个部分。每一个白蚁家庭中的个体都有其自己的特点，就像每条腿、每条胳膊或者每片肺都有其特点一样，但它仍然是整体的一部分。正因如此，所以你最好做你兄弟的监护人，他和你是一个整体的不同部分，他的不幸必然影响到你。

**问**：如果一个人身上具备了人类的全部品质，我对他进行全面描写的机会有多大？

**答**：不管怎么说，这都不是件容易的工作，但是你的人物描写也只有在达到了"全面"的程度时方能被称为是好的。只有把艺术上的完美当做目标你才能成功，即使你从未实现这一目标。

**问**：那么到底什么才是艺术呢？

**答**：艺术，在微观形式上而言，是人类乃至宇宙的尽善尽美。

**问**：宇宙？你不觉得扯得太远了点吗？

**答**：原生质是由和人类身体细胞同样的元素构成的，而由上百万的细胞聚合而成的人体和单细胞具有相同的成分。在人体这个细胞的社会里，每个细胞又有其特定的功能，正如人在世界这个人的社会里一样，细胞代表了人，人代表了社会，社会也代表了宇宙。宇宙和社会被同样的法则所支配的，其中的复合、其中的机理、其中的行动和反应是完全一样的。

如果剧作家创造出一个完美的人，他所复制的就不仅是一个人，而且是这个人所从属的社会，而这个社会也仅仅是宇宙中的一个原子而已。因此，艺术所创造出的人就反映着整个宇宙。

问：你所说的"完善"可能会成为对自然的刻板模仿或是对人类本质的列举。

答：你是在害怕知识吗？一个工程师懂得数学、力学，了解他所处理的材料的张力难道会有害吗？他必须首先知道从属于他职业的一切东西，我们才能问他有没有才能造出一座既美观又结实的桥梁来。当然，他对于科学知识的精确掌握并不代表他具有想象力和品味，也不代表他能够将其漂亮地运用到实践中去。这对剧作家也是一样。有些人遵循一切技巧法则，但其作品仍是没有生命的。但也确实存在另一些人，他们利用一切可用的信息，遵循他们认为行之有效的规则，并把这些和他们的情感融会贯通。他们让想象力的翅膀去承载知识，从而创造出了杰作。

## 4.11 当你写戏时

一定要构思一个前提。

下一步，你要选择主使人物，由他推动冲突。如果你的前提是"嫉妒毁灭自身和所爱的对象"，那么这个男人或女人就内在于你的前提之中。主使人物必须愿意用尽各种手段为他所受的伤害复仇，不管伤害是真实的还是假想的。

然后就是组织其他人物了，而这些人物一定要经过编排。

对立统一必须牢固。

小心地选择切入点，它一定要是至少一个人物的人生转折点。

每个切入点都以冲突开始，但不要忘了有四种类型的冲突：静态的、跳跃的、预示的和缓慢升级的。你只需要升级的和预示的冲突。

如果没有不间断的展示即过渡，任何冲突都不会升级。

升级冲突是展示和过渡的产物，并且确保了戏剧的发展。

冲突中的人物将从一极转向另一极——比如由爱及恨——并创造出危机。

如果发展能够稳步地持续下去，高潮就会在危机之后到来。

高潮的后果就是结局。

要确保对立统一的牢固，这样人物才不会遭到削弱或在剧中半途而废。每个人物都要有得失攸关的东西，例如财产、健康、前途、荣誉、生命。对立统一越牢固，你证明前提的把握就越大。

对话和剧中的其他部分同等重要。每句说出来的话都要发自有关的人物。

布兰德·马修斯（Brander Mathews）和他的学生克莱顿·汉密尔顿（Clayton Hamilton）在其《戏剧理论》（*The Theory of the Theatre*）中强调，戏剧只能在剧场里，在观众面前得到评判。

为什么呢？有血有肉的演员比印刷的纸张更容易展现戏剧的生命，这一点我们赞同，但是凭什么说它是唯一的认知方式呢？如果建筑工用同样的方式去判断，那岂不是巨大的浪费？还没等未来的主人决定他想要的式样，房子已经真材实料地盖起来了；还没等政府批准工程师的设计，桥梁已经飞架在河流上了。

一部戏可以在投入制作前就得到评判。前提必须从全剧的一开始就能被辨认出来，我们有权利知道作者将把我们带向何方。发端于前提的人物必然为了剧中的目标显现出自身。通过冲突，他们将证明前提。戏剧必须以冲突开始，稳步地升级并达到高潮。人物必须得到良好的描写，作者即使不说明他们的个人背景，我们也能从中了解到他们各自的历史。

不论我们读什么戏，只要知道了人物和冲突的组合，我们就会明白应当期待什么。

在攻击和反击之间，在冲突和冲突之间，就是过渡，它把这一切凝聚在一起，正如灰泥把砖块凝聚在一起。我们期待人物的同时，也期待着过渡。如果我们没有发现这些，就会发现戏剧在蹦蹦跳跳地前进，而非自然地发展。而如果我们发现了过多的展示，那么戏剧一定会是静态的。

如果我们读一部戏时发现作者在发起冲突之前就把人物事无巨细地讲了一遍，那么这个作者就忽视了剧作技巧中最最基础的东西。只要人物模糊不清，只要对话散漫混乱，我们不用把这戏投入制作就能知道它是好是坏——它一定是坏的。

一部戏应该在至少一个人物的人生转折点上开始。我们看几页就知道戏是不是如此，相似地，我们看几分钟就知道人物是不是得到了编排，根本不用制作来告诉我们这些。

对话必须发自人物而不是作者，它必须显示出人物的背景、个性和职业。

如果一部戏里，人物只是在做滑稽和杂耍表演，却对戏的最终目标袖手旁观，那么这部戏就会变得凌乱不堪，它从根源上就是糟糕的。

靠制作去评判戏的说法至少回避了问题的实质，它显示论者忽视了剧作的基础却乞求于外在刺激去作出关键性评判。

的确，很多好戏被糟糕的演出和不当的布景毁掉了。同样，很多好演员也因坏戏而发挥失常。但如果让伟大的小提琴家弗里茨·克莱斯勒用伍尔沃斯牌提琴演奏，那依然会无损于他的技艺。反过来，把一把斯特拉迪瓦里①琴交到一个音盲手中，那结果可就是灾难性的。

我们不知道他们对此会做何回答。有些人说过，并且还会坚持说："艺术不能像科学——比如建筑和造桥——那样精确。艺术是被情调、情感和个人观点所支配的，是主观的。当创作者被灵感激发时，你不能告诉他该遵守什么规矩，他会让灵感的火花指明方向。没有什么规矩是固定的。"

当然，谁都可以按照他喜欢的方式去写作，但确实有些规则是他必须遵循的。例如，他一定得使用写作工具，或者别的能写字的家什。这些东西有的很古老，有的很现代，但你不能离了它。还有语法，即使那些运用意识流技法的作家也遵循着一定的句法结构。事实上，像詹姆斯·乔伊斯这样的作家建立起的规则更加严格，以至于普通的作家都没有能力去遵循。而在剧作里，在个人观点和基本规则之间也不存在冲突。如果你了解了原则，你会成为更好的匠人或艺术家。

学习字母表并不是个容易的任务。你可曾记得，B 很容易和 D 搞混，W 看起来像颠倒的 M？当你还忙着辨认字母时，理解你读到的东西是很艰难的。但那时你又可曾设想过，自己终有一天能够不假思索地写字，把 A 和 W 都抛到脑后呢？

---

① 17 至 18 世纪意大利制琴巨匠，他制作传世的千余把小提琴是乐器中的瑰宝。——译者注

## 4.12 怎样获得想法

只有你有了迫切渴望某种东西的完满的人物,你就有了一部戏。你不需要考虑情境,积极的人物会创造自己的情境。

在本书"原因与结果"那一节,你可以看到一系列抽象的名词,读读看。

你首先必须记住,艺术不是生活的镜子,而是生活的精华。当选择了一个基本情感之后,你也可以加强这一情感或特征。

如果你写的是爱,你就应该写"伟大的爱";如果你写的是"野心",它就应该是"冷酷的野心";如果你选择了"关怀",它就应该是"占有的关怀"。它们能够创造出冲突。

我们以这个简单的词"关怀"为例,它是《银绳》的推动情感。这不是普通的关怀或爱,而是母亲对儿子们自私的、过分占有的爱。

当然,这还不够。要了解一个自私的人,你必须了解其中的缘由。通常,不安全感和对引人注目的期望是所有夸张品质的基础。母亲希望自己成为注意力的中心,不允许那些被她的儿子们带回家的女人们享有正常的地位。

关怀是人的基本需求,但过度的关怀可能会是摧毁性的。你会发现,要想逃脱超常的关怀几乎是不可能的。毕竟,面对一个爱你的人,你又能做什么呢?如果你是个正直的人,你便会被爱你的人束缚住手脚,虽然你的本意可能是远走天涯。

戏剧不仅是娱乐,也是教育。戏剧家向人阐释人。当你看到舞台上的某个人物引起了不幸,你会在这幕情境中认出你自己。

我们翻到本书"原因与结果"那一节,从"谩骂"这个词开始举例。

> 谩骂:一个喜欢谩骂的人物暗示着他意识不到自己的缺点。他目光短浅,心胸狭窄,缺乏想象力。他想把事情办好,但不知道怎么办。显然,这样的人会使人与其发生冲突。

> 精确:你能想象自己全天二十四小时都和一个精确的人相处吗?这种人一定是很可恶的。他的完美也要求所有其他人完美。而你一定发现,

让人百分之百完美是不可能的。当然，完美主义者没有意识到自己也是个普通人，有自己的缺点和弱点。这样的人也会和周围的人们发生冲突。

狂妄：一个狂妄的人（虚荣心不是一般得大，而是自大狂）一定是敏感的。只要受到批评，无论是真实的还是假想的，他都会感到恼火。他极度地感到不安全，因此必须不断自我膨胀才能使其确信自身的重要性。这样的人要求凡事都依着他，与他共事要非常圆滑机灵才行。这样的人显然会失去周围人的爱、关怀和尊敬。你的戏就在这里。

尊贵：一个过分讲究尊贵的人（记住，我们必须放大这一特征）会成为喜剧的好素材。你的人物可以是华而不实，自命不凡的，而且不敢稍越雷池一步。把他和一个与他针锋相对的人物放到一起，并确保两人之间具有不可分割的对立统一，你就可以得到一个欢乐的戏。

睿智：任何一样东西太多的话就会令人烦恼，哪怕是好东西。你笔下的这个智者永远正确，从不犯错，以至于他周围的普通人都感到自己愚蠢之极、微不足道了。他们仰慕他、尊敬他，却不爱戴他。而他最希望的就是受到爱戴。实际上，他令他们感到自卑，他们暗地里反抗他、怨恨他、憎恶他。

很多人总是虎头蛇尾，半途而废。很多人永远在拖延时间，永远把事情留到明天做。很多人总是心血来潮，先行动后思考。事实上，人类的特征、情感和品质是无数的，我们凭借这些就能创造出戏剧和小说来。

你可以写一个纯粹的人，写一个真实的个体，但一定要把这些特征中的一个加以放大。这样你便有了大量的人物可以用于戏剧或小说的写作，你就是花上一辈子，可能连其中的一半都写不完。

"原因与结果"那一节列出的每一个词都代表着一个人物。我们再来看看"笨拙"① 这个词：你不需要常规的人物，比如说一个"呆子"。不妨选一个美丽、聪明但是笨拙的女人。

只要某人把某事做得过火了，他就是故事的好素材。你的人物必须是积

---

① 原文为"clumsy"，主要形容身体上缺乏协调性和灵活性。——译者注

极的,积极的人通过冲突才能暴露出自身。幸福的秘诀即在于理解到人无完人,我们必须认识到所有人都有改进的空间。

你必须对自己的故事深有感触,事实上,它必须成为你的信念。绝对不要害怕写作中的冲突,要是害怕的话,无论你写的是什么体裁,都只能写出乏味而静态的作品来。

再好的想法至多只是一个想法。想法算是什么呢?一颗种子而已,既不多,也不少。拿它干什么完全取决于你。没有三维人物的想法连一枚硬币都不值。

寓言或任何虚构的概念只有当代表了人类的渴望时才是好的。

在任何类型的写作中,获得想法都是最容易的事情。留心观察你的周围吧。只要你留心,你就不得不承认,这个世界简直是一个琳琅满目的糕饼店,到处都有美味佳肴供你尽情享用。

你可以用下面的几个人物略作尝试。我试图找出人物的内涵。但这些都只是些人物类型,你应该让它们变成活生生的人。

什么造就了**冷酷**的人物?(冷酷的人物未必就是坏人):某种得失攸关的东西、没有回头路可走、坚定、野心、绝望、身处绝境、对失败的恐惧、诚实(积极)、强烈的激情(爱、恨、贪婪、嫉妒等)、执著于目标、自我中心、褊狭的头脑、有远见、报复心强、机会主义、贪婪、恶毒

这是很多冷酷人物的集合,你可以任意选择。

**无能**的人暗示着:做白日梦、缺乏主动性、懒惰、没有人生目标、漫不经心

**聪明**的人暗示着:机灵、头脑敏锐、善辩、观察、理解力强、天才、一个好的心理学家

**无趣**的人暗示着:头脑迟钝、自大、自我中心、忧虑或恐惧、缺乏见识、观察和才智、耽于享乐

**坏脾气**暗示着：轻率、暴躁、神经质、缺乏理解、不耐心、沮丧、憎恨、病态、任性、骄纵、机敏

**反社会**暗示着：残忍、掠夺、内向、野蛮、冷酷、任何损害人类的事、固执、反常

**喜爱奢侈**暗示着：放纵、感官享受、自我表现、对美貌的渴求、堕落、过度沉溺

**自以为是**暗示着：吹毛求疵、固执、恐惧、不安全感、自卑情结、专横、自大、自私、饶舌、好斗

**多疑**暗示着：不安全感、负罪情结、怀疑主义、卑怯、空虚、懦弱、不快、没有判断力、自卑情结

**固执**暗示着：褊狭，凭借单一标准判断别人、墨守成规，正直，缺乏想象力、暗自发怒、得体、坚定、保守、拘谨、谦恭、礼貌、狂热分子（狂热分子一定是固执的，但固执的人还不一定是狂热分子）、负罪情结

**粗鄙**暗示着：自大、寡廉鲜耻、自私、妒忌、不安全感、空虚、薄情、孤独、自卑情结、缺乏建设性的能力

**野心**暗示着：反抗现状、期望被人重视、期望自己名正言顺、不满、渴望变化、渴望名誉、逃避挫折、渴望权力、嫉妒、控制、期望被接纳、自我实现、冷酷、渴望安全感

你可以由此开始，找到无穷新鲜而令人兴奋的想法，唯有老去和想象力的缺乏能将你阻止。

## 课堂讨论

问：我想，所有这些例子都有助于我获得想法。但是，我不明白为什么人们或曰人物必须成为一类人的代表。在现实生活中，人们未必是疯狂的，或者至少不像你要求我们寻找的人物那样极端。我担心，如果遵循了你的建议，我们的小说或戏剧会过于夸张。

答：当人们认为你疯了的时候，你生不生气？不生气吗？可有人就会生气。你可曾满腔妒意，令自己不堪忍受？如果你说没有，那你这样的人可太罕见了，你连一个人的动机也无法理解。

即使最普通的人有时也会觉得，进行可怕的报复是绝对必要的。一个作家就应当在危机的时候捕捉人。很不幸，在危机中，谁的行为都不会是正常的。如果你曾经历灾难，你便不仅会理解你处在危机中的人物的心理状态，也会理解他们的动机、他们为抵达悲哀或狂喜的终点所徘徊过的曲折道路。

当你读一个故事或看舞台上的演出时，残忍、暴力、谩骂以及各种强烈的情感会把人变成野兽。我们从中认出了自我——也许只是一刹那，但一生当中总会发生几次。

毋庸置疑，冷酷的人物贯穿在整个历史之中，他们都对人类命运施加了或好或坏的影响。

我们再次强调，写那些到达人生转折点的人物是很有意义的。他们的事例将会给予我们告诫或者启示。

## 4.13 为电视写作

任何人，只要会写独幕剧，他就不用害怕给电视这一令人兴奋的新媒介写作。

有人告诉你，自从戏剧出现在银屏上，故事就必须具有能使观众始终为之着迷的力量。对一个好的编剧而言，这算不得新鲜事。我们以"切入点"为题论述过这一问题。在电视剧和在戏剧中，制造兴趣和冲突是一模一样的。原则没有不同：悬念、预示冲突、从一开始就把一切置于未知。

但是，在独幕剧和半小时长的电视剧中还是有些差异：独幕剧通常只有一个景，而电视剧可以根据需要在三到四个景中切换。

电视制片人喜欢尽可能少的人物。

电视编剧不用担心摄影机角度以及其他一些专业的制作术语。剧本不应该有对摄影机的指示。但是，为了留出插入这些指示的位置，他只应在半幅纸面内打字,并且只打单面。一个电视剧本通常有四十到五十页的篇幅。剧本指示必须用大写。

以下是我的两个学生为哥伦比亚广播公司的《危险》节目所写剧本的开场部分,它可以使你对剧本的形式略有了解。

纪念日

电视剧本

伊芙琳·科内尔 约翰·T·查普曼 合写

人物:
  凯瑟琳·麦克劳德
  艾伦·麦克劳德
  查理·迪恩
  布赖斯太太
  约瑟夫·库查尔斯基
  检察官
  法官
  送货员

场景:
  麦克劳德夫妇整饬一新的农场,位于康涅狄格州。厚厚的玻璃前门通向宽敞的前厅。厅内有两扇门,左边的通向餐厅,右边的通向起居室。厅内的楼梯通向二楼。通厨房的门在餐厅内。卧室和审判室可稍作装饰。

  时值春天的清晨。

  (布赖斯太太从厨房走进餐厅,把咖啡具放进橱柜里。她四十几岁,是个典型新英格兰①乡下女人。厅里传来了声响,她转身透过两道门看

---

① 美国东北部六个州的统称。——译者注

去。艾伦·麦克劳德走进来,把帽子、上衣和公文包扔在椅子上。他大约三十五岁,瘦削而疲倦。显然,此刻他十分烦躁。)

**布赖斯太太**　早上好,麦克劳德先生。

**艾伦**　早上好,布赖斯太太,咖啡煮好了吗?

**布赖斯太太**　好了,先生。你想吃点鸡蛋吗?

**艾伦**　没时间吃了,布赖斯太太。我得搭早班火车进城去。法庭早上要开庭,我的案子排在第一个……(她倒咖啡。他把脸埋在手里,盯着她拿杯子)那么……星期四吧……你今天下午能不能不休息?(她看着他,等他解释)麦克劳德太太……她不太舒服,昨晚没睡好……

## 电视术语表①

| | |
|---|---|
| B. C. U. | 大特写的缩写 |
| BRIDGE（桥段） | 场景和动作间的联系段落,通常用于非戏剧写作,而戏剧写作通常使用"过渡"一词 |
| CLOSE-UP（特写） | 摄影机专注于被摄物或被摄者,人物头部至肩部占满画框 |
| CUT（停） | 停止表演和摄影机等 |
| CUT TO（切至） | 在摄影机或画面之间转换 |
| DISSOLVE（溶） | 淡出一段画面的同时淡入一段画面 |
| DISSOLVE IN（溶入） | 淡入新画面 |
| DISSOLVE OUT（溶出） | 淡出画面 |
| DIRECT CUT（跳切） | 摄影机画面之间的突然视觉转换 |
| DOLLY TO（移） | 摄影机远离或接近对象 |
| DOLLY IN（推） | 使摄影机靠近被摄物或被摄者 |
| DOLLY OUT（拉） | 使摄影机远离被摄物或被摄者 |

---

① 本表中的某些术语并无对应的中文名称,此外作者的某些解释与当代影视术语略有出入。——译者注

| | |
|---|---|
| FADE-IN（淡入） | 视频上的淡入是画面逐渐从黑屏中显现，音频上的淡入是人声、音响和音乐的音量逐渐增大 |
| FADE-OUT（淡出） | 视频上的淡出是画面逐渐消失成为黑屏，音频上的淡出是减小人声、音响和音乐的音量直至无声 |
| FILM CLIP | 插入实况播出中的影片片段 |
| FRAME（画框） | 摄影机从固定位置所见的范围 |
| LONG SHOT（全景） | 同时容纳前景和后景的镜头 |
| IN | 音乐进入 |
| IN CLEAR | 同静场 |
| OVER FRAME（画外音） | 说话者或音源不在画框以内 |
| PANNING（摇） | 不间断地从拍摄一个位置转向拍摄另一个位置 |
| SNEAK | 使音乐、音响和人声处于最低音量 |
| SUSTAIN | 延续音乐 |
| UNDER | 音乐低于对话和旁白 |
| BACK WITH MUSIC | 语言带背景音乐 |
| DOWN | 降低音乐音量 |
| MUSIC IN B. G. | 背景音乐 |
| OVER MUSIC | 语言带背景音乐 |
| OUT | 音乐停止 |
| STING | 突然插入乐句或和弦 |

## 4.14 结论

如果你无法辨别香味,你便造不了香水;如果你没有腿,你便无法奔跑;如果你是音盲,你便做不了音乐家。

而要成为一个编剧,你首先应当具备想象力和基本的理性。你必须敏感。你必须从不满足于一知半解。你必须有足够的耐心去追根溯源。你必须有平衡感和良好的趣味。你应当学习经济学、心理学、哲学、社会学。通过耐心和刻苦,你可以掌握这些东西。如果你不去学习,便成不了好的编剧。

我们时常吃惊于人们总是很想当然地决定成为作家或编剧。要当一名鞋匠,至少要做三年学徒,木匠或其他手艺也是一样。那么凭什么剧作家——世上最困难的职业就可以不经认真研习,一夜之间就学成呢?

这一辩证的方法将会帮助那些准备从事这项工作的人。同时,它也将帮助初学者看清前方的障碍以及为了实现自己的志向他所必须经历的道路。

# 附录
# 剧本分析
Plays Analyzed

## 《伪君子》

三幕喜剧　莫里哀（著）

### 梗概

答尔丢夫是个不名一文的无赖。他伪装成热情的信徒取得了富有的国王卫队军官奥尔贡的宠爱。

一踏进奥尔贡的家门，答尔丢夫就开始对这家人进行改造。他竭力令他们脱离社交生活，使其变成清教徒。而他真正的图谋是奥尔贡年轻美貌的妻子欧米尔。答尔丢夫宣称，奥尔贡的女儿玛丽亚娜需要一个虔诚的丈夫指引才能过上纯洁的生活。在他的唆使下，奥尔贡解除了玛丽亚娜和恋人瓦莱尔间的婚约。这激怒了奥尔贡的儿子达米斯，而他正与瓦莱尔的妹妹热恋。

答尔丢夫在对欧米尔献殷勤时，被达米斯抓了个正着。达米斯当着答尔丢夫的面把这一切都告诉了父亲。但奥尔贡不仅不肯相信，还要求儿子向答尔丢夫道歉。达米斯拒绝了。奥尔贡一怒之下和他脱离了父子关系。

在家庭的骚乱中，奥尔贡把一个盒子委托给答尔丢夫保管，里面装着一个遭到流放的朋友的重要文件。一旦这些文件被公开，奥尔贡便会被以叛国罪论处，他的朋友则会送命。

奥尔贡对答尔丢夫的诚实和虔敬深信不疑，甚至把自己的整个家产都委托他管理。为了拉近两人的关系，他还希望答尔丢夫成为自己的女婿。

　　这一切让欧米尔看在眼里，苦在心上。她设计诱惑答尔丢夫，并让丈夫藏起来偷听。奥尔贡如梦方醒，怒火中烧，命令答尔丢夫离开他的宅邸，但他忘了，自己的产业已经由答尔丢夫控制了。

　　次日，答尔丢夫行使法权将奥尔贡一家逐出家门，准备把财产据为己有。他还拿着装有奥尔贡朋友密信的盒子觐见国王。但是国王认出答尔丢夫就是在另一个城市犯过罪的无赖，把他关进了牢房。出于对奥尔贡忠心服役的赞许，国王没有打开盒子便把它归还给奥尔贡。

### 分析

#### 前提

害人者必害己。

#### 主使人物

答尔丢夫驱使着冲突。

#### 人物

　　奥尔贡是个富有的退役军官。他专制、愚蠢、盲信、虔诚。但我们不知道他为什么这样。

　　答尔丢夫是个描绘得很好的人物——温和、善辩，是个聪明的心理学家。但是我们只看到他的两面——生理和心理，他的背景是一片空白。我们很想知道他为何会靠阴谋诡计谋生以及为何能拥有这么多的能力。如果不了解他的背景，我们就只看到结果，而看不到其成为自身的原因。

　　欧米尔是个好继母、好妻子。她比丈夫年轻很多。她为什么要嫁给他呢？为了爱情，为了金钱，还是兼而有之？什么使她成为一个模范妻子？为什么即使奥尔贡因一门心思扑在答尔丢夫身上而冷落了她，她还忠贞不渝呢？

　　儿子达米斯活泼任性。我们指望他能扭转局势，但他只会对父亲发怒，结果被赶出了家门。他把坏人抛在家里兴风作浪，自己一走了之了。后来他回了家，一切都得到了原谅。可见他没有得到发展。

　　女儿玛丽亚娜是个柔弱的姑娘，她缺乏勇气，甚至不敢为了恋人去斗争。

尽管在那个时代，父母之命是必须严格遵守的，但她至少应该为了爱情作出激烈的反抗。面对父亲的愿望，她近乎哑口无言，她的抗议是无力的。她必须由女佣桃丽娜来推动，首先是与情人和好，然后又是暗地里反抗父亲。我们对她没有什么信心。她完全是静态的，听从于女佣的指点。

欧米尔的哥哥克莱昂特对全剧毫无贡献。他只是和众人一样在劝阻奥尔贡的盲信。第一幕他出去了一阵，什么也没做便回来要答尔丢夫劝说奥尔贡原谅达米斯，但没有成功。到了第三幕，我们又见到他，但也只是说了些无头紧要的话。他没有帮助冲突发展。

奥尔贡的母亲柏奈尔太太在开场的时候发挥了展示的作用，在结尾时增添了一点喜剧色彩，此外便毫无贡献了。

玛丽亚娜的情人瓦莱尔决心非她不娶。但是既然玛丽亚娜没有力量为爱情斗争，那么他也就可有可无了。她不为他斗，当然他也不会为她斗。在证明奥尔贡的盲信方面，他略有贡献——他帮助奥尔贡甩掉了警察。这一次，奥尔贡意识到自己完全错了，这一友好的举动证明了他早已知道的事情。

女佣桃丽娜漂亮、直爽而精明。她对于全剧是十分必要的。如果没有她，某些人物很难产生运动。但是，虽然她很有智慧，但却是个陈腐的人物。这是因为，我们更喜欢看到人物自愿地行动，看到具备三个维度的人物在恰当的冲突里行动。

编排

奥尔贡和答尔丢夫搭配得很好，前者单纯轻信，后者诡计多端。欧米尔和她的丈夫不般配，但有能力智胜答尔丢夫。达米斯和瓦莱尔类型相似，而且都无力起来反抗主使人物。玛丽亚娜是苍白无色的，风一吹就倒。女佣桃丽娜是唯一站出来斗争的人，既大胆又精明，和答尔丢夫堪称绝配。我们会乐于看到他们面对面的较量。

对立统一

坚固的联系使戏剧成为一个整体。而在其中，玛丽亚娜和达米斯各自的爱情是最关键的。全家人对摆脱答尔丢夫干扰、继续平静生活的渴望把他们和场景维系在一起。欧米尔当然可以离开她的丈夫。由于对她知之甚少，我们也看不出她不这么做的原因。也许是爱情，也许是金钱，至少一个应当是其原因。

### 切入点

危机发生在第一幕中段，奥尔贡决定解除女儿和瓦莱尔的婚约，并把她许配给答尔丢夫。第一幕的前半段纯粹是展示，因此恰当的切入点应当是奥尔贡作出决定的时候，此时出现了得失攸关的东西。

### 冲突

第一幕的前半段是静态的。之后，戏剧向危机和高潮发展，一浪高过一浪。但是，冲突还不够有力。奥尔贡的家人和他的对立还只是停留在抗议上，并未作出挑战。

### 过渡

在奥尔贡和答尔丢夫身上，过渡是很好的。在第二幕中，答尔丢夫巧妙地从虔诚转为对欧米尔公然示爱，并试图给自己的情欲披上一层神圣的外衣。

奥尔贡对答尔丢夫的盲信是逐步加深的。

全剧中，除了极少的例外，过渡都得到了卓越的处理。

### 发展

答尔丢夫从欺骗发展到羞辱。奥尔贡从信任发展到幻灭。

家庭中的其他成员没有发展。他们开始恨答尔丢夫，结尾时还是恨他。唯一称得上发展的是欧米尔从被动转为采取行动骗答尔丢夫上当。但是她的感情还是保持不变的。我们本希望她能在丈夫眼中获得更高的地位，或者她自己从顺从转变为一个独立的妻子，但是她没有。

### 危机

欧米尔让奥尔贡躲起来，并计划揭露答尔丢夫。

### 高潮

答尔丢夫露馅。他命令奥尔贡一家离开。

### 结局

答尔丢夫险些得逞，却被国王识破。原来他曾经化名在里昂犯下了一系列罪行。答尔丢夫被逮捕。

前提是"害人者必害己"。但是，对前提的证明而言，国王的干预是个薄弱的设计。

对话

很好,特别是答尔丢夫和奥尔贡的。所有人的语言都能显示出性格。

## 《群鬼》

亨利克·易卜生(著)

### 梗概

阿尔文太太为纪念亡夫建立了一所孤儿院。牧师曼德先生造访,与她商议是否为房子买保险——如果买保险就意味着他们不信上帝,但不买又风险太大。最后,阿尔文太太决定不买保险,但是声称如果房子遭了火灾就不再弥补。

阿尔文太太的儿子欧士华两天前刚从国外返回家中。他是个画家,从七岁起就离开了父母。他从自己的经历得出的一些观念与母亲从书本上得出的不谋而合。而曼德先生却认为这些观念是很可怕的,因为它们讲事实多于讲责任。

吕嘉纳是阿尔文家的佣人,受过阿尔文太太的教育。她的父亲安格斯川是个声名狼藉的老人,他打算开一间水手客栈并让吕嘉纳到里面工作。但是,吕嘉纳自有打算——与欧士华有关。欧士华请求牧师撮合他和吕嘉纳,但遭到母亲的反对。

曼德牧师感到有必要和阿尔文太太谈谈其言行的问题。他说出了两人之间的往事——阿尔文太太结婚仅一年便离开丈夫去找他,请求他接受她的爱情并给予她保护。但他为了名誉而拒绝了。曼德据此指责阿尔文太太有违妇道,并声称他发现她赞同儿子的邪恶思想——这种思想竟然认为在宗教之外还有别的准则。为了替自己辩护,阿尔文太太把婚姻生活中的秘密和盘托出。原来,她的丈夫婚前就因生活放荡患上了梅毒,婚后非但劣性不改,反而变本加厉。他能有一个好名声,完全是拜她竭力维护所赐。后来,他甚至勾引了家中的女佣——吕嘉纳的母亲。因此,吕嘉纳的生父并非是安格斯川,而是阿尔文上尉。阿尔文太太刚讲完往事,便听到欧士华和吕嘉纳在餐厅的话声，而发现他们正在步自己父母的后尘。

欧士华告诉母亲说自己患了病。医生告诉他病情的来由，并且评论说"父辈的罪孽，会殃及子女"。欧士华为此而大怒。因为在母亲的来信中，将父亲夸得天花乱坠。所以在他看来，自己的享乐才是致病的原因。一想到给自己造成了祸端，他就悔恨不已。他想娶吕嘉纳为妻，并把这看作生活中仅存的乐趣。

阿尔文太太正打算把真相告诉两个年轻人，却传来了孤儿院失火的消息——那里被烧成了废墟。我们知道曼德和安格斯川曾在那附近的木工作坊里举行过祷告。安格斯川坚持说曼德牧师把燃烧的烛芯扔进了刨花堆里。曼德害怕自己的地位会受到威胁，安格斯川抓住机会进行敲诈。他提出，只要曼德从阿尔文上尉的私人财产中拿钱帮他盖客栈，他就替曼德背负罪责。曼德欣然同意。

阿尔文太太把事情讲了出来。吕嘉纳很生气，她觉得自己本该被当成阿尔文家的亲女儿教养。既然欧士华病了，她也庆幸自己不用嫁给他，并且决定和安格斯川同甘共苦。欧士华只剩下母亲为伴。他道出了最令人恐惧的事情——他不仅患了病，而且脑子正在软化。随着时间的流逝，他将会变成一个废人。欧士华认为如果此事成真，吕嘉纳会同意将他杀死，并请求母亲也这么做。当他把吗啡药片拿出来时，阿尔文太太惊恐地拒绝了他。黎明时分，欧士华再次犯病，呆呆地坐着"要太阳"。阿尔文太太终于意识到让他死亡也许才是仁慈的做法，并开始寻找药片。

分析
前提

父辈的罪孽，会殃及子女。

主使人物

曼德

人物

阿尔文太太是个完满的人物。我们可以追溯到她的一生：她从一个孝顺的女儿变成一个惊恐的年轻妻子。她放弃了自由，强忍巨大的痛苦履行了自己的"责任"。从那以后,她唯一的目的就是为了儿子保住丈夫的名誉。在这段岁月中,她的心灵极大地觉醒了,并且抛弃了先前那种脆弱的信仰。她是个坚强而果敢的女人。

曼德先生是虔诚的,但对现实怀有抗拒。他这一辈子都遵从良心的指引。但是当他的名誉受到威胁的时候,这个所谓的真理启蒙者,却允许了自己的堕落了。

欧士华聪明,有艺术气质,相信现实。他凭借自己的所见而非所闻判断并支配自己的生活。

吕嘉纳是个直爽、粗俗、精明的姑娘。

安格斯川天生精明,是个伶俐的说谎家。但他并不坏,实际上还颇有魅力。

所有的人物都是三维的。

### 编排

他们都得到了良好的编排。阿尔文太太的敏锐头脑与曼德的盲目虔诚相对;安格斯川的狡猾和曼德的信任相对;吕嘉纳的独立和精明与安格斯川的精明相对;欧士华聪明而坚定。

### 对立统一

阿尔文太太和曼德先生都要维护阿尔文上尉高贵品行的神话,并且都不惜一切阻止吕嘉纳和欧士华这对同父异母兄妹间的婚姻。

### 切入点

第一幕是通过稳步增强的冲突进行展示的卓越范例。

### 冲突

冲突在开场时是在较低程度上的,但是之后以渐次增大的幅度升级。主要的争端在曼德和安格斯川的那个场景里得到了短暂的预示,并在第二幕结尾时达到了紧张的程度。第三幕再次以低程度冲突开始,但仍然是紧张的,然后在结局升级到最大的强度。

### 过渡

从开场伊始,每个冲突之间就存在着极好的过渡。首先,阿尔文太太揭露出她的丈夫从未改邪归正,而吕嘉纳就是他的私生女。然后是曼德和安格斯川的那个场景以及欧士华决定娶吕嘉纳为妻。最后，曼德被安格斯川说服，违背了他通常准则，让后者去承担罪名。在第三幕中，过渡稳步升级并形成高潮。

发展

阿尔文太太发觉自己多年来掩盖丈夫本性的做法是愚蠢的。

曼德先生从严守道德发展到为挽救自己的名誉而撒谎。

欧士华从正常人变成了疯子。

吕嘉纳本是一个恭顺的姑娘，结果从尊敬阿尔文太太和欧士华转为遗弃他们。

安格斯川成功地搞到了开水手之家所需的钱。

危机

欧士华决定娶吕嘉纳为妻。

高潮

欧士华精神崩溃。

结局

阿尔文太太寻找吗啡药片。

对话

高质量，所有的台词都发自于人物的性格。


《悲悼》

《归家》三部曲之一　尤金·奥尼尔（著）

梗概

通过一组人物的对话，我们得知：孟南的宅邸位于新英格兰。这是个富有的家族，父亲和儿子去参加内战了，母亲和女儿留住家中。克里丝汀（母亲）因具有外国血统而不受人欢迎。艾斯拉·孟南（父亲）的叔叔曾和法裔加拿大女看护有染，后来与其成婚。

行动揭示出莱维妮娅（女儿）爱着父亲和弟弟，却憎恨母亲。她跟随克里丝汀到了纽约，并证实了克里丝汀和亚当·布兰特确有奸情。布兰特是个远洋船长，曾经到过孟南家，并假意向莱维妮娅求爱。莱维妮娅进一步怀疑布兰特就是不忠的女看护之子，并设计使他供认。两人发生争吵。莱维妮娅找到母亲，威胁她放弃与布兰特的关系并忠于父亲，否则就把奸情告诉父亲并把布兰特送上海员的黑名单。克里丝汀答应了莱维妮娅，但又表露出勉强之意。

克里丝汀说服布兰特接受了毒死艾斯拉的计划。按照预谋，布兰特负责购买毒药，克里丝汀负责投毒。

艾斯拉返回家中，受到女儿的欢迎。莱维妮娅不想让父母单独相处，但被父母赶开。艾斯拉对克里丝汀倾诉爱意和改善婚姻生活的愿望。为了稳住艾斯拉，克里丝汀没有表现出任何冷淡，也未在两人之间设置隔阂。

晚间，两人在卧室内谈话。克里斯汀对艾斯拉的态度虽然顺从但十分冷漠，这令他颇感痛苦。她故意把自己的奸情告诉艾斯拉，以此折磨后者。艾斯拉心脏病发作，克里丝汀使其服下毒药。艾斯拉呼唤莱维妮娅。莱维妮娅冲入房间，艾斯拉死在女儿怀中，临终前说道："是她犯了罪——不是药！"

莱维妮娅质问克里丝汀，令她精神崩溃，后又在地板上发现装毒药的小丸，证实了自己的怀疑。幕落时，莱维妮娅呼喊亡父的名字祈求指引。

## 《八点钟的晚宴》

三幕剧　乔治·S·考夫曼　埃德纳·费伯（著）

### 梗概

米利森特·乔丹是个社交界的女人。她正在筹划招待社交名流费恩克里夫爵士夫妇的晚宴。她还邀请了塔尔伯特医生夫妇、丹·派卡德和夫人姬蒂、卡洛塔·万斯和拉里·雷诺。她的女儿保拉不在受邀之列。

这部戏讲述的是这些客人、主人、保拉以及乔丹家各位佣人的个人悲剧。奥利弗·乔丹的生意处于危急之中，他本指望丹·派卡德能帮他一把，不料后者却企图骗他。我们还得知奥利弗的心脏有问题，可能活不了多久了。

而丹·派卡德自己也被他那卑鄙的年轻妻子姬蒂所欺骗。他给她荣华富贵，却忽略了她个人。于是，姬蒂便和塔尔伯特医生纠缠不清。在一次争吵中，姬蒂对丹坦白自己出轨，但并未说出塔尔伯特就是奸夫。由于姬蒂掌握了丹的诈骗行为，丹为了保密不敢和她离婚。而姬蒂的女佣蒂娜则以说出奸夫身份相威胁，对她进行勒索。

塔尔伯特医生已经厌倦了姬蒂。他生性风流，但仍爱着自己的妻子露茜。而露茜虽然知道他的不忠，也盼着他能改弦更张。

卡洛塔·万斯是个红极一时的女演员，她拥有乔丹公司的股票并允诺绝不抛售。她违背了诺言，将其卖给了某个派卡德的代理人。

被卡洛塔邀作陪衬的拉里·雷诺是个正在走下坡路的电影演员。他和保拉曾经是恋人，但保拉的父母和未婚夫对此都毫不知情。由于酗酒和傲慢，他和经纪人马克斯·凯恩大吵了一架，而后者正在帮他争取一个主演的角色。凯恩告诉拉里，他早就成了制片人的笑柄，只不过自己一直瞒着他罢了。拉里意识到自己名利尽失，自杀身亡。

乔丹家的司机里奇和管家古斯塔夫都对女佣朵拉怀有好感。朵拉更喜欢古斯塔夫，并坚持要嫁给他。晚宴的前一天，两人结了婚。里奇得知后对古斯塔夫大打出手，两人都受了伤。晚宴前的下午，卡洛塔·万斯当着管家和女佣的面，提到他认识古斯塔夫的妻子和三个孩子。

当佣人们的争吵不止的时候，龙虾肉冻变质了。米利森特得知此事，并发现两个仆人都在晚宴前"出事"了，再加上费恩克里夫夫妇爽约前往佛罗里达，这终于令她歇斯底里大发作。而此时，尚不知雷诺已死的保拉试图把自己和雷诺的恋情告知母亲。奥利弗感到不适，请求在晚宴后告退。米利森特对众人大发雷霆，说晚宴只剩下八个人了，而他们还敢拿自己的小问题麻烦她。她邀请了自己的姐姐和姐夫凑数，并把晚宴推迟到八点钟。

## 《白痴的乐趣》

罗伯特·舍伍德（著）

### 梗概

　　故事发生在阿尔卑斯山下的一座旅馆内。这块地方原属奥地利，现在却是意大利的领土。战争来临的气氛在空中弥漫，到处都是意大利军官。旅馆内的客人如下：德国科学家瓦尔德赛博士，他正急着去苏黎世完成寻找癌症根源的实验；切利先生和太太，一对英国新婚夫妇；奎勒里，法国激进社会主义者；杂耍演员哈里·范以及由六个姑娘组成的"金发女郎"剧团；军火大王阿基里·韦伯和他的旅伴艾琳娜。

　　哈里认为艾琳娜就是那个曾和他在奥马哈有过一夜风流的女郎，而她拒不承认。奎勒里四处大喊反战口号，声称战争是由英国、法国、意大利以及所有国家共同发动的。而当法国和意大利宣战后，奎勒里迅速变成了爱国者并且反对意大利。他因此遭到枪决。次日早晨，护照送来了。除了艾琳娜以外，所有人都可以离开。博士要返回德国，并为人道主义工作和世界的灾难感到痛苦。切利先生要回国报名参战。韦伯要继续做他利润丰厚的军火生意。当艾琳娜表示出对他行为的蔑视后，韦伯把她甩下了。

　　艾琳娜向哈里承认自己就是他认识的那个女郎。当其他人全部离去的时候，哈里返回旅馆。此时，全世界都投入了艾琳娜所谓的"反渺小人类"的战争。她和哈里高唱"前进，基督的战士"，而战火正逐步临近。

# 译名对照表

## I  参考书目

| | |
|---|---|
| *Animal Biology*（Woodruff） | 动物学，伍德拉夫 |
| *Anti-Duhring*（Engels） | 反杜林论，恩格斯 |
| *Craftsmanship*（Wilde） | 匠艺，王尔德 |
| *Dialectics*（Adoratsky） | 辩证法，阿多拉茨基 |
| *Dialectics*（Jackson） | 辩证法，杰克逊 |
| *Dialogues*（Plato） | 对话录，柏拉图 |
| *Frederick the Great*（Carlyle） | 腓特烈大帝，卡莱尔 |
| *General Types of Superior Men*（Schwarz） | 杰出人物的一般类型，施瓦茨 |
| *Main Currents in American Thought*（Parrington） | 美国思想主流，帕灵顿 |
| *March's Thesaurus* | 马奇辞典 |
| *Playmaking, a Manual of Craftsmanship*（Archer） | 剧作法：一门匠艺的手册，阿契尔 |
| *Poetics*（Aristotle） | 诗学，亚里士多德 |
| *Science of Logic*（Hegel） | 逻辑学，黑格尔 |
| *Science of Playwriting, The*（Malevinsky） | 剧作的科学，梅尔文斯基 |
| *Shakespeare Papers*（Maginn） | 莎士比亚论，马金 |
| *Soul of Man under Socialism*（Wilde） | 社会主义制度下人的灵魂，王尔德 |
| *Study of British Genius, The*（Ellis） | 不列颠天才研究，埃利斯 |

| | |
|---|---|
| Theory and Technique of Playwriting, The（Lawson） | 剧作理论与技巧，劳逊 |
| Theory of the Leisure Class（Veblen） | 有闲阶级论，韦勃伦 |
| Theory of the Theatre, The（Hamilton） | 戏剧理论，汉密尔顿 |
| Webster International Dictionary | 韦氏词典 |

## Ⅱ 参考剧目

| | |
|---|---|
| Abe Lincoln in Illinois（Sherwood） | 亚伯·林肯在伊利诺斯州，舍伍德 |
| Abie's Irish Rose（Nichols） | 艾比的爱尔兰玫瑰，尼科尔斯 |
| Agamemnon（Aeschylus） | 阿伽门农，埃斯库罗斯 |
| American Way, The（Kaufman & Hart） | 美国的方式，考夫曼、哈特 |
| Antigone（Sophocles） | 安提戈涅，索福克勒斯 |
| Anthony and Cleopatra（Shakespeare） | 安东尼与克莉奥帕特拉，莎士比亚 |
| Awake and Sing（Odets） | 醒来歌唱，奥德茨 |
| Bear, The（Chekhov） | 熊，契诃夫 |
| Black Pit（Maltz） | 黑暗的深渊，马尔茨 |
| Brass Ankle（Heyward） | 黄铜脚踝，海沃德 |
| Bury the Dead（Shaw） | 埋葬死者，肖 |
| Career（Lee） | 生涯，李 |
| Cat on a Hot Tin Roof（Williams） | 热铁皮屋顶上的猫，威廉斯 |
| Cherry Orchard, The（Chekhov） | 樱桃园，契诃夫 |
| Children's Hour, The（Hellman） | 童年时光，海尔曼 |
| Comedy of Errors, The（Shakespeare） | 错误的喜剧，莎士比亚 |
| Craig's Wife（Kelly） | 克雷格的妻子，凯利 |
| Dead End（Kingsley） | 死路，金斯利 |
| Death of a Salesman（Miller） | 推销员之死，米勒 |
| Design for Living（Coward） | 美满人生，考沃德 |
| Diamond Necklace, The（Maupassant） | 项链，莫泊桑 |

| | |
|---|---|
| *Dinner at Eight*（Kaufman & Ferber） | 八点钟的晚宴，考夫曼、费伯 |
| *Doll's House，A*（Ibsen） | 玩偶之家，易卜生 |
| *Earth and High Heaven*（Graham） | 天上人间，格雷厄姆 |
| *Excursion*（Wolfson） | 远足，沃尔夫森 |
| *Family Portrait* | 家庭画像 |
| *Faust*（Goethe） | 浮士德，歌德 |
| *George and Margaret*（Savory） | 乔治与玛格丽特，萨沃里 |
| *Ghosts，The*（Ibsen） | 群鬼，易卜生 |
| *Good Hope*（Heijermans） | 好望角，海厄曼斯 |
| *Guardsman，The*（Molnar） | 卫士，莫尔纳 |
| *Hamlet*（Shakespeare） | 哈姆雷特，莎士比亚 |
| *Hay Fever*（Coward） | 干草热，考沃德 |
| *Hedda Gabler*（Ibsen） | 海达·加布勒，易卜生 |
| *Hymn to the Rising Sun*（Green） | 旭日颂，格林 |
| *Iceman Cometh，The*（O'Neill） | 冰人来兮，奥尼尔 |
| *Idiot's Delight*（Sherwood） | 白痴的乐趣，舍伍德 |
| *Iron Men* | 铁人 |
| *Journey's End*（Sheriff） | 旅程的终点，谢里夫 |
| *Juarez* | 锦绣山河 |
| *Juno and the Paycock*（O'Casey） | 朱诺与皮科克，奥凯西 |
| *Kids Learn Fast*（Shifrin） | 孩子学得快，什夫林 |
| *King Lear*（Shakespeare） | 李尔王，莎士比亚 |
| *Let Freedom Ring*（Bein） | 让自由长鸣，贝因 |
| *Liliom*（Molnar） | 利力姆，莫尔纳 |
| *Lion is in the Streets，A*（Langley） | 狮子上街，兰利 |
| *Little Foxes，The*（Hellman） | 小狐狸，海尔曼 |
| *Macbeth*（Shakespeare） | 麦克白，莎士比亚 |
| *Made for Each Other*（Swerling） | 天造地设，斯沃林 |
| *Medea*（Euripides） | 美狄亚，欧里庇得斯 |

| | |
|---|---|
| *Merchant of Venice*（Shakespeare） | 威尼斯商人，莎士比亚 |
| *Mourning Becomes Electra*（O'Neill） | 悲悼，奥尼尔 |
| *My Heart's in the Highlands*（Saroyan） | 我的心在高原，萨洛扬 |
| *Night Music*（Odets） | 夜曲，奥茨 |
| *No Time for Comedy*（Behrman） | 笑脸难开，贝尔曼 |
| *Oedipus Rex*（Sophocles） | 俄狄浦斯王，索福克勒斯 |
| *Once in a Lifetime*（Kaufman & Hart） | 一生一次，考夫曼、哈特 |
| *Othello*（Shakespeare） | 奥赛罗，莎士比亚 |
| *Paradise Lost*（Odets） | 失乐园，奥茨 |
| *Philadelphia Story, The*（Barry） | 费城故事，巴里 |
| *Pride of the Marines*（Maltz） | 海军的骄傲，马尔茨 |
| *Professor Mamlock* | 马摩洛克教授 |
| *Pygmalion*（Shaw） | 卖花女，萧伯纳 |
| *Raisin in the Sun*（Hansberry） | 阳光下的葡萄干，汉斯伯里 |
| *Riders to the Sea*（Synge） | 蹈海骑手，辛格 |
| *Romeo and Juliet*（Shakespeare） | 罗密欧与朱丽叶，莎士比亚 |
| *Room Service*（Boretz & Murray） | 客房服务，伯雷茨、穆雷 |
| *Seagull, The*（Chekhov） | 海鸥，契诃夫 |
| *Shadow and Substance*（Carroll） | 影子与实体，卡罗尔 |
| *Silver Cord, The*（Howard） | 银绳，霍华德 |
| *Skylark*（Raphaelson） | 云雀，拉斐尔松 |
| *Stevedore*（Peters & Sklar） | 斯蒂夫多雷，彼得斯、斯科拉 |
| *Sweet Bird of Youth*（Williams） | 可爱的青春小鸟，威廉斯 |
| *Tartuffe*（Moliere） | 伪君子，莫里哀 |
| *They Shall Not Die*（Wexley） | 他们将会永生，韦克斯雷 |
| *Thirty Seconds over Tokyo* | 东京上空三十秒 |
| *Time of Your Life, The*（Saroyan） | 你这一辈子，萨洛扬 |
| *Tobacco Road*（Kirkland） | 烟草之路，科克兰 |
| *Tragedy of Man, The*（Madach） | 人的悲剧，马达奇 |

| | |
|---|---|
| *Victoria Regina* (Housman) | 维多利亚女王,豪斯曼 |
| *Waiting for Lefty* (Odets) | 等待老左,奥德茨 |
| *Watch on the Rhine* (Hellman) | 守望莱茵河,海尔曼 |
| *Yellow Jack* (Howard) | 黄杰克,霍华德 |
| *You Can't Take It with You* (Kaufman & Hart) | 你不能带走,考夫曼、哈特 |

# 出版后记

你兴致勃勃地开始创作一篇剧本或小说，但没过多久，就发现自己陷入了僵局。笔下的故事正变得日趋无聊和虚假造作，就连你自己也无法忍受。这时的你往往满腹疑惑：自己明明掌握了形形色色的编剧技巧，却为什么永远写不出一出激动人心的好戏？

问题在于，你虽然掌握了许多细节上的方法，却并不理解剧作的深层根基：你没有形式清晰的前提和具备三个维度的人物，你选择了静态和跳跃的冲突，而非升级和预示的。

拉约什·埃格里的剧作理论便建立在"前提"、"人物"和"冲突"这三种剧作的根本要素上。虽然它们早已成为编剧们耳熟能详的概念，但其真正的涵义并未被充分理解。而《编剧的艺术》就从戏剧名作入手，辅以适当的电影、电视剧分析，深入挖掘了这三种要素的本质以及其间紧密的联系，并教你有效地利用它们。

本书分为四章。首先，埃格里提出了"前提"的概念，认为戏剧的最终目的即是证明一个逻辑上的前提。如果没有前提或使用不当的前提，就会导致戏剧的混乱。

在第二章"人物"中，他对近两千年来在戏剧理论与创作中占据统治地位的亚里士多德"人物从属于行动"的论点进行了驳斥，并廓清了一些错误的概念。在他看来，人物才是戏剧最基础的成份，而情节发端于人物。此外，他还列举了人物的主要构成因素，并据此提出了一套系统的创作方法。

他对戏剧行动的阐述和分析以"冲突"为题，集中于书中的第三章。他把戏剧冲突分为四种类型——静态、跳跃、升级和预示。他认为，前两种是无效的、失败的，而后两种是有效的、成功的，而其成败的关键依然和人物有关。只有发端于真实、完整的人物，冲突才能得到升级和预示，并反过来揭示和发展人物。

在第四章中，他就戏剧创作中经常遇到的一些问题进行了解答。

全书引用了大量的作品，其中既包括莎士比亚、莫里哀、易卜生等名家的经典，也包括很多失败的剧目，并伴有细致的分析。

一旦按照本书的方法去构建和组织这些要素，你会吃惊地发现，所有的细节都会自发完善：你不必刻意地营造张力，因为具备三个维度的人物和升级的冲突会自发创造它；你也不必费尽心思地去构思对话，因为前提和人物能自己表达。而反过来说，脱离了三要素的张力和对话便如同空中楼阁，随时都会倒塌。

本书一经问世，便被公认为最好的编剧方法指南，几十年来一直是编剧们的权威读物，更被许多国外院校定为教材使用，深刻影响了几代戏剧、电影编剧及小说作者。大卫·波德维尔便称埃格里为深刻影响好莱坞的两个欧洲戏剧理论家之一，而许多编剧教程作者如悉德·菲尔德也对本书有着高度评价。在我国，它也曾以《编剧艺术》为译名翻译出版，对当时国内的编剧创作起到了重要的推动作用，著名编剧芦苇（《霸王别姬》《活着》）便受其影响，而本次再版就是在芦苇老师的大力推荐和支持下进行的，另外，哥伦比亚大学电影制作研究所博士林启安老师也曾向我们推荐过本书，谨在此向他们表示谢意。

我们还要感谢本书的译者高远老师，他的译笔流畅、练达，他的态度细致、认真。高远老师本人也是一名编剧，对书中的意旨内涵都颇有见解，也给予我们的编辑工作很多帮助。

特别值得一提的是，虽然本书主要是一本编剧方法指南，但它对小说、新闻等其他叙事性文体的写作也大有助益。它能教你讲述更加真实可信、更具吸引力的故事，创造最有力的戏剧性，从而牢牢把握听众、读者或观众心脏跳动的节律。

服务热线：133-6631-2326　188-1142-1266
服务信箱：reader@hinabook.com

"电影学院"编辑部
拍电影网（www.pmovie.com）
后浪出版公司
2013年3月

图书在版编目（CIP）数据

编剧的艺术 /（美）埃格里著；高远译 .— 北京：
北京联合出版公司, 2013.1（2020.11 重印）
（电影学院）
ISBN 978-7-5502-1333-3

Ⅰ.①编… Ⅱ.①埃…②高… Ⅲ.①电影编剧
Ⅳ.① I053.5

中国版本图书馆 CIP 数据核字（2013）第 009928 号

THE ART OF DRAMATIC WRITING:ITS BASIS IN THE CREATIVE INTEPRETATION OF HUMAN MOTIVES
by LAJOS EGRI
Copyright © 1942, 1946, 1960 BY LAJOS EGRI, 1970 RENEWED BY MRS. LAJOS EGRI, 1988 RENEWED BY CHARLES EGRI AND RUTH EGRI HOLDEN
This edition arranged with SIMON & SCHUSTER，INC.
through Big Apple Agency，INC.，Labuan，Malaysia.
Simplified Chinese edition copyright：2013 POST WAVE PUBLISHING CONSULTING（Beijing）Ltd.
All rights reserved.
本书中文简体版权归属于后浪出版咨询(北京)有限责任公司。

## 编剧的艺术

著　　者：（美）拉约什・埃格里
译　　者：高　远　　　　　　出 品 人：赵红仕
选题策划：后浪出版公司
出版统筹：吴兴元　　　　　　编辑统筹：陈草心
特约编辑：赵　卓　单万峰　　责任编辑：王　巍
营销推广：ONEBOOK　　　　　装帧制造：墨白空间

北京联合出版公司出版
（北京市西城区德外大街 83 号楼 9 层　100088）
北京天宇万达印刷有限公司印刷　新华书店经销
字数 220 千字　690 毫米 ×960 毫米　1/16　16 印张
2013 年 6 月第 1 版　2020 年 11 月第 8 次印刷
ISBN 978-7-5502-1333-3
定价：35.00 元

后浪出版咨询(北京)有限责任公司 常年法律顾问：北京大成律师事务所　周天晖 copyright@hinabook.com
未经许可，不得以任何方式复制或抄袭本书部分或全部内容
版权所有，侵权必究
本书若有质量问题，请与本公司图书销售中心联系调换。电话：010-64010019

www.pmovie.com

后浪出版公司旗下，集专业资讯、教育培训、互动服务于一体的电影类专业门户网站，内容覆盖影视制作全流程，致力于打造一站式电影学习交流平台。

## 线下培训 edu.pmovie.com

始于2013年，开设导演、编剧、摄影、制片、表演等各门类的班型，创立了短片集训营、剧本写作课、纪录片创作、大师工作坊等独具特色的精品课程。

**基础班型** 七天速成课程，每年各四期　　　　**特色班型** 独家原创课程，每年各两期

## 在线慕课 mooc.pmovie.com

创办于2014年，最早开拓影视在线教育的社区型教学平台。开发了在线课程、公开课、直播课、训练营、在线题库、在线讨论等产品，提供高品质的在线课程及教学服务。

  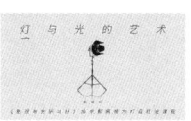

更多精品内容开发中……

学员：突破时空界限，让每个人都能拥有学习电影的机会
师资：传播最前沿影视知识，优秀课程由后浪免费出版
欢迎各影视专业老师，与我们携手打造最专业、最系统的网络电影课堂。

### 报名咨询
客服QQ：1323616494
手机/微信：18801468255

### 合作联络
合作邮箱：biz@pmovie.com
投稿邮箱：tougao@pmovie.com

## 电影书店

后浪电影学院新书抢先预售
珍贵签名图书独家购买渠道
精美电影周边礼品随机赠送
打造移动端最好的电影专业书店
最方便快捷，手机扫一扫即可购买

商城移动端　　商城PC端